Diogenes Taschenbuch 20268

AF198496

Anton Čechov

Krankenzimmer Nr. 6
Erzählung eines Unbekannten

Kleine Romane II
Aus dem Russichen von
Ada Knipper und Gerhard Dick
Herausgegeben und
mit Anmerkungen
von Peter Urban

Diogenes

Die vorliegenden Kleinen Romane sind entnommen aus:
A. P. Tschechow, *Weiberwirtschaft. Meistererzählungen*
Aus dem Russischen von Ada Knipper,
Gerhard Dick und Hertha von Schulz
Die Übersetzungen erschienen erstmals 1966
im Rahmen der Gesammelten Werke in Einzelbänden
bei Rütten & Loening, Berlin;
Rütten & Loening ist eine Marke
der Aufbau Verlag GmbH & Co. KG, Berlin
Copyright © 1966 Aufbau Verlag GmbH & Co. KG, Berlin
Weitere Nachweise zur vorliegenden Ausgabe
im Anhang auf Seite 177
Covermotiv: Illustration von Tomi Ungerer

Veröffentlicht als Diogenes Taschenbuch, 1976
Alle Rechte an dieser Ausgabe und den
Anmerkungen vorbehalten
Diogenes Verlag AG Zürich
info@diogenes.ch · www.diogenes.ch
In Fragen zur Produktsicherheit (GPSR):
truepages UG (haftungsbeschränkt)
Westermühlstraße 29, 80469 München
info@truepages.de
ASR / 20 / 852 / 10
ISBN 978 3 257 20268 7

Inhalt

Krankenzimmer Nr. 6

I

Auf dem Hof des Krankenhauses steht ein kleines Nebengebäude, umgeben von einem ganzen Wald von Kletten, Brennnesseln und wildem Hanf. Das Dach ist verrostet, der Schornstein zur Hälfte eingestürzt, die Stufen der Vortreppe sind verfault und mit Gras bewachsen, vom Putz findet man nur noch Spuren. Mit der Vorderfront blickt es zum Krankenhaus, mit der Rückseite auf freies Feld, von dem es nur durch den grauen, mit Nägeln besteckten Krankenhauszaun getrennt ist. Diese Nägel, deren Spitzen nach oben gerichtet sind, der Zaun und das Gebäude selbst zeigen jenes eigentümliche, trostlose, verwünschte Aussehen, das bei uns nur Krankenhaus- und Gefängnisbauten haben.

Wenn Sie nicht fürchten, sich an den Nesseln zu verbrennen, so gehen wir zusammen den schmalen Pfad entlang, der zu dem Nebengebäude führt, und schauen, was sich dort abspielt. Nachdem wir die erste Tür geöffnet haben, betreten wir den Flur. An den Wänden und neben dem Ofen häufen sich ganze Berge von Krankenhausgerümpel. Matratzen, alte zerfetzte Kittel, Hosen, Hemden mit blauen Streifen, unbrauchbares, abgetragenes Schuhwerk – dieser Krempel treibt sich hier zerknittert und durcheinander in Haufen herum, fault und verbreitet einen erstickenden Gestank.

Auf diesem Plunder liegt ständig, mit der Pfeife zwischen den Zähnen, der Wächter Nikita, ein alter, ausgedienter Soldat mit braun gewordenen Ärmellitzen. Er hat ein strenges, ausgemergeltes Gesicht, buschige Augenbrauen, die seinem Gesicht den Ausdruck eines Steppenschäferhundes verleihen, und eine rote Nase; er ist klein von Wuchs, hager und sehnig, aber er hat eine imponierende Haltung und gewaltige Fäuste. Er gehört zu jenen biederen, tüchtigen, dienstbeflissenen und

7

stumpfsinnigen Menschen, die über alles in der Welt die Ordnung lieben und darum überzeugt sind, daß geprügelt werden muß. 'Er schlägt ins Gesicht, auf die Brust, auf den Rücken, wohin es gerade trifft, und ist überzeugt, daß es hier sonst keine Ordnung gäbe.

Dann kommen Sie in ein großes, geräumiges Zimmer, das das ganze Nebengebäude einnimmt, abgesehen vom Flur. Die Wände sind hier mit einer schmutzigblauen Farbe gestrichen, die Decke ist verräuchert wie in einer Hütte ohne Rauchfang – es ist klar, daß der Ofen im Winter raucht und daß es hier häufig nach Kohlengas riecht. Die Fenster sind von innen durch eiserne Gitter verunstaltet. Der Fußboden ist grau und nicht glatt gehobelt. Es riecht nach Sauerkraut, blakenden Lampendochten, Wanzen und Ammoniak, und dieser Gestank macht auf Sie im ersten Augenblick den Eindruck, als würden Sie eine Menagerie betreten.

In dem Zimmer stehen Betten, die am Fußboden festgeschraubt sind. Darauf sitzen und liegen Menschen in blauen Krankenkitteln und – nach alter Sitte – mit Nachtmützen. Das sind die Geisteskranken.

Im ganzen befinden sich hier fünf Personen. Nur einer von ihnen ist adelig, alle anderen sind Kleinbürger. Der erste, von der Tür aus gesehen, ist ein hochgewachsener, hagerer Kleinbürger mit rotblondem, glänzendem Schnurrbart und verweinten Augen; er sitzt da, den Kopf aufgestützt, und starrt unverwandt auf einen Punkt. Tag und Nacht ist er bekümmert, schüttelt den Kopf, seufzt und lächelt bitter; er beteiligt sich selten an Gesprächen und antwortet gewöhnlich nicht auf Fragen. Er ißt und trinkt mechanisch, wenn man ihm etwas gibt. Nach seinem quälenden, rüttelnden Husten, seiner Magerkeit und der Röte auf den Wangen zu urteilen, fängt bei ihm die Schwindsucht an.

Dann kommt ein kleiner, lebhafter, sehr reger Alter mit einem spitzen Bärtchen und schwarzem, krausem Haar, wie es die Neger haben. Tagsüber geht er in dem Krankenzimmer umher, von einem Fenster zum anderen, oder hockt im Schneidersitz auf seinem Bett und pfeift unermüdlich wie ein Gimpel oder singt leise und kichert vor sich hin. Die kindliche Heiterkeit und sein lebhafter Charakter äußern sich auch nachts, wenn er aufsteht, um zu beten, das heißt, um sich mit den Fäusten an die Brust zu schlagen und mit dem Finger an der Tür zu kratzen. Das ist der Jude Mojsejka, ein schwachsinniger Mensch, der vor etwa zwanzig Jahren den Verstand verlor, als seine Mützenwerkstatt in Flammen aufging.

Von allen Insassen des Krankenzimmers Nr. 6 wird nur ihm erlaubt, das Nebengebäude zu verlassen und sogar aus dem Krankenhaushof hinaus auf die Straße zu gehen. Dieses Privileg genießt er von jeher, offenbar als alter Krankenhausinsasse und stiller, harmloser Narr, als ein städtischer Spaßvogel, der schon längst zum Straßenbild gehört, umringt von Gassenjungen und Hunden. In seinem schäbigen alten Kittel, mit der drolligen Nachtmütze und den Pantoffeln, manchmal barfuß und sogar ohne Beinkleider geht er durch die Straßen, bleibt an Toren und Läden stehen und bittet um eine Kopeke. Hier gibt man ihm Kvas, da Brot, dort eine Kopeke, so daß er gewöhnlich satt und beladen ins Krankenhaus zurückkehrt. Alles, was er mitbringt, nimmt ihm Nikita ab, um sich daran zu bereichern. Der Soldat macht das grob und gereizt, wobei er ihm die Taschen umdreht und Gott zum Zeugen anruft, daß er den Juden nie wieder auf die Straße lasse und daß Unordnung für ihn das Schlimmste auf der Welt sei.

Mojsejka ist gern gefällig. Er reicht den Gefährten Wasser, deckt sie zu, wenn sie schlafen, verspricht, jedem von der Straße eine Kopeke mitzubringen und für jeden eine neue Mütze zu nähen; er füttert auch seinen Nachbarn zur Linken, einen Paralytiker, mit dem Löffel. Er handelt nicht aus Mitleid so und nicht aus irgendwelchen humanen Erwägungen heraus, sondern er ahmt seinen rechten Nachbarn Gromov nach und ordnet sich ihm unwillkürlich unter.

Ivan Dmitrič Gromov, ein Mann von etwa dreiunddreißig Jahren und von adliger Herkunft, ein ehemaliger Gerichtsvollzieher und Gouvernementssekretär, leidet an Verfolgungswahn. Entweder liegt er zusammengekrümmt auf seinem Bett, oder er geht aus einer Ecke in die andere, als wolle er sich Bewègung machen; er sitzt nur sehr selten. Er ist immer gereizt, erregt und angespannt in dumpfer, ungewisser Erwartung. Das kleinste Geräusch im Flur oder ein Schrei auf dem Hof genügt schon, daß er den Kopf hebt und lauscht, ob man ihn nicht holen komme. Sucht man nicht schon nach ihm? Und auf seinem Gesicht malen sich äußerste Unruhe und Widerwillen.

Mir gefällt sein breites Gesicht mit den vorstehenden Backenknochen, das immer blaß und unglücklich aussieht und wie in einem Spiegel seine durch Kampf und dauernde Angst gequälte Seele reflektiert. Seine Grimassen sind seltsam und krankhaft, aber die feinen Züge, die seinem Gesicht von einem tiefen, echten Leid eingeprägt wurden, zeugen von Vernunft und Intelligenz, seine Augen haben einen warmen, gesunden Glanz. Auch er selbst gefällt mir; er ist höflich, hilfsbereit und außergewöhnlich rücksichtsvoll gegen alle, außer Nikita. Wenn jemand einen Knopf oder einen Löffel fallen läßt, springt er schnell vom Bett und hebt ihn auf. Jeden Tag wünscht er seinen Gefährten einen guten Morgen; und abends, wenn er schlafen geht, eine gute Nacht.

Außer in seiner ständigen Angespanntheit und der Grimassenschneiderei zeigt sich sein Wahnsinn auch noch folgendermaßen: zuweilen hüllt er sich abends in seinen Kittel und beginnt, am ganzen Körper zitternd und mit den Zähnen klappernd, hastig aus einer Ecke in die andere und zwischen den Betten hin und her zu gehen. Er sieht dann aus, als habe er hohes Fieber. An der Art und Weise, wie er plötzlich stehenbleibt und die Gefährten betrachtet, ist zu erkennen, daß er etwas sehr Wichtiges sagen möchte, aber anscheinend bildet er sich ein, man werde ihm nicht zuhören oder ihn nicht verstehen, und so schüttelt er ungeduldig den Kopf und wandert weiter herum. Aber bald gewinnt der Wunsch zu reden über alle Überlegungen die Oberhand, er beherrscht sich nicht länger und spricht begeistert und leidenschaftlich. Seine Rede ist ungeordnet und verworren wie eine Fieberphantasie, ungestüm und nicht immer verständlich, aber dafür klingt aus seinen Worten und auch aus seiner Stimme etwas überaus Gutes. Wenn er redet, erkennt man in ihm den Wahnsinnigen und den Menschen. Es ist schwer, seine irren Reden auf dem Papier wiederzugeben. Er spricht von menschlicher Niedertracht, von der Gewalt, die die Wahrheit mißachtet, von dem herrlichen Leben, das einmal auf Erden sein wird, von den Fenstergittern, die ihn jeden Augenblick an den Stumpfsinn und die Grausamkeit der Gewalttätigen erinnern. So ergibt sich ein verworrenes, unharmonisches Potpourri aus alten, noch nicht zu Ende gesungenen Liedern.

II

Vor etwa zwölf oder fünfzehn Jahren wohnte in der Hauptstraße der Stadt, in seinem eigenen Haus, der Beamte Gromov, ein solider und wohlhabender Mann. Er hatte zwei Söhne: Sergej und Ivan. Als Sergej schon Student im vierten Studienjahr war, erkrankte er an galoppierender Schwindsucht und starb, und dieser Tod schien der Beginn einer ganzen Reihe von Unglücksfällen zu sein, die plötzlich über die Familie Gromov hereinbrachen. Eine Woche nach Sergejs Beerdigung wurde der alte Vater wegen Urkundenfälschung und Unterschlagung vor Gericht gestellt, und bald darauf starb er im Gefängniskrankenhaus an Typhus. Das Haus und das ganze Mobiliar kamen unter den Hammer, und Ivan Dmitrič blieb mit seiner Mutter völlig mittellos zurück.

Früher, zu Lebzeiten des Vaters, wohnte Ivan Dmitrič in Petersburg, wo er an der Universität studierte; er bekam sechzig bis siebzig Rubel im Monat und kannte keine Not; jetzt aber mußte er seine Lebensweise ganz und gar umstellen. Er war gezwungen, von früh bis in die Nacht hinein für billiges Geld Stunden zu geben, Abschriften anzufertigen und dennoch zu hungern, weil er seinen ganzen Verdienst der Mutter für ihren Lebensunterhalt schickte. Dieses Leben hielt Ivan Dmitrič nicht aus, er verlor den Mut und kränkelte, er gab das Studium an der Universität auf und fuhr nach Hause. Hier im Städtchen bekam er durch Protektion die Stelle eines Lehrers an der Kreisschule, aber er konnte sich nicht mit den Kollegen vertragen, gefiel den Schülern nicht und gab die Stelle bald auf. Die Mutter starb. Etwa ein halbes Jahr war er arbeitslos, ernährte sich nur von Wasser und Brot, dann nahm er den Posten eines Gerichtsvollziehers an. Dieses Amt bekleidete er, bis man ihn wegen seiner Krankheit entließ.

Niemals, auch nicht in seinen Studentenjahren, hatte er den Eindruck eines gesunden Menschen gemacht. Er war immer blaß, mager und anfällig für Erkältungen, er aß wenig und schlief schlecht. Von einem Gläschen Wein wurde ihm schwindlig, und er bekam einen hysterischen Anfall. Es zog ihn stets zu den Menschen, aber infolge seines reizbaren Charakters und seines Mißtrauens konnte er mit niemandem näher bekannt werden, und er hatte keine Freunde. Über die Bewohner der Stadt äußerte er sich immer voller Verachtung und sagte, ihre grobe Unwissenheit und ihr träges Dahinvegetieren kämen ihm abstoßend und widerlich vor. Er sprach mit Tenorstimme, laut, leidenschaftlich und nie anders als ungehalten und empört, oder aber voller Begeisterung und Verwunderung, doch immer aufrichtig. Worüber man sich auch mit ihm unterhielt, es kam stets auf das gleiche hinaus – in der Stadt sei das Leben bedrückend und langweilig, die Gesellschaft habe keine höheren Interessen, sie führe ein trübes, sinnloses Leben und bringe nur durch Gewalttätigkeit, grobe Ausschweifungen und Heuchelei Abwechslung in ihr Dasein; die Halunken seien satt und gut gekleidet, die Ehrlichen aber würden sich von Brosamen ernähren. Man brauche Schulen, eine örtliche Zeitung mit ehrlicher Tendenz, ein Theater, öffentliche Vorlesungen und den Zusammenschluß der gebildeten Kreise; es sei notwendig, daß die Gesellschaft sich selbst erkenne und über sich selbst erschrecke. In seinen Urteilen über die Menschen trug er kräftige Farben auf, er sah nur Schwarz und Weiß und wollte keinerlei Zwischentöne anerkennen; die Menschheit teilte er in Ehrliche und Schurken, ein Mittelding gab es für ihn nicht. Von den Frauen und der Liebe sprach er immer leidenschaftlich und begeistert, aber er hatte sich kein einziges Mal verliebt.

In der Stadt mochte man ihn trotz seiner scharfen Urteile und seiner Nervosität und nannte ihn hinter seinem Rücken zärtlich Vanja. Seine angeborene Feinfühligkeit, Hilfsbereitschaft, Anständigkeit und moralische Sauberkeit, sein schäbiges Röckchen, das kränkliche Aussehen und die Unglücksfälle in der Familie erweckten gute, warme und wehmütige Gefühle; dazu war er sehr gebildet und belesen, er wußte nach Meinung der Städter alles und war in der Stadt so etwas wie ein wandelndes Lexikon.

Er las sehr viel. Früher saß er oft im Klub, zupfte nervös an seinem Bärtchen und blätterte in Zeitschriften und Büchern; an seinem Gesicht sah man, daß er nicht einfach las, sondern alles geradezu verschlang und kaum Zeit hatte, es zu durchdenken. Man glaubte, das Lesen sei eine seiner krankhaften Angewohnheiten, weil er sich gierig auf alles stürzte, was ihm unter die Finger kam, sogar auf Zeitungen und Kalender aus dem Vorjahr. Bei sich zu Hause las er immer im Liegen.

III

An einem Herbstmorgen ging Ivan Dmitrič, mit hochgeschlagenem Mantelkragen und durch den Schmutz schlurfend, durch Gassen und Hinterhöfe zu einem Kleinbürger, um einen Vollstreckungsbefehl auszuführen. Seine Stimmung war düster, wie immer am Morgen. In einer Gasse kamen ihm zwei Häftlinge in Ketten entgegen, die von vier Soldaten mit Gewehren begleitet wurden. Früher war Ivan Dmitrič sehr oft Häftlingen begegnet, und jedesmal hatten sie in ihm Mitleid und Verlegenheit erweckt, diesmal aber machte diese Begegnung auf ihn einen besonderen, eigentümlichen Eindruck. Es wollte ihm auf einmal scheinen, man könne auch ihn in Ketten legen und auf die gleiche Weise durch den Schmutz ins Gefängnis abführen. Als er den Kleinbürger aufgesucht hatte, ging er nach Hause; unterwegs traf er an der Post einen ihm bekannten Polizeiinspektor, der ihn begrüßte und mit ihm ein Stück die Straße entlangging, und das schien ihm irgendwie verdächtig. Zu Hause gingen ihm den ganzen Tag die Häftlinge und die Soldaten mit den Gewehren durch den Kopf, und eine unerklärliche innere Unruhe störte ihn beim Lesen und hinderte ihn, sich zu konzentrieren. Am Abend zündete er kein Licht an, in der Nacht schlief er nicht und dachte immer, man könne auch ihn in Ketten legen und ins Gefängnis werfen. Er war sich keiner Schuld bewußt und konnte sich verbürgen, daß er auch in Zukunft niemals morden, einen Brand legen oder stehlen werde; aber war es denn so schwer, versehentlich ein Verbrechen zu begehen, und gab es denn keine Verleumdungen oder Justizirrtümer? Nicht umsonst lehrt eine uralte Volksweisheit, daß niemand vor dem Bettelsack und vor dem Gefängnis sicher ist. Ein Justizirrtum aber war bei der gegenwärtigen Rechtspflege sehr gut möglich und nichts Besonderes. Menschen, die zu fremdem Leid nur eine dienstliche oder geschäftliche Beziehung haben, zum Beispiel Richter, Polizisten und Ärzte, stumpfen mit der Zeit kraft der Gewohnheit so ab, daß sie sich zu ihren Klienten nur noch formal verhalten können, selbst wenn sie es anders wollten; in dieser Hinsicht unterscheiden sie sich in nichts von einem Bauern, der in Hinterhöfen Hammel und Kälber schlachtet und das Blut nicht mehr sieht. Bei einem formalen und herzlosen Verhalten zur menschlichen Persönlichkeit aber braucht ein Richter, um einem unschuldigen Menschen die Standesrechte abzusprechen und ihn zur *Katorga* zu verurteilen, nur eins – Zeit. Nur die Zeit, um gewisse Formalitäten zu erledigen, für die man dem Richter sein Gehalt bezahlt, und dann ist alles zu Ende. Dann suche nur Gerechtigkeit und Schutz in diesem kleinen schmutzigen Nest, zweihundert Verst von der Eisenbahn entfernt. Ist es nicht lächerlich, an Gerechtigkeit zu denken, wenn jeder Zwang von der Gesellschaft als vernünftige und zweckmäßige Notwendigkeit begrüßt wird und jede barmherzige Tat, wie zum Beispiel ein Freispruch, einen wahren Sturm von unbefriedigten, rachsüchtigen Gefühlen hervorruft?

Entsetzt und mit kaltem Schweiß auf der Stirn erhob sich Ivan Dmitrič am nächsten Morgen von seinem Bett, bereits fest davon überzeugt, daß man ihn jeden Augenblick verhaften könne. Wenn die quälenden Gedanken von gestern ihn so lange nicht losgelassen hatten, mußte seiner Meinung nach ein Körnchen Wahrheit darin stecken! Sie konnten ihm doch wahrhaftig nicht ohne jede Ursache in den Sinn gekommen sein.

Ein Polizist ging langsam an den Fenstern vorbei – das geschah doch nicht grundlos. Da blieben zwei Männer vor dem Haus stehen und schwiegen. Warum schwiegen sie?

Für Ivan Dmitrič begannen qualvolle Tage und Nächte. Jeden, der an den Fenstern vorbeiging und den Hof betrat, hielt er für einen Spion und einen Spitzel. Mittags fuhr gewöhnlich der Polizeichef mit einem Zweispänner durch die Straße zum Polizeiamt, er kam von seinem in der Nähe der Stadt gelegenen Gut, aber jedesmal schien es Ivan Dmitrič, als fahre er zu schnell und habe einen besonderen Gesichtsausdruck, offenbar wollte er schnellstens bekanntgeben, daß in der Stadt ein gefährlicher Verbrecher aufgetaucht sei. Ivan Dmitrič zuckte bei jedem Läuten oder Klopfen am Hoftor zusammen, er litt physisch und seelisch, wenn er bei der

Hauswirtin einen Unbekannten antraf; begegnete er Polizisten und Gendarmen, so lächelte er und pfiff vor sich hin, um gleichgültig zu erscheinen. Er schlief nächtelang nicht, weil er auf seine Festnahme wartete, schnarchte aber und seufzte laut wie ein Schlafender, damit die Wirtin denken sollte, er schlafe; denn wenn er nicht schlief, so hieß das, ihn quälten Gewissensbisse – was für ein Schuldbeweis wäre das! Die Tatsachen und der gesunde Menschenverstand sagten ihm, daß diese ganze Angst Unsinn und Psychopathie war, daß Verhaftung und Gefängnis, betrachtete man die Sache großzügiger, eigentlich nichts Schreckliches darstellten – wenn nur das Gewissen ruhig war; aber je vernünftiger und logischer er dachte, um so stärker und quälender wurde seine seelische Unruhe. Er erinnerte an jenen Einsiedler, der sich im Urwald ein Plätzchen roden wollte – je eifriger er mit der Axt arbeitete, desto dichter wucherte der Wald. Als Ivan Dmitrič endlich einsah, daß es nutzlos war, hörte er auf zu grübeln und gab sich ganz der Verzweiflung und Angst hin.

Er zog sich zurück und mied die Menschen. War der Dienst ihm schon früher zuwider gewesen, jetzt wurde er ihm unerträglich. Er fürchtete, man werde ihn irgendwie hereinlegen, ihm unbemerkt Bestechungsgelder in die Tasche stecken und ihn dann überführen, oder er werde versehentlich in den Akten einen Fehler machen, der einer Urkundenfälschung gleichkäme, oder er werde fremdes Geld verlieren. Eigenartig, daß seine Gedanken zu keiner anderen Zeit so wendig und erfinderisch gewesen waren wie jetzt, wo er jeden Tag Tausende verschiedenartige Anlässe erfand, um ernstlich für seine Freiheit und seine Ehre zu fürchten. Dafür verlor er das Interesse an der Umwelt, insbesondere an den Büchern, und sein Gedächtnis begann ihn im Stich zu lassen.

Im Frühling, als der Schnee geschmolzen war, fand man in der Schlucht neben dem Friedhof die halbverwesten Leichen einer Greisin und eines Knaben, die Spuren eines gewaltsamen Todes aufwiesen. In der Stadt wurde von nichts anderem gesprochen als von diesen Leichen und den unbekannten Mördern. Damit man nicht meinen sollte, er habe sie ermordet, ging Ivan Dmitrič durch die Straßen und lächelte, und wenn er Bekannte traf, wurde er abwechselnd rot und blaß und versicherte, es gäbe kein gemeineres Verbrechen als den Mord an Schwachen und Hilflosen. Dieser Lüge wurde er jedoch bald überdrüssig, und nach einigem Nachdenken faßte er den Entschluß, daß es in seiner Lage das beste wäre, sich im Keller seiner Wirtin zu verstecken. In dem Keller saß er einen Tag, die folgende Nacht und noch den nächsten Tag; er fror mächtig, und nachdem er die Dunkelheit abgewartet hatte, schlich er sich heimlich wie ein Dieb in sein Zimmer. Bis zum Morgengrauen blieb er reglos mitten im Zimmer stehen und lauschte. Früh am Morgen, vor Sonnenaufgang, kamen die Töpfer zu seiner Wirtin. Ivan Dmitrič wußte sehr wohl, daß sie gekommen waren, um in der Küche den Ofen umzusetzen, aber die Angst flüsterte ihm ein, es seien als Töpfer verkleidete Polizisten. Er verließ ganz leise die Wohnung und lief, von Entsetzen gepackt, ohne Rock und Mütze die Straße entlang. Ihm nach rannten bellende Hunde, irgendwo hinter ihm schrie ein Bauer, in den Ohren pfiff der Wind, und Ivan Dmitrič war es, als hätten sich alle Gewalten dieser Erde hinter seinem Rücken versammelt, um ihn zu verfolgen.

Man hielt ihn auf, brachte ihn nach Hause und schickte die Wirtin nach einem Arzt. Doktor Andrej Efimyč, von dem später noch die Rede sein wird, verordnete kalte Umschläge auf den Kopf und Kirsch-Lorbeer-Tropfen, er schüttelte traurig den Kopf und ging fort, nachdem er der Wirtin gesagt hatte, er käme nicht mehr, weil man die Menschen nicht hindern solle, verrückt zu werden. Da Ivan Dmitrič zu Hause über keine Mittel für den Lebensunterhalt und für die ärztliche Behandlung verfügte, schickte man ihn bald ins Krankenhaus und legte ihn dort in das Zimmer für die Geschlechtskranken. Nachts schlief er nicht, er war launisch und störte die Kranken, und auf Anordnung von Andrej Efimyč wurde er bald in das Krankenzimmer Nr. 6 übergeführt.

Nach einem Jahr hatte man in der Stadt Ivan Dmitrič schon völlig vergessen, und seine Bücher, die die Wirtin in einen Schlitten unter dem Schuppendach geworfen hatte, wurden von Straßenjungen weggeschleppt.

IV

Ivan Dmitričs Nachbar zur Linken ist, wie ich schon sagte, der Jude Mojsejka, der rechte Nachbar aber ein aufgedunsener, dicker, fast kugelrunder Bauer mit einem stumpfen, völlig ausdruckslosen Gesicht. Dieses unbewegliche, gefräßige und schmutzige tierische Geschöpf hat schon längst die Fähigkeit zum Denken und Fühlen verloren. Es verbreitet ständig einen scharfen, erstickenden Gestank.

Nikita, der ihn zu versorgen hat, schlägt ihn furchtbar, mit voller Kraft, ohne seine Fäuste zu schonen; das Furchtbare dabei sind nicht die Schläge – an die könnte man sich gewöhnen –, sondern die Tatsache, daß dieses stumpfsinnige Tier auf die Prügel weder mit einem Laut noch mit einer Bewegung, noch mit einem Blick reagiert; es schwankt nur leicht, wie eine schwere Tonne.

Der fünfte und letzte Insasse des Krankenzimmers Nr. 6 ist ein Kleinbürger, der einst Sortierer bei der Post war, ein kleiner, hagerer blonder Mann, mit einem gutmütigen, aber ein wenig verschlagenen Gesicht. Nach seinen klugen, ruhigen Augen zu urteilen, die hell und fröhlich in die Welt blicken, hat er es faustdick hinter den Ohren und kennt ein sehr wichtiges und angenehmes Geheimnis. Unter dem Kissen und der Matratze verwahrt er etwas, was er niemandem zeigt, aber nicht aus Angst, man könnte es ihm wegnehmen oder stehlen, sondern aus Schamhaftigkeit. Manchmal geht er ans Fenster

und hält sich, nachdem er den Kameraden den Rücken zuge-
dreht hat, etwas an die Brust und betrachtet es mit gesenktem
Kopf; tritt man in diesem Augenblick zu ihm heran, wird er
verlegen und reißt sich etwas von der Brust herunter. Aber
sein Geheimnis ist nicht schwer zu erraten.

»Gratulieren Sie mir«, sagt er oft zu Ivan Dmitrič, »ich
bin zum Stanislausorden zweiter Klasse mit Stern vorge-
schlagen. Die zweite Klasse mit Stern verleiht man nur Aus-
ländern, aber für mich will man aus irgendeinem Grund eine
Ausnahme machen«, meint er lächelnd und zuckt erstaunt
mit den Achseln. »Das habe ich, offen gestanden, nicht erwartet!«

»Davon verstehe ich nichts«, erklärt Ivan Dmitrič mürrisch.

»Aber wissen Sie, was ich früher oder später erreichen werde?« fährt der ehemalige Sortierer fort und kneift verschmitzt die Augen zusammen. »Ich bekomme unbedingt den
schwedischen ›Polarstern‹. Das ist ein Orden, es lohnt, sich
um ihn zu bemühen. Ein weißes Kreuz am schwarzen Band.
Das ist sehr schön.«

Wahrscheinlich gibt es nirgends einen Platz, wo das Leben
so eintönig ist wie in dem Nebengebäude. Morgens waschen
sich die Kranken, mit Ausnahme des Paralytikers und des
dicken Bauern, im Flur in einem großen Zuber und trocknen
sich mit den Schößen ihrer Kittel ab; dann trinken sie aus
Zinnkrügen Tee, den Nikita aus dem Hauptgebäude holt.
Jedem steht ein Krug zu. Zu Mittag ißt man Suppe aus
Sauerkraut und Grütze, zum Abendbrot die vom Mittagessen
übriggebliebene Grütze. In der Zwischenzeit liegt man,
schläft, schaut aus den Fenstern und geht im Zimmer auf und
ab. Und das jeden Tag. Sogar der ehemalige Sortierer spricht
immer über ein und dieselben Orden.

Neue Gesichter sieht man selten im Krankenzimmer Nr. 6.
Neue Geisteskranke nimmt der Arzt schon längst nicht mehr
auf, und Leute, die Spaß daran finden, Irrenhäuser zu besu-

chen, gibt es auf der Welt nur wenige. Einmal in zwei Monaten kommt Semën Lazarič, der Barbier, in das Nebengebäude. Wie er den Irren das Haar abschneidet, wie Nikita ihm dabei hilft und wie bestürzt die Kranken jedesmal sind, wenn der betrunkene, lächelnde Barbier erscheint – darüber wollen wir nicht sprechen.

Außer dem Barbier schaut keiner in das Nebengebäude hinein. Die Kranken sind verurteilt, tagaus, tagein nur Nikita zu sehen.

Übrigens verbreitete sich unlängst im Krankenhaus ein ziemlich sonderbares Gerücht. Dieses Gerücht besagte, der Arzt habe angefangen, das Krankenzimmer Nr. 6 aufzusuchen.

V

Ein sonderbares Gerücht!

Der Arzt Andrej Efimyč Ragin ist in seiner Art ein bemerkenswerter Mann. Man erzählt, er sei in früher Jugend sehr gläubig gewesen, habe sich auf die geistliche Laufbahn vorbereitet und, nachdem er im Jahre 1863 das Gymnasium absolviert hatte, beabsichtigt, in die Geistliche Akademie einzutreten, aber sein Vater, Doktor der Medizin und Chirurg, habe ihn ausgelacht und kategorisch erklärt, er würde ihn nicht mehr als seinen Sohn betrachten, wenn er unter die Popen ginge. Inwieweit das stimmt, weiß ich nicht, aber Andrej Efimyč selbst gab wiederholt zu, er hätte niemals eine innere Neigung zur Medizin und zu den Fachwissenschaften verspürt.

Wie dem auch sei, nach Beendigung der medizinischen Fakultät wurde er nicht Priester. Er legte keine Frömmigkeit an den Tag, und zu Beginn seiner ärztlichen Laufbahn glich er genausowenig einem Geistlichen wie jetzt.

Seine äußere Erscheinung ist schwerfällig, ungelenk und bäurisch; mit seinem Gesicht, dem Bart, dem straffen Haar und dem kräftigen, plumpen Körperbau erinnert er an einen vollgefressenen, haltlosen und groben Schankwirt an der Landstraße. Sein Gesicht ist streng und von blauen Äderchen durchzogen, seine Augen sind klein, die Nase ist rot. Er ist hochgewachsen, breitschultrig und hat riesige Hände und Füße; wenn er mit seiner Faust zupackt, scheint es einem, man müßte den Geist aufgeben. Aber er tritt leise auf, sein Gang ist vorsichtig und schleichend; bei einer Begegnung im engen Korridor bleibt er immer als erster stehen, um Platz zu machen, und er sagt nicht, wie man erwartet, mit einer Baßstimme, sondern mit einem feinen, sanften Tenor: »Verzeihung!« Eine kleine Geschwulst am Hals hindert ihn, steife, gestärkte Kragen zu tragen, deshalb bevorzugt er immer weiche Leinen- oder Baumwollhemden. Überhaupt ist er nicht wie ein Arzt gekleidet. An die zehn Jahre trägt er schon ein und denselben Anzug, und ein neues Kleidungsstück, das er gewöhnlich in einem jüdischen Laden kauft, sieht bei ihm genauso abgetragen und zerknautscht aus wie ein altes; in ein und demselben Rock empfängt er die Kranken, ißt er zu Mittag und macht er Besuche, und das nicht aus Geiz, sondern weil er seinem Äußeren keinerlei Beachtung schenkt.

Als Andrej Efimyč in die Stadt kam, um sein Amt anzutreten, befand sich ›die gottgefällige Anstalt‹ in einem schrecklichen Zustand. In den Krankenzimmern, den Korridoren und auf dem Hof des Krankenhauses konnte man vor Gestank kaum atmen. Die Wärter und Wärterinnen schliefen mit ihren Kindern bei den Kranken auf den Stationen. Man beschwerte sich, es sei vor Schaben, Wanzen und Mäusen nicht auszuhalten. In der chirurgischen Abteilung wurde man die Wundrose nicht los. Im ganzen Krankenhaus gab es nur zwei Skalpelle und kein einziges Fieberthermometer, in den Badewannen bewahrte man Kartoffeln auf. Der Inspektor, die Hausmeisterin und der Heilgehilfe bestahlen die Kranken, und von dem alten Arzt, Andrej Efimyčs Vorgänger, erzählte man, er habe heimlich den Krankenhausspiritus verkauft und sich einen ganzen Harem von Wärterinnen und kranken Frauen zugelegt. In der Stadt waren diese Mißstände bekannt, und man übertrieb sie sogar, aber man nahm sie ruhig hin; die einen rechtfertigten sie damit, daß im Krankenhaus nur Kleinbürger und Bauern lägen, die nicht unzufrieden sein dürften, da sie zu Hause bei weitem schlechter als im Krankenhaus lebten; sollte man sie etwa mit Haselhühnern füttern? Die anderen aber sagten zur Entschuldigung, die Stadt allein sei ohne Hilfe des Zemstvo nicht imstande, ein gutes Krankenhaus zu unterhalten, man könne Gott danken, daß es eins gebe, wenn auch ein schlechtes. Das neugewählte Zemstvo aber eröffnete weder in der Stadt noch außerhalb eine Heilstätte und verwies darauf, daß die Stadt ja schon ein Krankenhaus habe.

Nachdem Andrej Efimyč das Krankenhaus besichtigt hatte, kam er zu dem Schluß, diese Anstalt sei unmoralisch und für die Gesundheit der Einwohner in höchstem Maße schädlich. Seiner Meinung nach wäre es das klügste gewesen, sämtliche Kranken zu entlassen und das Krankenhaus zu schließen. Aber er überlegte, daß sein Wille allein hier nicht genügte und daß es auch nutzlos wäre; wenn man eine physische und moralische Unsauberkeit von einer Stelle verjagte, so würde sie sich an einer anderen niederlassen; man mußte abwarten, bis sie von selbst verschwand. Dazu kam noch Folgendes: Wenn die Leute ein Krankenhaus eröffnet hatten und es bei sich duldeten, so bedeutete es, daß sie eins brauchten; Vorurteile und alle diese alltäglichen Gemeinheiten und Scheußlichkeiten waren notwendig, weil sie im Laufe der Zeit zu etwas Tauglichem verarbeitet wurden, wie der Mist zu Humus. Auf der Erde gab es nichts Gutes, das in seinem Ursprung keine Niederträchtigkeit gekannt hätte.

Nachdem Andrej Efimyč sein Amt übernommen hatte, verhielt er sich zu den Mißständen offenbar ziemlich gleichgültig. Er bat nur die Wärter und Wärterinnen, nicht in den Krankenzimmern zu übernachten, und stellte zwei Schränke mit Instrumenten auf; der Inspektor aber, die Hausmeisterin, der Heilgehilfe und die Wundrose blieben auf ihren Plätzen.

Andrej Efimyč liebt Vernunft und Ehrlichkeit über alle Maßen, um aber in seiner Umgebung ein vernünftiges und ehrliches Leben zu organisieren, besitzt er nicht genügend Charakter, nicht genügend Glauben an sein gutes Recht. Befehlen, verbieten und auf etwas bestehen, das kann er wahrlich nicht. Es sieht so aus, als hätte er ein Gelübde abgelegt, niemals die Stimme zu heben und keinen Imperativ zu benutzen. Es fällt ihm schwer, »gib« oder »bring« zu sagen; wenn er essen möchte, hüstelt er zögernd und sagt zu der Köchin: »Könnte ich Tee haben . . .« oder: »Könnte ich zu Mittag essen?« Dem Inspektor aber zu sagen, er solle aufhören mit Stehlen, ihn wegzujagen oder diese unnötige Parasitenstelle ganz abzuschaffen – dazu ist er nicht imstande. Wenn man Andrej Efimyč betrügt oder ihm schmeichelt oder ihm zur Unterschrift wissentlich eine falsche Rechnung vorlegt, die bewußt niederträchtig ist, wird er rot wie ein Krebs und fühlt sich schuldig, aber die Rechnung unterschreibt er doch; wenn sich die Kranken bei ihm über Hunger oder über die groben Wärterinnen beschweren, wird er verlegen und murmelt schuldbewußt: »Gut, gut, ich kläre das später . . . Wahrscheinlich liegt da ein Mißverständnis vor . . .«

Die erste Zeit arbeitete Andrej Efimyč sehr eifrig. Er hielt jeden Tag vom Morgen bis zum Mittag Sprechstunde ab, nahm Operationen vor und war sogar als Geburtshelfer tätig. Die Damen erzählten von ihm, er sei gründlich und seine Diagnosen seien ausgezeichnet, besonders bei Kinder- und Frauenkrankheiten. Aber mit der Zeit wurde ihm die Sache durch ihre Eintönigkeit und offensichtliche Nutzlosigkeit langweilig. Heute behandelt man dreißig Kranke, und morgen sind es auf einmal fünfunddreißig, übermorgen vierzig, und das tagein, tagaus, Jahr für Jahr, aber die Sterblichkeit in der Stadt geht nicht zurück, und die Kranken kommen unaufhörlich. Es ist physisch gar nicht möglich, vom Morgen bis zum Mittag den vierzig Kranken ernstlich zu helfen, also ist alles nur Betrug. Im Berichtsjahr wurden zwölftausend ambulante Kranke behandelt, das bedeutete ganz einfach, zwölftausend Kranke wurden betrogen. Die ernstlich Kranken aber in die Krankenzimmer zu legen und sich mit ihnen nach allen Regeln der Wissenschaft zu beschäftigen, war auch nicht möglich, denn es gab zwar Regeln, doch keine Wissenschaft; ließ man jedoch die Philosophie beiseite und richtete sich wie die anderen Ärzte pedantisch nach den Regeln, so brauchte man dazu vor allem Sauberkeit und Ventilation, aber keinen Schmutz, eine gesunde Ernährung, aber keine Suppe aus übelriechendem Sauerkraut, und gute Helfer, aber keine Diebe.

Und warum sollte man die Menschen daran hindern zu sterben, wenn der Tod das normale und gesetzmäßige Ende eines jeden war? Was nützte es, wenn irgendein Händler oder Beamter fünf oder zehn Jahre länger lebte? Wenn man aber den Zweck der Medizin darin sah, durch Arzneien die Leiden zu lindern, dann erhob sich unwillkürlich die Frage: Wozu sollte man sie denn lindern? Erstens heißt es, die Leiden führen den Menschen zur Vollkommenheit, und zweitens wird die Menschheit, wenn sie tatsächlich ihre Leiden mit Pillen und Tropfen zu lindern lernt, sich völlig von Religion und Philosophie abwenden, wo sie bis jetzt nicht nur Schutz vor jeglichem Ungemach, sondern auch das Glück fand. Puškin mußte sich vor seinem Tod furchtbar quälen, der arme Heine lag einige Jahre gelähmt da; warum sollte denn irgendein Andrej Efimyč oder irgendeine Matrëna Savišna nicht einige Schmerzen aushalten, wo doch ihr Leben inhaltlos und völlig wertlos wäre und dem Leben einer Amöbe gliche, wenn sie nicht litten?

Bedrückt von solchen Überlegungen, ließ Andrej Efimyč die Hände sinken und hörte auf, jeden Tag ins Krankenhaus zu gehen.

VI

Sein Leben verläuft so: Er steht gewöhnlich gegen acht Uhr auf, zieht sich an und trinkt Tee. Dann setzt er sich in sein Arbeitszimmer und liest, oder er geht ins Krankenhaus. Dort hocken in einem engen, dunklen und kleinen Korridor die ambulanten Patienten, die auf die Sprechstunde warten. An ihnen vorbei laufen, mit ihren Stiefeln auf dem Ziegelfußboden polternd, Wärter und Wärterinnen, es kommen magere Kranke in Krankenkitteln vorüber, man trägt Tote und Gefäße mit Unrat hinaus, Kinder weinen, und es zieht. Andrej Efimyč weiß, daß für Fieberkranke, Schwindsüchtige und überhaupt für empfindliche Kranke solch eine Umgebung qualvoll ist, aber was soll man tun? Im Sprechzimmer empfängt ihn sein Gehilfe Sergej Sergeič, ein kleiner dicker Mann mit einem bartlosen, sauber gewaschenen, rundlichen Gesicht und weichen, gemessenen Bewegungen; in seinem bequemen neuen Anzug gleicht er mehr einem Senator als einem Heilgehilfen. In der Stadt hat er eine sehr große Praxis; er trägt eine weiße Halsbinde und hält sich für erfahrener als den Arzt, der überhaupt keine Privatpraxis hat. In der Ecke des Sprechzimmers steht ein Heiligenschrein mit einer großen Ikone und einem gewichtigen Öllämpchen, daneben ein Gestell unter einem weißen Überzug. An den Wänden hängen die Porträts von Bischöfen, eine Ansicht des Klosters von Svjatogorsk und vertrocknete Kornblumenkränze. Sergej Sergeič ist religiös und schmückt gern. Das Heiligenbild hat er auf seine Kosten hinstellen lassen, sonntags liest ein Kranker den Akathistos, und nach dem Lesen macht Sergej Sergeič selbst mit dem Weihrauchfaß einen Rundgang durch die Krankenzimmer, schwenkt es und räuchert.

Es gibt viele Kranke, aber die Zeit ist knapp, daher beschränkt man sich auf ein kurzes Befragen und die Ausgabe einer Arznei wie etwa flüchtiger Salbe oder Rizinusöl. Andrej Efimyč sitzt, seine Wange auf die Faust gestützt, nachdenklich da und stellt Fragen. Sergej Sergeič sitzt ebenfalls da, reibt sich die Hände und mischt sich hin und wieder ein.

»Wir sind deshalb krank und leiden Not«, sagt er, »weil wir zuwenig zu unserem barmherzigen Gott beten. Jawohl!«

Während der Sprechstunde operiert Andrej Efimyč nicht gern; er hat sich das längst abgewöhnt, und wenn er Blut sieht, regt ihn das zu sehr auf. Muß er einem Kind den Mund öffnen, um ihm in den Hals zu schauen, und das Kind schreit und verteidigt sich mit den Händchen, dann wird ihm von dem Lärm ganz schwindlig im Kopf, und Tränen treten ihm in die Augen. Er beeilt sich, eine Arznei zu verschreiben, und winkt ab, damit die Frau das Kind möglichst schnell hinausbringt.

In der Sprechstunde langweilen ihn bald die Schüchternheit der Kranken und ihr Stumpfsinn, die Nähe des prächtigen Sergej Sergeič, die Porträts an den Wänden und seine eigenen, stereotypen Fragen, die er schon über zwanzig Jahre stellt. Und nachdem er fünf oder sechs Kranke behandelt hat, geht er fort. Die übrigen überläßt er dem Heilgehilfen.

In dem angenehmen Gedanken, daß er Gott sei Dank schon seit langem keine Privatpraxis mehr hat und daß ihn keiner stören wird, setzt sich Andrej Efimyč, gleich wenn er nach Hause kommt, in seinem Arbeitszimmer an den Tisch und liest. Er liest sehr viel und immer mit großer Begeisterung. Die Hälfte seines Gehalts gibt er für Bücher aus, und von den sechs Zimmern seiner Wohnung sind drei voller Bücher und alter Zeitschriften. Am meisten schätzt er Werke über Geschichte und Philosophie; auf medizinischem Gebiet hat er nur die Zeitschrift ›Vrač‹ abonniert, die er immer von hinten zu lesen beginnt. Die Lektüre zieht sich bei ihm jedesmal über einige Stunden hin, ohne Pause, und ermüdet ihn nicht. Er liest nicht so schnell und fahrig, wie es Ivan Dmitrič tat, sondern langsam und aufmerksam, und er hält oft an Stellen inne, die ihm gefallen oder unklar sind. Neben dem Buch steht immer eine kleine Karaffe mit Vodka, und auf dem Tisch, nicht auf einem Teller, liegt eine Salzgurke oder ein eingemachter Apfel. Jede halbe Stunde schenkt er sich, ohne die Augen von dem Buch zu heben, ein Gläschen Vodka ein und trinkt es aus, dann tastet er, ohne aufzublicken, nach der Gurke und beißt ein Stückchen ab.

Um drei Uhr tritt er vorsichtig an die Küchentür, hustet und sagt:

»Darjuška, könnte ich wohl Mittag essen ...«

Nach dem Essen, das ziemlich schlecht und unappetitlich zubereitet ist, schreitet Andrej Efimyč mit auf der Brust gekreuzten Armen durch seine Zimmer und denkt nach. Es schlägt vier, es schlägt fünf, und immer noch schreitet er auf und ab und denkt nach. Hin und wieder knarrt die Küchentür, und Darjuškas rotes, verschlafenes Gesicht erscheint.

»Andrej Efimyč, wollen Sie denn jetzt nicht Ihr Bier trinken?« fragt sie besorgt.

»Nein, es ist noch nicht soweit ...«, antwortet er. »Ich warte noch ... ich warte ...«

Gegen Abend kommt gewöhnlich der Postmeister Michail Averjanyč, der einzige Mensch in der ganzen Stadt, dessen Gesellschaft Andrej Efimyč nicht lästig wird. Michail Averjanyč war früher ein sehr reicher Gutsbesitzer gewesen und hatte bei der Kavallerie gedient, jedoch sein Vermögen verloren und war im Alter aus Not in den Postdienst getreten. Er sieht gesund und munter aus, hat einen üppigen grauen Backenbart, gute Manieren und eine angenehme, kräftige Stimme. Er ist gutmütig und feinfühlig, aber er neigt zu Jähzorn. Wenn auf der Post jemand von den Kunden protestiert, mit etwas nicht einverstanden ist oder einfach seine Meinung darzulegen beginnt, dann wird Michail Averjanyč puterrot, zittert am ganzen Körper und schreit mit donnernder Stimme: »Ruhe!«, so daß das Postamt schon längst in dem Ruf steht, eine Behörde zu sein, die man nur mit Bangen aufsucht. Michail Averjanyč achtet und liebt Andrej Efimyč wegen seiner Bildung und seiner edlen Gesinnung, die anderen Einwohner aber behandelt er von oben herab, ganz so wie seine Untergebenen.

»Da bin ich!« sagt er, als er bei Andrej Efimyč eintritt. »Guten Tag, mein Lieber! Ich bin Ihnen wohl schon lästig, nicht wahr?«

»Im Gegenteil, ich freue mich sehr«, antwortet ihm der Arzt. »Ich freue mich immer, wenn Sie kommen.«

Die Freunde setzen sich im Arbeitszimmer auf das Sofa und rauchen eine Weile schweigend.

»Darjuška, könnten wir Bier haben?« fragt Andrej Efimyč.

Die erste Flasche trinken sie ebenfalls schweigend aus – der Arzt in Gedanken versunken, Michail Averjanyč aber mit heiterer, lebhafter Miene, wie ein Mensch, der etwas sehr Interessantes zu erzählen hat. Das Gespräch beginnt immer der Arzt.

»Wie bedauerlich«, sagt er langsam und leise, wobei er den Kopf schüttelt und dem Gesprächspartner nicht in die Augen blickt (er schaut einem nie in die Augen), »wie bedauerlich ist es doch, verehrter Michail Averjanyč, daß es in unserer Stadt gar keine Menschen gibt, die imstande und davon angetan wären, ein kluges und interessantes Gespräch zu führen. Das ist für uns ein ganz großer Mangel. Sogar die Intelligenz erhebt sich nicht über das niedrigste Niveau; ich versichere Ihnen, ihre Bildungsstufe ist nicht höher als die des niedrigsten Standes.«

»Ganz recht. Völlig einverstanden.«

»Sie wissen ja selbst«, fährt der Arzt leise und bedächtig fort, »daß auf dieser Welt alles, außer den höchsten Offenbarungen des menschlichen Verstandes, nichtig und uninteressant ist. Der Verstand zieht eine scharfe Grenze zwischen Tier und Menschen, er läßt die Göttlichkeit des letzteren erkennen und ersetzt ihm sogar in gewissem Grad die Unsterblichkeit, die es nicht gibt. Wenn man davon ausgeht, so ist der Verstand die einzig mögliche Quelle des Genusses. Wir aber hören und sehen nichts vom Verstand – also mangelt es uns an Genuß. Allerdings haben wir Bücher, aber das kann uns keineswegs ein lebendiges Gespräch und den Gedankenaustausch ersetzen. Wenn Sie mir gestatten, einen nicht ganz treffenden Vergleich zu ziehen, so sind die Bücher wie Noten, das Gespräch aber ist wie Gesang.«

»Ganz recht.«

Sie schweigen wieder. Aus der Küche kommt Darjuška und bleibt, das Gesicht auf ihre kleine Faust gestützt, mit einem Ausdruck dumpfer Trauer in der Tür stehen, um zuzuhören.

»Ach!« seufzt Michail Averjanyč. »Bei den heutigen Menschen suchen Sie Verstand!«

Und er erzählt, wie gut, wie lustig und interessant man früher lebte, wie klug die Intelligenz in Rußland war und wie hoch sie die Begriffe Ehre und Freundschaft stellte. Man lieh Geld ohne Wechsel, und man hielt es für eine Schande, einem notleidenden Kameraden nicht hilfreich die Hand zu reichen. Und was für Feldzüge, Abenteuer, Affären es damals gab, was für Kameraden, was für Frauen! Und der Kaukasus – was für eine wundervolle Gegend! Und die Gattin eines Bataillonskommandeurs, eine sonderbare Frau, zog Offizierskleidung an und ritt abends allein, ohne Begleitung, in die Berge. Man erzählte, sie hätte in einem Aul ein Verhältnis mit irgendeinem kleinen Fürsten.

»Heilige Mutter Gottes . . .«, seufzt Darjuška.

»Und wie wurde getrunken! Wie wurde gegessen! Und was für leidenschaftliche Liberale gab es!«

Andrej Efimyč hört zu, es dringt aber nicht bis an sein Bewußtsein; er denkt über etwas nach und trinkt schluckweise sein Bier.

»Ich träume oft von klugen Menschen und von Gesprächen mit ihnen«, unterbricht er plötzlich Michail Averjanyč. »Mein Vater ließ mir eine ausgezeichnete Bildung angedeihen, aber unter dem Einfluß der Ideen der sechziger Jahre zwang er mich, Arzt zu werden. Ich meine, hätte ich ihm damals nicht gehorcht, befände ich mich heute im Mittelpunkt der geistigen Bewegung. Wahrscheinlich wäre ich Mitglied irgendeiner Fakultät. Natürlich ist der Verstand auch nicht ewig, er ist vergänglich, aber Sie wissen schon, warum ich eine Neigung zum Geistigen habe. Das Leben ist eine schlau angelegte Falle. Wenn ein denkender Mensch seine geistige Reife erlangt hat und sich seiner selbst bewußt wird, dann fühlt er sich unwillkürlich wie in einer Falle, aus der es keinen Ausweg gibt. Tatsächlich wurde er doch ohne seinen Willen, durch irgendwelche Zufälligkeiten aus dem Nichtsein ins Leben gerufen ... Wozu? Wenn er den Sinn und das Ziel seines Daseins erfahren will, sagt man ihm nichts oder redet Unsinn; klopft er an, so wird ihm nicht aufgetan; kommt der Tod zu ihm, so ebenfalls gegen seinen Willen. Und wie die Menschen im Gefängnis, wo ein gemeinsames Unglück sie verbindet, Erleichterung fühlen, wenn sie zusammenkommen, so bemerkt man auch im Leben nicht die Falle, wenn Menschen, die zu Analysen und Verallgemeinerungen neigen, sich treffen und die Zeit mit dem Austausch stolzer, freier Ideen verbringen. In diesem Sinne ist der Verstand ein unentbehrlicher Genuß.«

»Ganz recht.«

Andrej Efimyč fährt, ohne dem Gesprächspartner in die Augen zu sehen, leise und stockend fort, von klugen Menschen und den Gesprächen mit ihnen zu erzählen; Michail Averjanyč hört ihm aufmerksam zu und pflichtet ihm bei: »Ganz recht.«

»Sie glauben nicht an die Unsterblichkeit der Seele?« fragt der Postmeister plötzlich.

»Nein, verehrter Michail Averjanyč, ich glaube nicht daran und habe auch keinen Grund dazu.«

»Zugegeben, ich zweifle auch. Obwohl ich so ein Gefühl habe, als würde ich niemals sterben. Ei, denke ich bei mir, du altes Haus, es ist Zeit zum Sterben! In meinem Innern aber sagt mir ein Stimmchen: ›Glaub's nicht, du wirst nicht sterben!‹«

Kurz nach neun Uhr geht Michail Averjanyč. Während er im Vorzimmer seinen Pelz anzieht, sagt er seufzend:

»In was für eine öde Gegend hat uns das Schicksal bloß verschlagen! Am ärgerlichsten ist es, daß man hier auch wird sterben müssen. Ach!«

VII

Nachdem Andrej Efimyč seinen Freund hinausbegleitet hat, setzt er sich an den Tisch und beginnt wieder zu lesen. Die Stille des Abends und der Nacht wird durch keinen Laut gestört, es scheint, als stehe die Zeit still, als sei sie zusammen mit dem Arzt über dem Buch erstarrt und als gebe es nichts weiter auf der Welt als dieses Buch und die Lampe mit dem grünen Schirm. Das grobe Bauerngesicht des Arztes erhellt allmählich ein Lächeln der Rührung und des Entzückens über die unaufhörliche Weiterentwicklung des menschlichen Geistes. Oh, warum ist der Mensch nicht unsterblich? denkt er. Wozu die Zentren und Windungen des Gehirns, wozu Sehvermögen, Sprache, Selbstgefühl und Genie, wenn doch alles verurteilt ist, wieder Erde zu werden und schließlich samt der Erdkruste zu erkalten und darauf Millionen von Jahren sinn- und ziellos mit der Erde um die Sonne zu kreisen? Um zu erkalten und dann zu kreisen, braucht man den Menschen mit seinem hohen, beinahe göttlichen Geist doch nicht aus dem Nichtsein herauszuholen und ihn dann wie zum Hohn in Lehm zu verwandeln.

Wandlung der Materie! Aber was für eine Feigheit, sich mit diesem Surrogat der Unsterblichkeit zu trösten! Die unbewußten Vorgänge, die in der Natur ablaufen, stehen sogar noch tiefer als die menschliche Dummheit, weil die Dummheit immerhin Bewußtsein und Willen enthält, diese

Naturvorgänge enthalten aber rein gar nichts. Nur ein Feigling, der mehr Angst vor dem Tod als Würde hat, kann sich damit trösten, daß sein Körper später einmal im Gras, in einem Stein oder in einer Kröte weiterleben wird ... Seine Unsterblichkeit in der Wandlung der Materie zu sehen ist genauso seltsam, wie einem Futteral eine glänzende Zukunft zu prophezeien, nachdem die kostbare Geige zerschlagen und unbrauchbar geworden ist.

Wenn die Uhr schlägt, lehnt sich Andrej Efimyč in seinem Sessel zurück und schließt die Augen, um ein wenig nachzudenken. Und unter dem Einfluß der guten Gedanken, die ihm durch die Lektüre gekommen sind, wirft er unversehens einen Blick auf seine Vergangenheit und auf die Gegenwart. Die Vergangenheit ist widerwärtig, man sollte lieber nicht daran zurückdenken. Und die Gegenwart ist auch nicht anders. Während seine Gedanken zusammen mit der erkalteten Erde um die Sonne kreisen, weiß er, daß in dem großen Gebäude neben der ärztlichen Wohnung Menschen unter Krankheit und Schmutz leiden müssen; einer schläft vielleicht nicht und schlägt sich mit dem Ungeziefer herum, ein anderer steckt sich mit Rose an oder stöhnt wegen eines zu straff angelegten Verbandes; vielleicht spielen die Kranken mit den Wärterinnen Karten und trinken Vodka. Im Berichtsjahr wurden zwölftausend Menschen betrogen; der ganze Krankenhausbetrieb beruht, wie schon vor zwanzig Jahren, auf Diebstahl, Streitigkeit, Klatsch, Vetternwirtschaft und grober Scharlatanerie, und das Krankenhaus ist nach wie vor eine unsittliche Einrichtung und für die Gesundheit der Einwohner höchst schädlich. Er weiß, daß hinter den Gittern des Krankenzimmers Nr. 6 Nikita die Kranken prügelt und daß Mojsejka jeden Tag durch die Stadt geht und um Almosen bittet.

Andererseits weiß er sehr wohl, daß in den letzten fünfundzwanzig Jahren in der Medizin eine märchenhafte Veränderung vor sich gegangen ist. Als er an der Universität studierte, dachte er, die medizinische Wissenschaft werde bald das Schicksal der Alchimie und der Metaphysik erleiden, jetzt aber, wenn er nachts liest, bewegt ihn die Medizin, sie erregt in ihm Erstaunen, ja sogar Begeisterung. Tatsächlich, was für ein unerwarteter Glanz, was für eine Revolution! Dank der Antisepsis macht man Operationen, die der große Pirogov sogar in spe für unmöglich hielt. Gewöhnliche Zemstvo-Ärzte entschließen sich zu einer Resektion des Kniegelenks, auf hundert Bauchschnitte kommt nur ein Todesfall, und die Steinkrankheit gilt als solche Lappalie, daß man darüber gar nicht mehr schreibt. Die Syphilis wird radikal geheilt. Und die Theorie der Vererbung, der Hypnotismus, die Entdeckungen von Pasteur und Koch, die Hygiene nebst der Statistik und unsere russische Zemstvo-Medizin? Die Psychiatrie mit ihrer jetzigen Klassifizierung der Krankheiten, den Methoden der Diagnose und den Heilverfahren ist im Vergleich zu dem, was gewesen ist, ein ganzer Elbrus. Jetzt gießt man den Geisteskranken kein Wasser mehr über den Kopf und zieht ihnen keine Zwangsjacken mehr an; sie werden menschlich behandelt, und wie man in den Zeitungen liest, veranstaltet man für sie sogar Theatervorstellungen und Bälle. Andrej Efimyč weiß, daß bei den heutigen Auffassungen und dem heutigen Feingefühl eine solche Scheußlichkeit wie das Krankenzimmer Nr. 6 vielleicht nur noch in zweihundert Verst Entfernung von der Eisenbahn möglich ist, in einem Städtchen, wo der Bürgermeister und alle Stadtverordneten ganz ungebildete Kleinbürger sind, die in einem Arzt den Adepten der Wissenschaft sehen, an den man ohne jede Kritik glauben muß, selbst wenn er einem geschmolzenes Zinn in den Mund gösse; in einem anderen Ort aber hätten die Bewohner und die Zeitungen diese kleine Bastille schon längst in Stücke gehauen.

Aber was denn? fragt sich Andrej Efimyč und öffnet die Augen. Was ist denn dabei? Trotz Antisepsis, Koch und Pasteur hat sich der Kern der Sache keineswegs geändert.

Erkrankungen und Sterblichkeit haben sich nicht verringert. Für die Geisteskranken organisiert man Bälle und Theateraufführungen, aber frei läßt man sie trotzdem nicht. Es ist also alles eitel und nichtig, und im Grunde genommen gibt es keinen Unterschied zwischen der besten Wiener Klinik und meinem Krankenhaus.

Aber Traurigkeit und ein dem Neid ähnliches Gefühl hindern ihn daran, gleichgültig zu sein. Das kommt wahrscheinlich von der Müdigkeit. Der schwere Kopf sinkt auf das Buch, er schiebt die Hände unters Gesicht, damit es weicher liegt, und überlegt: Ich diene einer schädlichen Sache und bekomme mein Gehalt von Menschen, die ich betrüge; ich bin unehrlich. Ich bin aber doch an und für sich ein Nichts; ich bin doch nur ein Teilchen des unumgänglichen sozialen Übels – alle Kreisbeamten sind Schädlinge und bekommen ihr Gehalt umsonst ... Folglich bin ich nicht schuld an meiner Unehrlichkeit, sondern die Zeit ... Wäre ich zweihundert Jahre später geboren, wäre ich anders ...

Wenn es drei Uhr schlägt, löscht er die Lampe und geht ins Schlafzimmer. Zum Schlafen hat er keine Lust.

VIII

Vor etwa zwei Jahren hatte sich das Zemstvo freigebig gezeigt und beschlossen, bis zur Eröffnung einer eigenen Klinik jährlich dreihundert Rubel zu zahlen, als Beihilfe zur Verstärkung des medizinischen Personals im städtischen Krankenhaus; und von der Stadt wurde als Hilfe für Andrej Efimyč der Kreisarzt Evgenij Fëdoryč Chobotov berufen. Das war noch ein sehr junger Mann von kaum dreißig Jahren, hochgewachsen, brünett, mit breiten Backenknochen und kleinen Äuglein; seine Ahnen waren wahrscheinlich Fremdstämmige gewesen. Er kam ohne einen Groschen in der Tasche in der Stadt an, mit einem kleinen Köfferchen und

einer jungen, häßlichen Frau, die er als seine Köchin bezeichnet. Diese Frau hat einen Säugling. Evgenij Fëdoryč läuft
mit einer Schirmmütze und in hohen Stiefeln herum, und im
Winter trägt er einen Halbpelz. Er hat sich sehr mit dem
Heilgehilfen Sergej Sergeič und mit dem Kassierer ange-
freundet, die anderen Beamten aber nennt er Aristokraten
und meidet sie. In seiner ganzen Wohnung befindet sich nur
ein einziges Buch – ›Die neuesten Rezepte der Wiener Klinik
vom Jahre 1881‹. Wenn er zu einem Kranken geht, nimmt
er dieses Buch immer mit. Im Klub spielt er abends Billard,
die Karten aber mag er nicht. Im Gespräch bevorzugt er
Worte wie Palaver, Matifolie mit Essig, fauler Zauber und so
weiter.

Ins Krankenhaus kommt er zweimal in der Woche, macht
einen Rundgang durch die Krankenzimmer und empfängt
Patienten. Das völlige Fehlen der Antisepsis und Schröpfköpfe erzürnen ihn, aber aus Furcht, Andrej Efimyč zu krän-
ken, führt er keine Neuerungen ein. Seinen Kollegen Andrej
Efimyč hält er für einen alten Gauner, er vermutet bei ihm
große Geldmittel und beneidet ihn im stillen. Er würde gern
seinen Posten einnehmen.

IX

An einem Frühlingsabend, Ende März, als auf der Erde kein
Schnee mehr lag und im Krankenhausgarten die Stare sangen, ging der Arzt hinaus, um seinen Freund, den Postmeister, zum Tor zu begleiten. Gerade in diesem Augenblick
betrat der Jude Mojsejka den Hof; er kehrte von seinem
Beutezug zurück. Er war ohne Mütze, die nackten Füße steck-
ten in flachen Gummischuhen, in den Händen hielt er ein
kleines Säckchen mit Almosen.

»Gib mir eine Kopeke!« sagte er, lächelnd und vor Kälte
zitternd, zu dem Arzt.

Andrej Efimyč, der niemals etwas abschlagen konnte, reichte ihm ein Zehnkopekenstück.

Wie schlecht das ist, dachte er und schaute auf Mojsejkas nackte Füße mit den roten, hageren Knöcheln. – Es ist doch naß.

Bewegt von einem Gefühl, das eine Mischung von Mitleid und Ekel war, folgte er dem Juden in das Nebengebäude und schaute bald auf seine Glatze, bald auf seine Knöchel. Als der Arzt eintrat, sprang Nikita von dem Plunderhaufen auf und stand stramm.

»Guten Tag, Nikita«, sagte Andrej Efimyč sanft. »Könnte man nicht diesem Juden Stiefel aushändigen, sonst erkältet er sich.«

»Zu Befehl, Euer Hochwohlgeboren. Ich werde es dem Inspektor melden.«

»Ich bitte darum. Bitte ihn in meinem Namen. Sag, ich hätte darum gebeten.«

Die Tür, die vom Flur in das Krankenzimmer führte, war geöffnet. Ivan Dmitrič lag mit aufgestütztem Ellenbogen auf dem Bett, lauschte unruhig der fremden Stimme und erkannte plötzlich den Arzt. Er zitterte vor Wut am ganzen Körper, sprang auf und rannte mit rotem, bösem Gesicht und hervorquellenden Augen in die Mitte des Krankenzimmers.

»Der Doktor ist gekommen!« rief er und fing an zu lachen. »Na, endlich! Herrschaften, ich gratuliere, der Arzt beehrt uns mit einer Visite! Verfluchtes Scheusal!« kreischte er und stampfte in einem Anfall von Raserei, wie man ihn noch nie zuvor im Krankenzimmer erlebt hatte, mit dem Fuß auf. »Totschlagen sollte man dieses Scheusal! Nein, totschlagen wäre zuwenig! In der Latrine ersäufen!«

Andrej Efimyč, der das gehört hatte, schaute aus dem Flur ins Krankenzimmer hinein und fragte sanft:

»Wofür?«

»Wofür?« schrie Ivan Dmitrič und näherte sich mit drohender Miene dem Arzt, krampfhaft den Krankenkittel zusammenhaltend. »Wofür! Du Dieb!« sagte er mit Widerwillen und tat, als wolle er ausspucken. »Scharlatan! Henker!«

»Beruhigen Sie sich«, sagte Andrej Efimyč und lächelte schuldbewußt. »Ich versichere Ihnen, ich habe niemals gestohlen, im übrigen aber übertreiben Sie wahrscheinlich stark. Ich sehe, Sie sind auf mich böse. Ich bitte Sie, beruhigen Sie sich, wenn Sie können, und sagen Sie mir ganz kaltblütig: Warum sind Sie böse?«

»Und warum halten Sie mich hier fest?«

»Weil Sie krank sind.«

»Ja, ich bin krank. Aber Dutzende, Hunderte von Geisteskranken leben auf freiem Fuß, weil Sie in Ihrer Unwissenheit nicht fähig sind, sie von den Gesunden zu unterscheiden. Warum müssen ich und diese Unglücklichen hier als Sündenböcke für alle sitzen? Sie, der Heilgehilfe, der Inspektor und Ihr ganzes Krankenhausgesindel stehen in moralischer Beziehung weitaus tiefer als jeder von uns, warum sitzen wir denn hier und nicht Sie? Wo ist hier die Logik?«

»Die moralische Beziehung und die Logik können nichts dafür. Alles hängt von einem Zufall ab. Wen man eingesperrt hat, der muß sitzen, wen man aber nicht eingesperrt hat, der spaziert frei herum, das ist alles. Die Tatsache, daß ich Arzt bin und Sie Geisteskranker, hat nichts mit Moral und mit Logik zu tun, sondern das ist reiner Zufall.«

»Diesen Unsinn begreife ich nicht . . .«, sagte Ivan Dmitrič leise und setzte sich auf sein Bett.

Mojsejka, den Nikita nicht durchsucht hatte, weil er sich in Anwesenheit des Arztes genierte, breitete auf seinem Bett Brotstücke, Papierschnitzel und Knöchelchen aus und begann, noch immer vor Kälte zitternd, hastig und melodisch hebräisch zu sprechen. Wahrscheinlich bildete er sich ein, er habe einen kleinen Laden aufgemacht.

»Lassen Sie mich hinaus«, sagte Ivan Dmitrič, und seine Stimme bebte.

»Das kann ich nicht.«

»Aber warum denn nicht? Warum?«

»Weil es nicht in meiner Macht steht. Urteilen Sie selbst, was für einen Nutzen haben Sie davon, wenn ich Sie entlasse? Gehen Sie ruhig, die Bewohner der Stadt und die Polizei werden Sie festhalten und zurückbringen.«

»Ja, ja, das ist wahr«, erwiderte Ivan Dmitrič und rieb sich die Stirn. »Das ist furchtbar! Aber was soll ich denn tun? Was denn nur?«

Ivan Dmitričs Stimme und sein von Grimassen verzerrtes junges kluges Gesicht gefielen Andrej Efimyč. Er wollte den jungen Mann gern freundlich behandeln und ihn beruhigen. Er setzte sich neben ihm aufs Bett, überlegte ein wenig und sagte:

»Sie fragen, was Sie tun sollen? Das beste in Ihrer Lage wäre, von hier zu fliehen. Aber leider ist das sinnlos. Man wird Sie festnehmen. Wenn die Gesellschaft sich vor Verbrechern, psychisch Kranken und überhaupt unbequemen Menschen schützt, ist sie unbesiegbar. Für Sie bleibt nur das eine – sich mit dem Gedanken abfinden, daß Ihr Verbleiben hier unumgänglich ist.«

»Niemand hat etwas davon.«

»Wenn Gefängnisse und Irrenhäuser existieren, so muß auch jemand darin sitzen. Wenn nicht Sie – so ich, und wenn nicht ich – so irgend jemand anderes. Warten Sie ab, wenn in ferner Zukunft die Gefängnisse und Irrenhäuser zu bestehen aufhören, dann wird es keine Gitter an den Fenstern und keine Krankenkittel mehr geben. Solch eine Zeit wird selbstverständlich früher oder später kommen.«

Ivan Dmitrič lächelte ironisch.

»Sie scherzen«, sagte er und kniff die Augen zusammen. »Solche Herrschaften wie Sie und Ihr Gehilfe Nikita kümmert die Zukunft nicht im geringsten, aber Sie können überzeugt sein, gnädiger Herr, es kommen bessere Zeiten! Sollte ich mich banal ausdrücken, lachen Sie darüber, aber die Morgenröte eines neuen Lebens wird aufleuchten, die Wahrheit wird triumphieren, dann wird es auch für uns besser werden. Ich erlebe es nicht mehr, ich krepiere vorher, dafür aber erleben es unsere Urenkel. Ich grüße sie von ganzem Herzen und freue mich, freue mich für sie! Vorwärts! Gott möge euch helfen, Freunde!«

Ivan Dmitrič erhob sich mit glänzenden Augen, streckte die Arme zum Fenster aus und fuhr mit erregter Stimme fort:

»Hinter diesen Gittern segne ich euch! Es lebe die Wahrheit! Ich freue mich!«

»Ich finde keinen besonderen Anlaß zur Freude«, sagte Andrej Efimyč, dem Ivan Dmitričs Haltung theatralisch vorkam und gleichzeitig sehr gefiel. »Gefängnisse und Irrenhäuser wird es nicht geben, und die Wahrheit, wie Sie sich auszudrücken belieben, wird triumphieren, aber der Kern der Sache verändert sich nicht, die Naturgesetze bleiben dieselben. Die Menschen werden krank sein, altern und sterben, so wie auch jetzt. Wie großartig auch die Morgenröte Ihr Leben erhellt, zu guter Letzt wird man Sie doch in einen Sarg legen, ihn vernageln und in eine Grube werfen.«

»Und die Unsterblichkeit?«

»Ach, hören Sie damit auf!«

»Sie glauben nicht daran, aber ich. Bei Dostoevskij oder bei Voltaire sagt jemand, wenn es keinen Gott gäbe, so hätten ihn die Menschen erfunden. Ich aber glaube fest daran, wenn es keine Unsterblichkeit gäbe, so würde früher oder später der große menschliche Geist sie erfinden.«

»Gut gesagt«, meinte Andrej Efimyč, vor Vergnügen lächelnd. »Das ist gut, daß Sie glauben. Mit so einem Glauben kann sogar einer, der in eine Wand eingemauert ist, zufrieden leben. Haben Sie irgendwo eine Ausbildung genossen?«

»Ja, ich war auf der Universität, habe sie aber nicht beendet.«

»Sie sind ein ernsthafter, denkender Mensch. In jeder Umgebung können Sie Beruhigung in sich selbst finden. Eine freie und tiefe Denkweise, die nach Erkenntnis des Lebens strebt, und völlige Verachtung der dummen eitlen Welt – das sind die beiden höchsten Güter, die der Mensch je gekannt hat. Und Sie können sie besitzen, selbst wenn Sie hinter drei Gittern säßen. Diogenes lebte in einer Tonne, dennoch war er glücklicher als alle Könige der Erde.«

»Ihr Diogenes war ein Dummkopf«, entgegnete Ivan Dmitrič mürrisch. »Was erzählen Sie mir von Diogenes und von der Erkenntnis des Lebens?« Er wurde plötzlich wütend und sprang auf. »Ich liebe das Leben, ich liebe es leidenschaftlich! Ich leide an Verfolgungswahn, an ständiger quälender Angst, aber es gibt Minuten, wo mich der Lebenshunger packt, und dann fürchte ich, den Verstand zu verlieren. Ich will leben, leben!«

Erregt ging er im Krankenzimmer auf und ab und fuhr mit gedämpfter Stimme fort:

»Wenn ich träume, besuchen mich Gespenster. Zu mir kommen irgendwelche Menschen, ich höre Stimmen und Musik, und mir scheint es, als ob ich an der Küste und im Wald des Meeres spazierenginge, und ich sehne mich so leidenschaftlich nach Tätigkeit, nach Sorgen . . . Sagen Sie mir, was gibt es draußen Neues?« fragte Ivan Dmitrič. »Was gibt es?«

»Wollen Sie etwas über die Stadt wissen oder im allgemeinen?«

»Nun, zuerst erzählen Sie von der Stadt und dann im allgemeinen.«

»Ja, was? In der Stadt ist es zum Sterben langweilig . . . Es gibt niemanden, mit dem man reden, niemanden, dem man zuhören möchte. Neue Menschen sieht man auch nicht. Übrigens ist vor kurzem ein junger Arzt namens Chobotov angekommen.«

»Er kam an, als ich schon hier war. Ein Grobian, was?«

»Ja, ein ungebildeter Mensch. Es ist eigenartig, wissen Sie . . . Insgesamt gesehen, gibt es bei uns in den Hauptstädten keinen geistigen Stillstand, alles ist in Bewegung, also müssen dort auch echte Menschen sein, aber aus irgendeinem Grund schickt man uns von dort Leute, die man gar nicht sehen möchte. Eine unglückliche Stadt!«

»Ja, eine unglückliche Stadt!« Ivan Dmitrič seufzte und lachte auf. »Und wie ist es im allgemeinen? Was schreiben die Zeitungen und Zeitschriften?«

Im Krankenzimmer war es schon dunkel. Der Arzt erhob sich und erzählte im Stehen, was man im Ausland und in Rußland schreibe und welche Geistesrichtung sich jetzt bemerkbar mache. Ivan Dmitrič hörte aufmerksam zu und stellte Fragen, aber plötzlich, als sei ihm etwas Schreckliches eingefallen, faßte er sich an den Kopf und legte sich, dem Arzt den Rücken zukehrend, aufs Bett.

»Was ist mit Ihnen?« fragte Andrej Efimyč.

»Sie hören von mir kein Wort mehr!« sagte Ivan Dmitrič grob. »Lassen Sie mich zufrieden!«

»Warum denn?«

»Ich sage Ihnen: Lassen Sie mich zufrieden! Was, zum Teufel, soll das?«

Andrej Efimyč zuckte mit den Achseln, seufzte und ging hinaus. Als er durch den Flur ging, sagte er:

»Könnte man hier nicht aufräumen, Nikita . . . Ein furchtbar unangenehmer Geruch!«

»Zu Befehl, Euer Hochwohlgeboren.«

Was für ein netter junger Mann! dachte Andrej Efimyč auf dem Weg zu seiner Wohnung. Während der ganzen Zeit, da ich hier lebe, ist das, glaube ich, der erste Mensch, mit dem man sich unterhalten kann. Er denkt logisch und interessiert sich gerade für das, was nötig ist.

Beim Lesen und beim Schlafengehen dachte er die ganze Zeit an Ivan Dmitrič, und als er am nächsten Morgen erwachte, erinnerte er sich, daß er gestern die Bekanntschaft eines klugen und interessanten Menschen gemacht hatte, und er beschloß, ihn bei der ersten sich bietenden Gelegenheit nochmals zu besuchen.

X

Ivan Dmitrič lag in derselben Stellung da wie am Vortag, den Kopf in den Händen vergraben und die Beine angezogen. Sein Gesicht war nicht zu sehen.

»Guten Tag, mein Freund«, sagte Andrej Efimyč. »Schlafen Sie nicht?«

»Erstens bin ich nicht Ihr Freund«, sagte Ivan Dmitrič ins Kissen, »und zweitens bemühen Sie sich umsonst; Sie kriegen aus mir auch nicht ein Wort heraus.«

»Sonderbar ...« murmelte Andrej Efimyč verlegen. »Gestern haben wir uns so friedlich unterhalten, aber plötzlich waren Sie unerklärlicherweise beleidigt und brachen das Gespräch ab ... Wahrscheinlich habe ich mich irgendwie ungeschickt ausgedrückt, oder ich habe vielleicht einen Gedanken geäußert, der mit Ihren Überzeugungen nicht übereinstimmt.«

»Ja, das soll ich Ihnen glauben!« sagte Ivan Dmitrič, sich aufrichtend und den Arzt spöttisch und unruhig ansehend; seine Augen waren gerötet. »Um zu spionieren und zu quälen, können Sie woanders hingehen, hier haben Sie nichts zu suchen. Ich habe schon gestern begriffen, weshalb Sie hergekommen sind.«

»Seltsame Phantasie!« erwiderte der Arzt lächelnd. »Also Sie nehmen an, ich sei ein Spion?«

»Ja, das nehme ich an ... Ein Spion oder ein Arzt, bei dem man mich zur Beobachtung eingewiesen hat, das ist ganz gleich.«

»Ach, was sind Sie doch für ein, entschuldigen Sie ... für ein Sonderling!«

Der Arzt setzte sich auf einen Hocker neben dem Bett und schüttelte vorwurfsvoll den Kopf.

»Aber angenommen, Sie haben recht«, sagte er. »Angenommen, ich bin ein Verräter und melde Ihre Worte weiter, um Sie der Polizei zu überantworten. Man nimmt Sie fest und verurteilt Sie. Aber wird es Ihnen denn vor Gericht und im Gefängnis schlechter ergehen als hier? Und wenn man Sie deportiert und sogar in die Katorga schickt, ist das etwa schlimmer, als in diesem Gebäude zu sitzen? Ich nehme an, es ist nicht schlimmer ... Weshalb sich also ängstigen?«

Diese Worte beeindruckten Ivan Dmitrič offenbar. Er setzte sich ruhig hin.

Es war gegen fünf Uhr nachmittags – die Zeit, da Andrej Efimyč gewöhnlich in seinen Räumen auf und ab ging und Darjuška ihn fragte, ob er jetzt nicht sein Bier trinken wolle. Draußen war ruhiges, klares Wetter.

»Ich bin nach dem Mittagessen spazierengegangen und habe Sie aufgesucht, wie Sie sehen«, sagte der Arzt. »Es ist schon richtig Frühling.«

»Welchen Monat haben wir jetzt? März?« fragte Ivan Dmitrič.

»Ja, Ende März.«

»Ist es schmutzig draußen?«

»Nein, nicht sehr. Im Garten sind die Wege schon trocken.«

»Jetzt müßte man in einer Kutsche ausfahren«, sagte Ivan Dmitrič, wie schlaftrunken seine roten Augen reibend, »danach würde man nach Hause, in das warme, gemütliche Arbeitszimmer zurückkehren und ... sich bei einem anständigen Arzt von seinen Kopfschmerzen kurieren lassen ... Schon lange habe ich nicht mehr wie ein Mensch gelebt. Und hier ist es abscheulich! Unerträglich, abscheulich!«

Nach der gestrigen Erregung war er erschöpft, träge und sprach widerwillig. Seine Finger zitterten, und an seinem Gesicht sah man, daß er starke Kopfschmerzen hatte.

»Zwischen einem warmen, gemütlichen Arbeitszimmer und diesem Krankenzimmer besteht gar kein Unterschied«, sagte Andrej Efimyč. »Die Ruhe und Zufriedenheit eines Menschen liegen nicht außerhalb, sondern in ihm selbst.«

»Was heißt das?«

»Ein gewöhnlicher Mensch erwartet Gutes oder Schlechtes von außen, das heißt von einer Kutsche und einem Arbeitszimmer, der denkende Mensch aber von sich selbst.«

»Gehen Sie und predigen Sie diese Philosophie in Griechenland, wo es warm ist und nach Pomeranzen duftet, hier paßt sie nicht zum Klima. Mit wem habe ich über Diogenes gesprochen? Mit Ihnen, nicht wahr?«

»Ja, mit mir, gestern.«

»Diogenes brauchte kein Arbeitszimmer und keinen warmen Raum; dort ist es auch ohnedies heiß. Da kann man in einer Tonne liegen und Apfelsinen und Oliven essen. Hätte er aber in Rußland leben müssen, so hätte er nicht nur im Dezember, sondern schon im Mai nach einem Zimmer verlangt. Er hätte sich wahrscheinlich vor Kälte gekrümmt.«

»Nein. Die Kälte, wie auch jeden anderen Schmerz, braucht man nicht zu fühlen. Mark Aurel sagt: ›Schmerz ist die lebendige Vorstellung vom Schmerz; steigere deine Willenskraft und ändere diese Vorstellung, weise sie von dir, hör auf zu klagen, und der Schmerz verschwindet.‹ Das ist richtig. Ein Weiser oder einfach ein ernsthafter, denkender Mensch zeichnet sich gerade dadurch aus, daß er das Leiden verachtet; er ist immer zufrieden und wundert sich über nichts.«

»Also bin ich ein Idiot, denn ich leide, bin unzufrieden und wundere mich über die menschliche Gemeinheit.«

»Das ist unbegründet. Wenn Sie sich mehr hineindenken, werden Sie verstehen, wie nichtig all das Äußerliche ist, was uns bewegt. Man muß nach der Erkenntnis des Lebens streben – hierin liegt das wahre Heil.«

»Erkenntnis...«, erwiderte Ivan Dmitrič und verzog das Gesicht. »Äußerlich, innerlich... Entschuldigen Sie, das verstehe ich nicht. Ich weiß nur«, sagte er und erhob sich, während er den Arzt böse anschaute, »ich weiß nur, daß mich Gott als Menschen mit warmem Blut und Nerven geschaffen hat, jawohl! Das organische Gewebe aber muß, wenn es lebensfähig sein soll, auf jeden Reiz reagieren. Und ich reagiere! Auf Schmerz antworte ich mit einem Schrei und mit Tränen, auf Gemeinheit mit Empörung, auf Abscheulichkeit mit Widerwillen. Das ist meiner Meinung nach das Leben. Je tiefer ein Organismus steht, desto weniger empfindet er, desto schwächer reagiert er auf einen Reiz; je höher er steht, desto empfänglicher und energischer reagiert er auf die Wirklichkeit. Wie kann man das nicht wissen? Sie sind Arzt und wissen nichts von alltäglichen Dingen! Um das Leiden zu verachten, immer zufrieden zu sein und sich über nichts zu wundern, da muß man schon einen solchen Zustand erreicht haben« – und Ivan Dmitrič zeigte auf den dicken, aufgedunsenen Bauern – »oder aber sich in solchem Maße durch Leiden stählen, daß man jede Empfindung dafür verliert, das heißt mit anderen Worten, aufhört zu leben. Entschuldigen Sie, ich bin kein Weiser und kein Philosoph«, fuhr Ivan Dmitrič gereizt fort, »und verstehe nichts davon. Ich bin nicht imstande, darüber zu urteilen.«

»Im Gegenteil, Sie urteilen vortrefflich.«

»Die Stoiker, die Sie parodieren, waren bemerkenswerte Menschen, aber ihre Lehre erstarrte schon vor zweitausend Jahren; sie hat sich keinen Deut weiterentwickelt und wird es auch nicht tun, weil sie unpraktisch und nicht lebensfähig ist. Diese Lehre hatte nur bei einer Minderheit Erfolg, die ihr Leben im Studieren und Auskosten verschiedener Lehren zubrachte, die Mehrheit aber verstand sie nicht. Eine Lehre, die Gleichgültigkeit gegenüber dem Reichtum und den Bequemlichkeiten des Lebens predigt, die Leiden und den Tod verachtet, war für die große Mehrheit unverständlich, denn diese Mehrheit kannte weder Reichtum noch Bequemlichkeiten des Lebens; die Leiden zu verachten, hätte für sie Verachtung des Lebens bedeutet, denn das ganze Wesen des Menschen besteht aus der Empfindung von Hunger, Kälte, Kränkungen, aus Verlusten und der Furcht eines Hamlets vor dem Tod. In diesen Empfindungen liegt das ganze Leben, man kann es für lästig halten, man kann es hassen, aber nicht verachten. Ja, ich wiederhole, die Lehre der Stoiker kann niemals Zukunft haben; voran schreiten vielmehr, wie Sie sehen, vom Anbeginn der Zeiten bis heute, der Kampf, das Schmerzempfinden, die Fähigkeit, auf einen Reiz zu reagieren...«

Ivan Dmitrič verlor plötzlich den Faden, stockte und rieb sich ärgerlich die Stirn.

»Ich wollte etwas Wichtiges sagen, bin aber aus dem Konzept gekommen«, sagte er. »Was wollte ich denn ... Ja! Also das will ich sagen: Ein Stoiker verkaufte sich in die Sklaverei, um seinen Nächsten loszukaufen. Sehen Sie, das heißt doch, auch der Stoiker reagierte auf einen Reiz, denn zu einer so großmütigen Handlung, wie es die Selbstvernichtung um seines Nächsten willen ist, braucht man ein empörtes, mitfühlendes Herz. Ich habe in diesem Gefängnis hier alles, was ich lernte, vergessen, sonst würde mir noch irgend etwas einfallen. Und nehmen wir mal Christus! Christus reagierte auf die Wirklichkeit, indem er weinte, lächelte, trauerte, zornig und sogar schwermütig war; den Leiden ging er nicht lächelnd entgegen, und er verachtete nicht den Tod, sondern betete im Garten Gethsemane, daß dieser Kelch an ihm vorübergehe.«

Ivan Dmitrič lachte und setzte sich.

»Nehmen wir an, die Ruhe und Zufriedenheit eines Menschen lägen nicht außerhalb, sondern in ihm selbst«, fuhr er fort. »Nehmen wir an, man müsse die Leiden verachten und sich über nichts wundern. Aber aus welchem Grund predigen Sie das? Sind Sie ein Weiser? Ein Philosoph?«

»Nein, ich bin kein Philosoph, aber jeder muß das predigen, denn es ist vernünftig.«

»Nein, ich will wissen, warum Sie sich hinsichtlich der

Erkenntnis des Lebens, der Verachtung der Leiden und so weiter für kompetent halten? Haben Sie denn jemals gelitten? Haben Sie eine Vorstellung von Leiden? Erlauben Sie: hat man Sie in der Kindheit geprügelt?«

»Nein, meine Eltern verabscheuten die Prügelstrafe.«

»Mich aber hat mein Vater grausam geschlagen. Mein Vater war ein strenger, an Hämorrhoiden leidender Beamter, mit langer Nase und gelbem Hals. Aber wir wollen von Ihnen sprechen. In Ihrem ganzen Leben hat Sie niemand auch nur mit dem Finger angerührt, niemand hat Sie eingeschüchtert, Sie gequält; Sie sind gesund wie ein Bulle. Sie wuchsen auf unter dem Schutz Ihres Vaters, studierten auf seine Kosten und rissen dann sofort eine Sinekure an sich. Mehr als zwanzig Jahre leben Sie in einer mietfreien Wohnung, mit Heizung, Beleuchtung und Bedienung, und haben dabei das Recht zu arbeiten, wie und wieviel Sie wollen, oder auch nichts zu tun. Von Natur aus sind Sie ein träger, schlaffer Mensch, deshalb haben Sie sich bemüht, Ihr Leben so zu gestalten, daß Sie nichts stört und von Ihrem Platz verdrängt. Die Geschäfte haben Sie dem Heilgehilfen und dem anderen Gesindel übergeben, Sie selbst haben sich in der Wärme und Stille hingesetzt, haben Geld gespart, ein bißchen in Büchern gelesen, sich mit Nachdenken über allerlei erhabenen Blödsinn ergötzt und« (Ivan Dmitrič blickte auf die rote Nase des Arztes) »öfter einen gehoben. Mit einem Wort, das Leben haben Sie nicht gesehen, Sie kennen es überhaupt nicht, und die Wirklichkeit ist Ihnen nur aus der Theorie bekannt. Sie verachten aber die Leiden und wundern sich über nichts, aus einem sehr einfachen Grund: die Eitelkeit der Eitelkeiten, das Äußerliche und das Innerliche, die Verachtung des Daseins, der Leiden und des Todes, die Erkenntnis des Lebens, das wahre Heil – diese ganze Philosophie ist für einen russischen Faulpelz wie geschaffen. Sie sehen zum Beispiel, wie ein Bauer seine Ehefrau prügelt. Warum soll man sie in Schutz nehmen? Laß ihn schlagen; ist doch ganz egal, früher oder später sterben die beiden sowieso; und wer prügelt, verletzt mit seinen Schlägen nicht den, den er prügelt, sondern sich selbst. Sich der Trunksucht zu ergeben ist dumm und unanständig, aber wenn man trinkt, so stirbt man, trinkt man nicht – stirbt man auch. Da kommt eine Bauersfrau, sie hat Zahnschmerzen . . . Nun, was ist dabei? Der Schmerz ist nur eine Vorstellung vom Schmerz, und außerdem kann man ohne Krankheiten auf dieser Welt nicht leben, wir müssen alle sterben, und darum hau ab, Weib, stör mich nicht beim Nachdenken und beim Vodkatrinken. Ein junger Mann bittet um einen Rat, was soll er tun, wie soll er leben; ein anderer würde nachdenken, bevor er etwas erwidert, aber hier ist die Antwort schon fertig: strebe nach Erkenntnis oder nach dem wahren Heil. Und was ist dieses geheimnisvolle ›wahre Heil‹? Darauf gibt es natürlich keine Antwort. Man hält uns hier hinter Gittern, läßt uns verfaulen, mißhandeln, und das ist herrlich und vernünftig, weil zwischen diesem Krankenzimmer und einem warmen, gemütlichen Arbeitszimmer kein Unterschied besteht. Eine bequeme Philosophie: man braucht nichts zu tun, das Gewissen ist rein, und man hält sich für einen Weisen . . . Nein, mein Herr, das ist keine Philosophie, kein Denken, kein Weitblick, sondern Faulheit, Scharlatanerie, Verschlafenheit . . . Jawohl!« Ivan Dmitrič wurde wieder böse. »Das Leiden verachten Sie, aber wenn man Ihnen einen Finger in der Tür einklemmt, würden Sie bestimmt aus vollem Halse schreien!«

»Aber vielleicht würde ich auch nicht schreien«, meinte Andrej Efimyč, sanft lächelnd.

»Ja, natürlich! Aber würden Sie vom Schlag gerührt, oder nehmen wir an, irgendein Dummkopf und Frechling würde seine Stellung und seinen Dienstrang dazu benutzen, Sie öffentlich zu beleidigen, und Sie wüßten, daß ihm das ungestraft durchgeht, na, dann würden Sie begreifen, was es heißt, andere auf das Streben nach Erkenntnis und nach dem wahren Heil zu verweisen.«

»Das ist originell«, sagte Andrej Efimyč, vor Vergnügen lachend und sich die Hände reibend. »Von Ihrem Hang nach Verallgemeinerungen bin ich angenehm überrascht, und meine Charakteristik, die Sie soeben zu geben beliebten, ist einfach glänzend. Offen gestanden, ein Gespräch mit Ihnen bereitet mir ungeheures Vergnügen. Nun, ich habe Sie angehört, jetzt aber haben Sie die Güte und hören Sie mich an...«

XI

Dieses Gespräch dauerte noch ungefähr eine Stunde und machte auf Andrej Efimyč offensichtlich tiefen Eindruck. Von nun an besuchte er das Nebengebäude jeden Tag. Er ging morgens hin und nachmittags, und oft wurde er auch beim Gespräch mit Ivan Dmitrič von der Abenddämmerung überrascht. Die erste Zeit war Ivan Dmitrič ihm gegenüber befangen, er verdächtigte ihn böser Absichten und zeigte offen seine Feindseligkeit; dann aber gewöhnte er sich an ihn, er änderte sein schroffes Benehmen und wurde herablassend-ironisch.

Im Krankenhaus sprach es sich bald herum, daß Andrej Efimyč das Krankenzimmer Nr. 6 besuchte. Niemand – weder der Heilgehilfe noch Nikita, noch die Krankenwärterinnen – konnte verstehen, weshalb er hinging, warum er stundenlang dort blieb, worüber er sprach und weshalb er keine Rezepte ausstellte. Sein Benehmen schien seltsam. Michail Averjanyč traf ihn oft nicht zu Hause an, was früher nie der Fall gewesen war, und Darjuška war sehr bestürzt, denn der Arzt trank sein Bier nicht mehr zur bestimmten Zeit, und manchmal kam er sogar zu spät zum Mittagessen.

Eines Tages – es war bereits Ende Juni – kam Doktor Chobotov wegen irgendeiner Sache zu Andrej Efimyč. Als er ihn nicht zu Hause antraf, begab er sich auf den Hof, um ihn zu suchen; dort sagte man ihm, der alte Arzt sei zu den Geisteskranken gegangen. Als Chobotov das Nebengebäude betrat und im Flur stehenblieb, hörte er folgendes Gespräch:

»Wir werden uns niemals restlos verstehen, und mich zu bekehren wird Ihnen nicht gelingen«, sagte Ivan Dmitrič gereizt. »Sie kennen die Wirklichkeit überhaupt nicht, und Sie haben niemals gelitten, sondern sich nur wie ein Blutegel von fremdem Leid genährt, ich litt aber ständig, vom Tage meiner Geburt bis heute. Deshalb sage ich offen: Ich halte mich für höherstehend und in jeder Beziehung kompetenter als Sie. Es ist nicht Ihre Sache, mich zu belehren.«

»Ich habe durchaus nicht die Absicht, Sie zu meinem Glauben zu bekehren«, sagte Andrej Efimyč leise und bedauernd, weil man ihn nicht verstehen wollte. »Darauf kommt es auch gar nicht an, mein Freund. Es kommt nicht darauf an, daß Sie gelitten haben und ich nicht. Leiden und Freuden sind vergänglich, lassen wir sie in Gottes Namen. Die Sache ist die, daß wir beide denken; wir halten uns für Menschen, die fähig sind, zu denken und zu urteilen, und das macht uns solidarisch, wie unterschiedlich unsere Ansichten auch sein mögen. Wenn Sie wüßten, mein Freund, wie ich die allgemeine Geist- und Talentlosigkeit, wie ich den Stumpfsinn satt habe und mit welcher Freude ich mich jedesmal mit Ihnen unterhalte! Sie sind ein kluger Mensch, und ich ergötze mich an Ihnen.«

Chobotov öffnete zwei Finger breit die Tür und warf einen Blick ins Krankenzimmer; Ivan Dmitrič mit seiner Nachtmütze und Doktor Andrej Efimyč saßen nebeneinander auf dem Bett. Der Verrückte schnitt Grimassen, zuckte und hielt krampfhaft seinen Krankenkittel zusammen, der Arzt aber saß reglos mit gesenktem Kopf, sein Gesicht sah rot, hilflos und traurig aus. Chobotov zuckte mit den Achseln, lächelte und wechselte einen Blick mit Nikita, der auch mit den Achseln zuckte.

Am nächsten Tag kam Chobotov zusammen mit dem Heilgehilfen in das Nebengebäude. Beide standen im Flur und lauschten.

»Unser Alter scheint verrückt zu sein«, sagte Chobotov, als er das Gebäude verließ.

»Herr, erbarme dich über uns Sünder!« sagte der prächtige Sergej Sergeič seufzend und wich sorgfältig jeder kleinen Pfütze aus, um seine blank geputzten Stiefel nicht zu beschmutzen. »Offen gesagt, verehrter Evgenij Fëdoryč, ich habe das schon lange erwartet!«

XII

Darauf begann Andrej Efimyč um sich herum eine gewisse Heimlichtuerei zu bemerken. Pfleger, Wärterinnen und Kranke sahen ihn, wenn sie an ihm vorbeigingen, fragend an und flüsterten miteinander. Maša, die kleine Tochter des Inspektors, der er im Krankenhausgarten so gern begegnete, lief jetzt weg, wenn er lächelnd an sie herantrat, um ihr Köpfchen zu streicheln. Der Postmeister Michail Averjanyč sagte nicht mehr: »Ganz recht«, wenn er ihm zuhörte, sondern murmelte in unverständlicher Verlegenheit: »Ja, ja, ja . . .« und sah ihn nachdenklich und traurig an; aus irgendeinem Grund riet er seinem Freund, von Vodka und Bier abzulassen, aber als feinfühliger Mensch sagte er das nicht rundheraus, sondern nur in Andeutungen und erzählte bald von einem Bataillonskommandeur, einem ausgezeichneten Menschen, bald von einem Regimentsgeistlichen, einem netten Kerl, die beide durch das Trinken krank geworden, dann aber wieder völlig genesen waren, nachdem sie das Trinken aufgegeben hatten. Zwei- oder dreimal kam zu Andrej Efimyč sein Kollege Chobotov; er riet ihm ebenfalls, den Alkohol zu meiden, und empfahl ohne jeden ersichtlichen Anlaß, Bromkalium einzunehmen.

Im August erhielt Andrej Efimyč vom Bürgermeister einen Brief mit der Bitte, in einer sehr wichtigen Angelegenheit vorzusprechen. Als Andrej Efimyč zur angegebenen Zeit in das Stadthaus kam, traf er dort den Stadtkommandanten, den etatmäßigen Kreisschulinspektor, einen Stadtrat, Chobotov und noch einen korpulenten blonden Herrn, den man ihm als Arzt vorstellte. Dieser Arzt, mit einem polnischen, schwer auszusprechenden Namen, wohnte dreißig Werst von der Stadt entfernt auf einem Gestüt und befand sich gerade auf der Durchreise.

»Hier ist eine Eingabe, die Sie betrifft«, begann der Stadtrat, zu Andrej Efimyč gewandt, nachdem sich alle begrüßt und am Tisch Platz genommen hatten. »Da sagt Evgenij Fëdoryč, für die Apotheke sei im Hauptgebäude zuwenig Platz, man müsse sie in einem der Nebengebäude unterbringen. Das geht natürlich, man kann das machen, aber das Wesentliche dabei ist, das Nebengebäude wird renoviert werden müssen.«

»Ja, die Renovierung ist nicht zu vermeiden«, meinte Andrej Efimyč, nachdem er ein wenig nachgedacht hatte. »Wenn man, zum Beispiel, das Eckgebäude für die Apotheke herrichtet, so braucht man dazu, nehme ich an, mindestens fünfhundert Rubel. Eine unnötige Ausgabe.«

Kurzes Schweigen.

»Ich hatte schon vor zehn Jahren die Ehre, darauf hinzuweisen«, fuhr Andrej Efimyč mit leiser Stimme fort, »daß dieses Krankenhaus in seiner jetzigen Form für die Stadt ein Luxus ist, der über ihre Möglichkeiten geht. Es wurde in den vierziger Jahren erbaut, aber damals waren andere Mittel vorhanden. Die Stadt gibt zuviel für unnötige Bauten und überflüssige Ämter aus. Ich glaube, für dieses Geld könnte man bei anderen Verhältnissen zwei vorbildliche Krankenhäuser unterhalten.«

»Führen wir also andere Verhältnisse ein!« sagte der Stadtrat lebhaft.

»Ich hatte schon die Ehre vorzutragen: Übergeben Sie die medizinische Abteilung der Verfügung des Zemstvo.«

»Ja, übergeben Sie dem Zemstvo das Geld, und es wird gestohlen«, sagte der blonde Arzt und lachte.

»So ist es üblich«, meinte der Stadtrat zustimmend und lachte ebenfalls.

Andrej Efimyč blickte mit matten, trüben Augen den blonden Arzt an und sagte:

»Man muß gerecht sein.«

Man schwieg wieder. Es wurde Tee gereicht. Der Stadtkommandant, der aus irgendeinem Grund sehr verlegen war, berührte über den Tisch hinweg Andrej Efimyčs Hand und sagte: »Sie haben uns ganz vergessen, Doktor. Im übrigen sind Sie ein Mönch – Sie spielen keine Karten und lieben keine Frauen. Sie langweilen sich mit uns.«

Alle sprachen nun davon, wie langweilig es für einen ordentlichen Menschen sei, in dieser Stadt zu leben. Kein Theater, keine Musik, und an dem letzten Tanzabend im Klub hätten etwa zwanzig Damen und nur zwei Kavaliere teilgenommen. Die Jugend tanzte nicht, sondern drängte sich um das Büfett oder spielte Karten. Andrej Efimyč fing an, langsam und leise, ohne jemanden anzusehen, davon zu sprechen, wie bedauerlich, wie tief bedauerlich es sei, daß die Städter ihre Lebensenergie, ihr Herz und ihren Verstand beim Kartenspiel und Klatsch vergeudeten und nicht verstünden und auch gar nicht den Willen hätten, ihre Zeit mit interessanten Gesprächen und mit Lesen zu verbringen; sie wollten nicht genießen, was ihnen der Geist gewährt. Der Verstand allein sei interessant und wertvoll, alles andere sei seicht und niedrig. Chobotov hörte seinem Kollegen aufmerksam zu und fragte plötzlich:

»Andrej Efimyč, was für ein Datum haben wir heute?«

Nachdem er die Antwort erhalten hatte, begannen er und der blonde Arzt im Ton von Examinatoren, die ihre Unzulänglichkeit fühlen, Andrej Efimyč zu fragen, was für ein Tag heute sei, wieviel Tage das Jahr habe und ob es stimme, daß im Krankenzimmer Nr. 6 ein bemerkenswerter Prophet lebe.

Als Antwort auf die letzte Frage errötete Andrej Efimyč und sagte:

»Ja, das ist ein kranker, aber interessanter junger Mann.« Weiter stellte man ihm keine Fragen mehr.

Als er im Vorzimmer seinen Mantel anzog, legte ihm der Stadtkommandant die Hand auf die Schulter und sagte seufzend:

»Für uns Alte ist es Zeit, in den Ruhestand zu treten!«

Beim Verlassen des Stadthauses begriff Andrej Efimyč, daß dies eine Kommission war, die man eingesetzt hatte, um seine geistigen Fähigkeiten zu prüfen. Er rief sich die Fragen, die man ihm gestellt hatte, ins Gedächtnis zurück, errötete, und ohne zu wissen, warum, tat es ihm jetzt zum erstenmal in seinem Leben um die Medizin bitter leid.

Um Gottes willen, dachte er, als er sich daran erinnerte, wie die Ärzte ihn eben untersucht hatten – sie haben doch noch vor kurzem Psychiatrie gehört und ein Examen abgelegt, woher kommt denn diese völlige Unwissenheit? Sie haben keine Ahnung von Psychiatrie!

Und zum erstenmal im Leben fühlte er sich schwer beleidigt und war erzürnt.

Am Abend desselben Tages besuchte ihn Michail Averjanyč. Ohne ihn zu begrüßen, trat der Postmeister zu ihm, nahm ihn bei den Händen und sagte mit erregter Stimme:

»Mein teurer Freund, beweisen Sie mir, daß Sie an meine aufrichtige Zuneigung glauben und mich für Ihren Freund halten ... Mein Freund«, und ohne Andrej Efimyč zu Wort kommen zu lassen, fuhr er erregt fort: »Ich liebe Sie wegen Ihrer Bildung und Ihrer edlen Seele. Hören Sie mir zu, mein Lieber! Nach den Vorschriften der Wissenschaft müssen die Ärzte die Wahrheit vor Ihnen verheimlichen, ich aber schleudere Ihnen auf militärische Art die Wahrheit ins Gesicht: Sie sind nicht gesund. Entschuldigen Sie, mein Lieber, aber das ist wahr, das hat Ihre ganze Umgebung schon längst festgestellt. Eben sagte mir Doktor Evgenij Fëdoryč, daß Sie zum Wohle Ihrer Gesundheit ausruhen und sich zerstreuen müßten. Ganz richtig! Ausgezeichnet! In diesen Tagen nehme ich Urlaub und verreise, um andere Luft zu atmen. Beweisen Sie, daß Sie mein Freund sind, fahren wir gemeinsam! Wir wollen fahren und noch einmal jung werden!«

»Ich fühle mich völlig gesund«, sagte Andrej Efimyč nach einigem Nachdenken. »Verreisen kann ich nicht. Erlauben Sie mir, Ihnen meine Freundschaft auf andere Art zu beweisen.«

Irgendwohin zu fahren, ohne zu wissen, warum, ohne Bücher, ohne Darjuška, ohne Bier, die Lebensordnung jäh zu ändern, die sich im Laufe von zwanzig Jahren herausgebildet hatte – dieser Gedanke erschien ihm im ersten Augenblick unsinnig und phantastisch. Aber er erinnerte sich an das Gespräch im Stadthaus und an die gedrückte Stimmung, in der er sich auf dem Heimweg befunden hatte, und der Gedanke, die Stadt, in der dumme Menschen ihn für verrückt hielten, auf kurze Zeit zu verlassen, sagte ihm zu.

»Aber wohin beabsichtigen Sie eigentlich zu reisen?« fragte er.

»Nach Moskau, nach Petersburg, nach Warschau! ... In Warschau habe ich die glücklichsten fünf Jahre meines Lebens verbracht. Was für eine wunderschöne Stadt ist das! Fahren wir, mein Lieber!«

XIII

Nach einer Woche schlug man Andrej Efimyč vor, sich auszuruhen, das heißt sein Entlassungsgesuch einzureichen; er nahm das gleichgültig auf, und schon eine Woche später saß er mit Michail Averjanyč in der Postkutsche und fuhr zur nächsten Bahnstation. Die Tage waren kühl und klar, der Himmel war blau, die Ferne durchsichtig. Für die zweihundert Verst bis zur Station brauchten sie zwei volle Tage, und unterwegs übernachteten sie zweimal. Brachte man auf den Poststationen zum Tee schlecht gespülte Gläser oder dauerte das Anspannen der Pferde zu lange, dann wurde Michail Averjanyč puterrot, zitterte am ganzen Körper und schrie: »Ruhe! Kein Wort!« In der Postkutsche erzählte er unaufhörlich von seinen Reisen durch den Kaukasus und das Königreich Polen. Wieviel Abenteuer hatte er erlebt, was für Begegnungen gehabt! Er sprach laut und machte dabei so erstaunte Augen, daß man denken konnte, er lüge. Zu alledem hauchte er beim Erzählen Andrej Efimyč ins Gesicht und lachte ihm laut ins Ohr. Das war dem Arzt lästig und störte ihn beim Nachdenken und Konzentrieren.

Im Zug fuhren sie aus Sparsamkeit dritter Klasse, in einem Wagen für Nichtraucher. Die Hälfte der Fahrgäste waren anständige Leute. Michail Averjanyč schloß bald mit allen Bekanntschaft, er ging von einer Bank zur anderen und sagte laut, man sollte eigentlich nicht mit diesen unmöglichen Eisenbahnen reisen. Alles Gaunerei! Etwas anderes sei es, auf einem Pferd zu reiten – da könne man an einem Tag hundert Verst zurücklegen und fühle sich trotzdem gesund und frisch. Und Mißernten hätten wir deshalb, weil man die Pinsker Sümpfe trockengelegt habe. Überhaupt gebe es schreiende Mißstände. Er geriet in Eifer, sprach laut und ließ andere nicht zu Wort kommen. Dieses endlose Gerede, vermischt mit lautem Lachen und ausdrucksvollen Gebärden, ermüdete Andrej Efimyč.

Wer von uns beiden ist nun verrückt? dachte er ärgerlich. – Ich, der ich mich bemühe, die Fahrgäste nicht zu stören, oder dieser Egoist, der meint, er sei klüger und interessanter als alle anderen, und der deshalb keinen in Ruhe läßt?

In Moskau zog Michail Averjanyč einen Militärrock ohne Schulterstücke und Hosen mit roten Biesen an. Auf der Straße ging er mit Militärmantel und Militärmütze, und die Soldaten erwiesen ihm die Ehrenbezeigung. Andrej Efimyč kam es jetzt vor, als sei das ein Mensch, der von all den herrschaftlichen Eigenschaften, die er einst besessen, die guten abgelegt und nur die schlechten übrigbehalten hatte. Er sah es gern, daß man ihn bediente, sogar dann, wenn es gar nicht nötig war. Die Streichhölzer lagen vor ihm auf dem Tisch, und er sah sie, er aber rief dem Kellner zu, er solle ihm die Streichhölzer reichen; er genierte sich nicht, in Anwesenheit des Stubenmädchens in Unterwäsche herumzulaufen; wahllos duzte er alle Diener, sogar die alten, und wenn er böse wurde, nannte er sie Trottel und Narren. Das war, wie es Andrej Efimyč schien, herrschaftlich, aber widerlich.

Zuallererst führte Michail Averjanyč seinen Freund zur Kapelle der Iberischen Muttergottes. Er betete heiß und innig, mit tiefen Verbeugungen und unter Tränen, und als er fertig war, seufzte er tief und sagte:

»Wenn man auch nicht glaubt, aber es ist irgendwie beruhigender, wenn man gebetet hat. Küssen Sie das Bild, mein Lieber!«

Andrej Efimyč wurde verlegen und küßte ehrerbietig das Marienbild, Michail Averjanyč aber streckte die Lippen vor, wackelte mit dem Kopf und betete noch ein wenig im Flüsterton, und wieder traten ihm die Tränen in die Augen. Darauf gingen sie in den Kreml, sie besichtigten dort die große Kanone und die große Glocke und berührten sie sogar mit den Fingern, sie ergötzten sich am Anblick des jenseitigen Moskva-Ufers und besuchten die Erlöserkirche und das Rumjancev-Museum.

Zu Mittag aßen sie bei Testov. Michail Averjanyč schaute lange auf die Speisekarte, wobei er sich über den Bart strich, und sagte im Ton eines Feinschmeckers, der gewohnt ist, sich im Restaurant wie zu Hause zu fühlen:

»Sehen wir mal, was sie uns heute zu essen anbieten, mein Engel!«

XIV

Der Arzt ging herum, sah sich alles an, aß, trank, aber es beherrschte ihn nur das eine Gefühl – Ärger auf Michail Averjanyč. Er wollte sich von dem Freund erholen, von ihm weggehen, sich verstecken; der Freund aber hielt es für seine Pflicht, ihm auf Schritt und Tritt zu folgen und ihn möglichst viel zu zerstreuen. Gab es nichts anzusehen, zerstreute er ihn mit Gesprächen. Zwei Tage lang ließ Andrej Efimyč sich das gefallen, aber am dritten erklärte er seinem Freund, er sei krank und wolle den ganzen Tag daheim bleiben. Der Freund sagte, in diesem Fall bleibe er auch. Man müsse sich tatsächlich ausruhen, sonst schafften es die Beine nicht. Andrej Efimyč legte sich auf das Sofa, mit dem Gesicht zur Rückenlehne, biß die Zähne zusammen und hörte seinem Freund zu, der leidenschaftlich versicherte, daß Frankreich früher oder später unbedingt Deutschland besiegen werde, daß es in Moskau sehr viel Gauner gebe und daß man nach dem äußeren Aussehen eines Pferdes nicht über seine Qualitäten urteilen könne. Der Arzt bekam Ohrensausen und Herzklopfen, aber aus Feingefühl konnte er sich nicht entschließen, den Freund zu bitten, fortzugehen oder zu schweigen. Zum Glück wurde es Michail Averjanyč langweilig, im Hotelzimmer zu sitzen; nach dem Mittagessen machte er einen Spaziergang.

Allein geblieben, gab sich Andrej Efimyč einem Gefühl der Entspannung hin. Wie angenehm war es, unbeweglich auf dem Sofa zu liegen und zu wissen, man war allein im Zimmer! Wahres Glück ist ohne Einsamkeit unmöglich. Der gefallene Engel wurde Gott wahrscheinlich nur deshalb untreu, weil er die Einsamkeit begehrte, die es für die Engel nicht gibt. Andrej Efimyč wollte darüber nachdenken, was er in den letzten Tagen gesehen und gehört hatte, doch Michail Averjanyč ging ihm nicht aus dem Sinn.

Aber er hat sich doch Urlaub genommen und ist mit mir verreist, aus Freundschaft, aus Großmut, dachte der Arzt ärgerlich. – Es gibt nichts Schlimmeres als diese freundschaftliche Bevormundung. Wie es scheint, ist er doch gutherzig und großmütig; ein Spaßvogel, aber langweilig, unerträglich langweilig. Es gibt eben Menschen, die immer nur gescheite und schöne Worte reden, und doch fühlt man, daß sie stumpfsinnig sind.

In den darauffolgenden Tagen stellte sich Andrej Efimyč krank und verließ nicht das Hotelzimmer. Er lag mit dem Gesicht zur Rückenlehne auf dem Sofa und litt, wenn ihn sein Freund mit Gesprächen unterhielt, oder ruhte sich aus, wenn der Freund abwesend war. Er ärgerte sich über sich selbst, weil er mitgefahren war, und über seinen Freund, weil der mit jedem Tag schwatzhafter und ungenierter wurde. Seinen Gedanken einen ernsten und harmonischen Charakter zu verleihen, wollte ihm durchaus nicht gelingen.

Nun wäscht mir die Wirklichkeit den Kopf, von der mir Ivan Dmitrič erzählte, dachte er, und er ärgerte sich über seine Kleinlichkeit. – Übrigens ist das Unsinn. Wenn ich nach Hause komme, wird alles wieder wie früher sein ...

In Petersburg war es das gleiche: Tagelang verließ er nicht das Hotelzimmer, er lag auf dem Diwan und stand nur auf, um Bier zu trinken.

Michail Averjanyč drängte die ganze Zeit zur Abreise nach Warschau.

»Mein Lieber, wozu soll ich dorthin reisen?« fragte Andrej Efimyč mit flehender Stimme. »Reisen Sie allein und erlauben Sie mir, nach Hause zu fahren! Ich bitte Sie!«

»Auf keinen Fall!« protestierte Michail Averjanyč. »Das ist eine wundervolle Stadt. Ich habe dort die fünf glücklichsten Jahre meines Lebens verbracht!«

Andrej Efimyč war nicht charakterfest genug, um seinen Willen durchzusetzen, und fuhr schweren Herzens mit nach Warschau. Hier verließ er nicht das Hotelzimmer, er lag auf dem Diwan und war wütend auf sich, auf den Freund und auf die Diener, die sich hartnäckig weigerten, Russisch zu verstehen; Michail Averjanyč aber, wie gewöhnlich gesund, rührig und lustig, spazierte in der Stadt herum und machte seine alten Bekannten ausfindig. Einige Male übernachtete er nicht daheim. Nach einer Nacht, die er irgendwo verbracht hatte, kehrte er frühmorgens in starker Erregung, rot und ungekämmt zurück. Er ging lange unruhig auf und ab, murmelte etwas vor sich hin, blieb dann stehen und sagte:

»Die Ehre geht über alles!«

Nachdem er noch ein wenig umhergegangen war, griff er sich an den Kopf und sagte mit tragischer Stimme:

»Ja, die Ehre geht über alles! Verflucht sei der Augenblick, da mir zum erstenmal der Gedanke in den Kopf kam, in dieses Babylon zu reisen! Mein Lieber«, hier wandte er sich an den Arzt, »verachten Sie mich: ich habe alles verspielt! Geben Sie mir fünfhundert Rubel!«

Andrej Efimyč zählte fünfhundert Rubel ab und gab sie schweigend seinem Freund. Der stammelte, vor Scham und Zorn noch immer flammendrot, zusammenhanglos einen unnötigen Schwur, setzte die Mütze auf und ging hinaus. Als er nach etwa zwei Stunden heimkehrte, fiel er in einen Sessel, seufzte laut und sagte:

»Die Ehre ist gerettet! Fahren wir los, mein Freund! Ich möchte keine Minute länger in dieser verfluchten Stadt bleiben. Gauner! Österreichische Spione!«

Als die Freunde in ihre Stadt zurückkehrten, war es schon November, und auf den Straßen lag hoher Schnee. Andrej Efimyčs Stelle war von Doktor Chobotov besetzt, er lebte noch in seiner alten Wohnung und wartete darauf, daß Andrej Efimyč zurückkommen und die Krankenhauswohnung räumen würde. Die häßliche Frau, die er seine Köchin nannte, wohnte schon in einem der Nebengebäude.

In der Stadt war neuer Krankenhausklatsch im Umlauf. Man erzählte, die häßliche Frau habe sich mit dem Inspektor verzankt, und dieser sei vor ihr auf den Knien gekrochen und habe sie um Verzeihung gebeten.

Andrej Efimyč mußte sich schon am ersten Tag nach der Ankunft eine neue Wohnung suchen.

»Mein Freund«, sagte der Postmeister schüchtern zu ihm, »entschuldigen Sie eine indiskrete Frage: Über welche Mittel verfügen Sie?«

Andrej Efimyč zählte schweigend sein Geld und antwortete:

»Sechsundachtzig Rubel.«

»Ich frage nicht danach«, sagte Michail Averjanyč verlegen, weil er den Arzt nicht verstanden hatte. »Ich frage, was für Mittel Sie überhaupt haben?«

»Ich sage Ihnen doch: Sechsundachtzig Rubel ... Mehr besitze ich nicht.«

Michail Averjanyč hielt den Arzt für einen ehrlichen und edelmütigen Menschen, hatte aber doch vermutet, er besitze wenigstens ein Kapital von zwanzigtausend Rubel. Nun, da er erfuhr, daß Andrej Efimyč bettelarm war und nichts zum Leben besaß, fing er auf einmal an zu weinen und umarmte seinen Freund.

XV

Andrej Efimyč wohnte in einem Häuschen mit drei Fenstern; es gehörte der Kleinbürgerin Belova. In diesem Häuschen gab es nur drei Zimmer, die Küche nicht eingerechnet. Zwei davon, deren Fenster auf die Straße gingen, bewohnte der Arzt, und in dem dritten und in der Küche wohnten Darjuška und die Kleinbürgerin mit ihren drei Kindern. Manchmal kam der Liebhaber der Wirtin zum Übernachten, ein betrunkener Kerl, der nachts tobte und den Kindern und Darjuška Schrecken einflößte. Wenn er kam, in der Küche Platz nahm und Vodka verlangte, fühlten sich alle beengt, der Arzt nahm aus Mitleid die weinenden Kinder zu sich und legte sie bei sich auf den Fußboden schlafen, was ihm große Freude machte.

Er stand nach wie vor um acht Uhr auf und setzte sich nach dem Tee hin, um seine alten Bücher und Zeitschriften zu lesen. Für neue hatte er kein Geld mehr. Sei es, daß die Bücher alt waren, oder lag es vielleicht an der veränderten Umgebung, aber die Lektüre fesselte ihn nicht mehr so stark und ermüdete ihn. Um die Zeit nicht in Müßiggang zu verbringen, stellte er einen neuen Katalog seiner Bücher auf und klebte kleine Etiketts an ihre Rücken, und diese mechanische, mühsame Arbeit kam ihm interessanter vor als das Lesen. Die eintönige, mühselige Arbeit lullte auf unverständliche Weise seine Gedanken ein, er dachte an nichts, und die Zeit verging schnell. Es war für ihn sogar interessant, in der Küche zu sitzen und mit Darjuška Kartoffeln zu schälen oder Buchweizengrütze zu verlesen. Sonnabends und sonntags ging er in die Kirche. Mit zugekniffenen Augen stand er an der Wand, lauschte dem Gesang und dachte an seinen Vater, seine Mutter, an die Universität, an die Religion; innere Ruhe und Wehmut überkamen ihn, und wenn er die Kirche verließ, bedauerte er, daß der Gottesdienst so schnell zu Ende gegangen war.

Zweimal ging er ins Krankenhaus zu Ivan Dmitrič, um sich mit ihm zu unterhalten. Aber beide Male war Ivan Dmitrič außergewöhnlich erregt und wütend; er bat, ihn in Ruhe zu lassen, das leere Geschwätz sei ihm schon seit langem zuwider, und er sagte, er bitte die verfluchten niederträchtigen Menschen nur um einen Lohn für alle seine Leiden – die Einzelhaft. War es denn möglich, daß man ihm sogar das verweigerte? Als Andrej Efimyč sich die beiden Male von ihm verabschiedete und ihm eine gute Nacht wünschte, antwortete er grob:

»Zum Teufel!«

Andrej Efimyč wußte jetzt nicht, sollte er ihn ein drittes Mal besuchen oder nicht. Er wäre so gern hingegangen.

Früher war Andrej Efimyč nachmittags durch seine Zimmer gewandert und hatte nachgedacht, jetzt aber lag er vom

Mittagessen bis zum Abendtee auf dem Sofa, mit dem Gesicht zur Rückenlehne, und gab sich kleinlichen Gedanken hin, von denen er nicht loskam. Es kränkte ihn, daß man ihm für seine mehr als zwanzigjährige Dienstzeit weder eine Rente noch eine einmalige Unterstützung zahlte. Allerdings hatte er unordentlich gearbeitet, aber eine Rente erhalten alle Beamten, ohne Unterschied, ob sie ordentlich sind oder nicht. Die heutige Gerechtigkeit besteht gerade darin, daß mit Rängen, Orden und Renten nicht die moralischen Qualitäten und Fähigkeiten ausgezeichnet werden, sondern der Dienst überhaupt, wie er auch gewesen sei. Warum sollte er allein eine Ausnahme bilden? Geld hatte er gar keins mehr. Er schämte sich, an dem Laden vorbeizugehen und die Wirtin anzusehen. Für das Bier war er schon zweiunddreißig Rubel schuldig; der Kleinbürgerin Belova schuldete er ebenfalls Geld. Darjuška verkaufte heimlich alte Kleider und Bücher und log der Wirtin vor, der Arzt bekäme bald sehr viel Geld.

Er war auf sich selbst wütend, weil ihn die Reise tausend Rubel gekostet hatte, sein ganzes gespartes Geld. Wie gut könnte er jetzt diese tausend gebrauchen! Es ärgerte ihn, daß die Menschen ihn nicht in Ruhe ließen. Chobotov hielt es für seine Pflicht, den kranken Kollegen hin und wieder zu besuchen. Alles an ihm war Andrej Efimyč zuwider – sein sattes Gesicht, das ekelhaft herablassende Benehmen, das Wort Kollege und die hohen Stiefel; am widerlichsten aber war, daß er es für seine Pflicht und Schuldigkeit hielt, Andrej Efimyč zu kurieren, und daß er glaubte, er kuriere ihn wirklich. Bei jedem seiner Besuche brachte er ein Fläschchen Bromkalium und Rhabarberpillen mit.

Auch Michail Averjanyč hielt es für seine Pflicht, den Freund zu besuchen und ihn zu unterhalten. Jedesmal trat er mit gekünstelter Ungeniertheit bei Andrej Efimyč ein, lachte gezwungen und redete ihm ein, er sehe heute sehr gut aus und es gehe Gott sei Dank mit ihm bergauf, und aus alledem konnte man schließen, daß er die Lage seines Freundes für hoffnungslos hielt. Seine Warschauer Schulden hatte er ihm noch nicht zurückgezahlt, er schämte sich sehr, war stark erregt und versuchte deshalb, noch lauter zu lachen und noch komischer zu erzählen. Seine Anekdoten und Geschichten schienen jetzt endlos und waren für Andrej Efimyč und auch für ihn selbst eine Qual.

Wenn er da war, legte sich Andrej Efimyč gewöhnlich mit dem Gesicht zur Rückenlehne auf das Sofa, biß die Zähne zusammen und hörte zu; auf seine Seele legte es sich schichtweise wie Bodensatz, und nach jedem Besuch des Freundes hatte er ein Gefühl, als wachse dieser Bodensatz immer mehr an, als reiche er ihm schon bis zum Hals.

Um die kleinlichen Gefühle zu ersticken, dachte er schnell daran, daß er selbst, Chobotov und Michail Averjanyč früher oder später zugrunde gehen müßten und daß sie in der Welt nicht einmal Spuren hinterlassen würden. Wenn man sich vorstellte, daß nach einer Million Jahren irgendein Geist in der Weite des Raumes an der Erdkugel vorbeiflöge, so würde er nur Lehm und kahle Felsen sehen. Alles, auch die Kultur und das moralische Gesetz, würde verschwinden, und nicht einmal Kletten würden darauf wachsen. Was bedeuteten da schon das Schamgefühl vor dem Krämer, dieser nichtswürdige Chobotov und Michail Averjanyčs anstrengende Freundschaft? Das alles war Unsinn und eine Lappalie.

Aber solche Überlegungen halfen nicht mehr. Kaum stellte er sich die Erdkugel nach einer Million Jahren vor, da erschien hinter dem kahlen Felsen Chobotov in hohen Stiefeln oder der gezwungen lachende Michail Averjanyč, und er hörte sogar ein verschämtes Flüstern:

»Und die Warschauer Schulden, mein Lieber, zahle ich dieser Tage zurück . . . Bestimmt.«

XVI

Eines Tages kam Michail Averjanyč am Nachmittag, als Andrej Efimyč auf dem Sofa lag. Zu dieser Zeit erschien auch zufällig Chobotov mit Bromkalium. Andrej Efimyč erhob sich mühevoll, setzte sich und stützte sich mit beiden Händen auf das Sofa.

»Heute, mein Lieber«, begann Michail Averjanyč, »haben Sie eine viel bessere Gesichtsfarbe als gestern! Sie sind mir ja ein Bursche! Bei Gott, so ein Bursche!«

»Es wird Zeit, daß wir gesund werden, Kollege«, meinte Chobotov gähnend. »Sicherlich hängt es Ihnen schon selber zum Halse heraus.«

»Wir werden auch gesund!« sagte Michail Averjanyč heiter. »Noch hundert Jahre werden wir leben! So ist es!«

»Wenn auch nicht hundert, aber für zwanzig reicht es noch«, tröstete Chobotov. »Macht nichts, Kollege, macht nichts, verlieren Sie nicht den Mut ... Sie sollten aufhören, uns was vorzumachen!«

»Wir werden es schon zeigen!« Michail Averjanyč lachte schallend und klopfte dem Freund aufs Knie. »Wir werden es schon zeigen! Nächsten Sommer, so Gott will, da rauschen wir ab nach dem Kaukasus und durchstreifen ihn zu Pferd – hopp, hopp, hopp! Und wenn wir vom Kaukasus zurück sind, können wir am Ende gar eine Hochzeit feiern.« Michail Averjanyč blinzelte verschmitzt mit einem Auge. »Wir werden Sie verheiraten ... lieber Freund, ja, verheiraten ...«

Andrej Efimyč spürte plötzlich, wie der Bodensatz in ihm hochstieg; sein Herz begann furchtbar zu hämmern.

»Das ist geschmacklos!« sagte er, erhob sich schnell und trat zum Fenster. »Begreifen Sie denn nicht, daß Sie Unsinn reden?«

Er wollte sanft und höflich fortfahren, aber plötzlich ballte er gegen seinen Willen die Fäuste und erhob sie hoch über den Kopf.

»Lassen Sie mich zufrieden!« schrie er außer sich, flammendrot und am ganzen Körper zitternd.

»Hinaus! Alle beide hinaus, beide!«

Michail Averjanyč und Chobotov standen auf und starrten ihn zuerst erstaunt, dann voller Angst an.

»Alle beide hinaus!« schrie Andrej Efimyč wieder. »Ihr stumpfsinnigen Menschen! Ihr dummen Menschen! Ich brauche weder Freundschaft noch deine Arzneien, du stumpfsinniger Mensch! So eine Gemeinheit! So eine Niedertracht!«

Chobotov und Michail Averjanyč sahen sich fassungslos an, wichen zur Tür zurück und traten in den Flur hinaus. Andrej Efimyč griff nach dem Fläschchen mit Bromkalium und schleuderte es ihnen nach; klirrend zerbrach das Fläschchen auf der Schwelle.

»Schert euch zum Teufel!« schrie er mit tränenerstickter Stimme und lief auf den Flur. »Zum Teufel!«

Nachdem die Gäste gegangen waren, legte sich Andrej Efimyč, wie im Fieber zitternd, auf das Sofa und wiederholte noch lange:

»Ihr stumpfsinnigen Menschen! Ihr dummen Menschen!«

Als er sich beruhigt hatte, fiel ihm als erstes ein, daß der arme Michail Averjanyč sich wahrscheinlich jetzt furchtbar schämte, daß ihm schwer ums Herz war und daß dies alles schrecklich war. Niemals zuvor war etwas Derartiges geschehen. Wo blieben bloß Verstand und Taktgefühl? Wo die Erkenntnis der Dinge und die philosophische Gleichgültigkeit?

Der Arzt konnte vor Scham und Ärger die ganze Nacht nicht schlafen, und gegen zehn Uhr morgens begab er sich zum Postamt und entschuldigte sich bei dem Postmeister.

»Wir wollen nicht mehr an das Vorgefallene denken«, sagte Michail Averjanyč seufzend und tief gerührt und drückte ihm fest die Hand. »Vergeben und vergessen. Ljubavkin!« rief er plötzlich so laut, daß alle Briefträger und Kunden zusammenschraken. »Bring einen Stuhl. Du kannst noch warten!« rief er einer Bauersfrau zu, die ihm durch das Gitter einen Einschreibebrief reichte. »Siehst du denn nicht, daß ich beschäftigt bin? Wir wollen nicht an das Vergangene denken«, fuhr er zärtlich fort, an Andrej Efimyč gewandt. »Setzen Sie sich, ich bitte ergebenst, mein Lieber.«

Er strich sich einige Augenblicke schweigend über die Knie und sagte dann:

»Es kam mir überhaupt nicht in den Sinn, beleidigt zu sein: Ihre Krankheit ist kein Kinderspiel, das verstehe ich. Ihr Anfall gestern hat mich und den Arzt erschreckt, und wir haben noch lange von Ihnen gesprochen. Mein Lieber, warum wollen Sie nicht ernsthaft etwas gegen Ihre Krankheit tun? So geht das doch nicht! Entschuldigen Sie meine freundschaftliche Offenheit«, fuhr Michail Averjanyč im Flüsterton fort, »Sie wohnen in einer denkbar ungünstigen Umgebung: Raummangel, Schmutz, Sie haben keine Pflege, kein Geld, sich zu kurieren ... Mein teurer Freund, der Arzt und ich, wir flehen Sie von ganzem Herzen an, hören Sie auf unseren Rat: gehen Sie ins Krankenhaus! Dort haben Sie eine gesunde Ernährung, Pflege und Behandlung. Wenn Evgenij Fëdoryč, unter uns gesagt, auch mauvais ton ist, aber er hat Erfahrung, man kann sich auf ihn verlassen. Er gab mir sein Wort, sich um Sie zu kümmern.«

Andrej Efimyč war durch die aufrichtige Teilnahme und die Tränen, die plötzlich auf des Postmeisters Wangen glänzten, gerührt.

»Glauben Sie ihnen nicht, Verehrtester!« flüsterte er und legte die Hand aufs Herz. »Glauben Sie ihnen nicht! Das ist Betrug! Meine Krankheit besteht allein darin, daß ich im Laufe von zwanzig Jahren in der ganzen Stadt nur einen einzigen vernünftigen Menschen fand, und der ist ein Geisteskranker. Ich bin gar nicht krank; ich bin einfach in einen Zauberkreis geraten, aus dem es keinen Ausweg gibt. Mir ist alles gleich, ich bin zu allem bereit.«

»Gehen Sie ins Krankenhaus, mein Lieber.«

»Mir ist alles gleich, meinetwegen auch in eine Grube.«

»Geben Sie mir Ihr Wort, mein Bester, Evgenij Fëdoryč in allem zu gehorchen.«

»Gut, ich gebe mein Wort. Aber ich wiederhole, mein Verehrter, ich bin in einen Zauberkreis geraten. Jetzt läuft alles, selbst die aufrichtige Teilnahme meiner Freunde, auf eins hinaus – auf meinen Untergang. Ich gehe zugrunde und habe den Mut, mir dessen bewußt zu sein.«

»Mein Bester, Sie werden gesund.«

»Wozu reden Sie so?« sagte Andrej Efimyč gereizt. »Selten, daß ein Mensch am Ende seines Lebens nicht dasselbe empfindet wie ich jetzt. Wenn man Ihnen sagt, Sie hätten so etwas wie schlechte Nieren und ein vergrößertes Herz und Sie sollten mit einer Kur beginnen, oder wenn man sagt, Sie seien ein Verrückter oder ein Verbrecher, das heißt kurz gesagt, wenn die Menschen auf einmal ihre Aufmerksamkeit auf Sie richten, dann müssen Sie wissen, daß Sie in einen Zauberkreis geraten sind, aus dem Sie nicht mehr herauskommen. Und Sie werden sich noch mehr verirren, sollten Sie versuchen, da herauszukommen. Ergeben Sie sich, denn keine menschlichen Bemühungen können Sie noch retten. So erscheint es mir.«

Währenddessen drängten sich die Leute vor dem Gitter. Um nicht zu stören, stand Andrej Efimyč auf und verabschiedete sich. Michail Averjanyč nahm ihm noch einmal das Ehrenwort ab und begleitete ihn bis zur Außentür.

Am Nachmittag des gleichen Tages erschien bei Andrej Efimyč unerwartet Chobotov, in Halbpelz und hohen Stiefeln, und sagte in einem Ton, als sei gestern nichts vorgefallen:

»Ich komme dienstlich zu Ihnen, Kollege. Ich wollte Sie einladen: Können Sie nicht mit mir an einem Konsilium teilnehmen, wie?«

Da Andrej Efimyč annahm, Chobotov wolle ihn mit einem Spaziergang zerstreuen oder ihm tatsächlich die Möglichkeit geben, etwas zu verdienen, zog er sich an und ging mit ihm auf die Straße. Er war froh über die Gelegenheit, seine gestrige Schuld wiedergutzumachen und sich versöhnen zu können, und er war Chobotov innerlich dankbar, der den gestrigen Vorfall mit keinem Wort erwähnte und ihn offenbar schonte. Von diesem unkultivierten Menschen war eine solche Rücksichtnahme kaum zu erwarten gewesen.

»Und wo ist Ihr Patient?« fragte Andrej Efimyč.

»Bei mir im Krankenhaus. Ich wollte ihn schon längst Ihnen zeigen . . . Ein äußerst interessanter Fall.«

Sie betraten den Krankenhaushof, umgingen das Hauptgebäude und begaben sich zu dem Nebengebäude, in dem sich die Geisteskranken befanden. Das alles ging schweigend vor sich. Als sie das Nebengebäude betraten, sprang Nikita wie gewöhnlich auf und stand stramm.

»Hier hat sich bei einem Patienten eine Komplikation an der Lunge ergeben«, sagte Chobotov halblaut, als er mit Andrej Efimyč in das Krankenzimmer trat. »Warten Sie hier, ich bin gleich wieder da. Ich hole nur das Stethoskop.«

Und er ging hinaus.

XVII

Es dämmerte schon. Ivan Dmitrič lag auf seinem Bett, den Kopf in die Kissen vergraben; der Paralytiker saß reglos da, weinte leise und bewegte die Lippen. Der dicke Bauer und der frühere Sortierer schliefen. Es war still.

Andrej Efimyč saß auf Ivan Dmitričs Bett und wartete. Aber etwa eine halbe Stunde verging, und statt Chobotov kam Nikita und hielt in beiden Händen einen Krankenkittel, irgend jemandes Wäsche und Pantoffeln.

»Bitte kommen Sie sich anziehen, Euer Hochwohlgeboren«, sagte er leise. »Da ist Ihr Bettchen, bitte hierher«, fügte er hinzu und zeigte auf ein leeres, wahrscheinlich erst vor kurzem gebrachtes Bett. »Macht nichts, so Gott will, werden Sie wieder gesund!«

Andrej Efimyč hatte alles verstanden. Ohne ein Wort zu sagen, ging er zu dem Bett, das ihm Nikita zeigte, und setzte sich; als er merkte, daß Nikita dastand und wartete, entkleidete er sich splitternackt, und er schämte sich. Dann zog er die Anstaltskleidung an; die Hosen schienen sehr kurz, das Hemd war zu lang, und der Kittel roch nach geräuchertem Fisch.

»Sie werden gesund, so Gott will«, wiederholte Nikita.

Er nahm Andrej Efimyčs Kleidung in beide Arme, ging hinaus und schloß die Tür hinter sich.

Es ist ganz egal ... dachte Andrej Efimyč; er hüllte sich verschämt in den Krankenkittel und fühlte, daß er in dem neuen Gewand einem Sträfling glich. – Es ist ganz egal ... Ganz gleich, ob Frack, Uniform oder dieser Kittel ...

Aber was war mit der Uhr? Und mit dem Notizbuch in der Seitentasche? Und mit den Zigaretten? Wo hatte Nikita die Kleidung hingetragen? Jetzt würde er wohl bis zum Tode nicht mehr dazu kommen, Beinkleider, Weste und Stiefel anzuziehen. Das alles war irgendwie sonderbar und anfangs sogar unbegreiflich. Andrej Efimyč war auch jetzt überzeugt, es gebe keinen Unterschied zwischen dem Haus der Kleinbürgerin Belova und dem Krankenzimmer Nr. 6 und auf dieser Welt sei alles Unsinn, eitel und nichtig, doch seine Hände zitterten, die Füße wurden ihm kalt, und ihm graute bei dem Gedanken, Ivan Dmitrič könnte aufstehen und ihn im Krankenkittel sehen. Er stand auf, ging im Zimmer auf und ab und setzte sich wieder hin.

So saß er eine halbe Stunde lang, dann eine ganze, und es wurde ihm zum Sterben langweilig; konnte man denn wirklich hier einen Tag, eine Woche und sogar Jahre verbringen wie diese Menschen? Da saß er nun, ging hin und her und setzte sich wieder. Man konnte zum Fenster treten und hinausschauen und wieder auf und ab gehen. Und was dann?

Die ganze Zeit nur wie ein Ölgötze dasitzen und nachdenken? Nein, das war doch kaum möglich.

Andrej Efimyč legte sich hin, stand aber sofort wieder auf, wischte sich mit dem Ärmel den kalten Schweiß von der Stirn und spürte, wie sein ganzes Gesicht nach Räucherfisch roch. Er ging wieder im Zimmer hin und her.

»Das ist irgendein Mißverständnis . . .«, sagte er und breitete vor Verwunderung die Arme aus. »Man muß die Sache aufklären, hier liegt ein Mißverständnis vor . . .«

Zu diesem Zeitpunkt erwachte Ivan Dmitrič. Er setzte sich auf und stützte sein Gesicht in die Fäuste. Er spuckte aus; dann blickte er träge den Arzt an und verstand offenbar im ersten Augenblick noch nichts; aber bald bekam sein verschlagenes Gesicht einen bösen und spöttischen Zug.

»Aha, man hat auch Sie hier eingesperrt, mein Lieber!« sagte er mit vom Schlaf heiserer Stimme, wobei er ein Auge zukniff. »Sehr erfreut. Sonst haben Sie den Menschen das Blut ausgesaugt, und jetzt saugt man es Ihnen aus. Vorzüglich!«

»Das ist irgendein Mißverständnis«, sagte Andrej Efimyč, erschrocken über Ivan Dmitričs Worte; er zuckte die Achseln und wiederholte: »Irgendein Mißverständnis . . .«

Ivan Dmitrič spuckte wieder aus und legte sich hin.

»Verfluchtes Leben!« brummte er. »Und was so bitter und kränkend ist, dieses Leben endet doch nicht mit einem Lohn für die Leiden, nicht mit einer Apotheose wie in der Oper, sondern mit dem Tod; Wärter werden kommen und den Toten an Armen und Beinen in den Keller schleppen. Brr! Nun, macht nichts . . . Dafür werden wir im Jenseits unseren Feiertag haben . . . Ich werde aus dem Jenseits hier als Gespenst erscheinen und diese Ekel erschrecken. Sie sollen graue Haare bekommen.«

Mojsejka kam zurück, und als er den Arzt erblickte, streckte er ihm die Hand entgegen.

»Gib mir eine Kopeke!« sagte er.

XVIII

Andrej Efimyč trat ans Fenster und schaute aufs Feld hinaus. Es begann schon dunkel zu werden, und rechts am Horizont ging kalt und blutrot der Mond auf. Unweit des Krankenhauses, kaum zweihundert Meter entfernt, stand ein hohes, weißes Haus, von einer Steinmauer umgeben. Es war das Gefängnis.

Das ist sie, die Wirklichkeit! dachte Andrej Efimyč, und ihm wurde angst und bange.

Schrecklich waren der Mond und das Gefängnis, die Nägel auf dem Zaun und die ferne Flamme der Knochenbrennerei. Hinter sich hörte er einen Seufzer. Andrej Efimyč sah sich um und erblickte einen Mann mit glänzenden Sternen und Orden auf der Brust, der lächelte und verschmitzt mit einem Auge blinzelte. Auch das kam ihm schrecklich vor.

Andrej Efimyč redete sich ein, am Mond und am Gefängnis wäre nichts Besonderes, auch psychisch gesunde Menschen trügen Orden, und mit der Zeit würde alles verfaulen und sich in Erde verwandeln, aber plötzlich übermannte ihn Verzweiflung; er packte mit beiden Händen das Gitter und rüttelte aus Leibeskräften daran. Das feste Gitter gab nicht nach.

Damit ihm nicht bange würde, ging er zu Ivan Dmitričs Bett und setzte sich.

»Ich habe den Mut verloren, mein Lieber«, murmelte er zitternd und wischte sich den kalten Schweiß von der Stirn. »Den Mut verloren.«

»Philosophieren Sie doch«, sagte Ivan Dmitrič spöttisch.

»Mein Gott, mein Gott . . . Ja, ja . . . Sie beliebten einmal zu sagen, in Rußland gäbe es keine Philosophie, aber philosophieren tun alle, sogar ausgesprochene Nullen. Aber das Philosophieren der Nullen schadet keinem«, sagte Andrej Efimyč in einem Ton, als wolle er in Tränen ausbrechen und Mitleid erwecken. »Wozu dann dieses schadenfrohe Lachen, mein Lieber? Und wie sollten diese Nullen nicht philosophieren, wenn sie unzufrieden sind? Einem klugen, gebildeten, stolzen und freiheitsliebenden Menschen, einem Ebenbild Gottes, bleibt nichts anderes übrig, denn als Arzt in ein schmutziges, albernes Städtchen zu gehen und sich sein ganzes Leben lang nur mit Schröpfköpfen, Blutegeln und Senfpflastern zu befassen. So eine Kurpfuscherei, Beschränktheit, Gemeinheit! Oh, mein Gott!«

»Sie reden Unsinn. Wenn es Ihnen zuwider ist, Arzt zu sein, dann hätten Sie Minister werden sollen.«

»Ich kann nirgendwohin, nirgendwohin. Wir sind zu schwach, mein Lieber ... Ich war gleichgültig, urteilte kühn und vernünftig, aber kaum hatte mich das Leben rauh angefaßt, da verlor ich schon den Mut ... Erschöpfung ... Schwach sind wir, elend ... Und Sie auch, mein Lieber. Sie sind klug, edel, mit der Muttermilch haben Sie vortreffliche Regungen eingesogen, aber kaum traten Sie ins Leben, da ermüdeten und erkrankten Sie ... Schwach sind wir, schwach!«

Seit es Abend geworden war, quälte Andrej Efimyč die ganze Zeit, außer der Angst und dem Gefühl der Kränkung, noch etwas. Schließlich wurde es ihm klar, er hatte Appetit auf Bier und Zigaretten.

»Ich geh mal hinaus, mein Lieber«, sagte er. »Ich sage, man soll uns Licht geben ... Ich kann nicht so ... bin nicht imstande ...«

Andrej Efimyč ging zur Tür und öffnete sie, aber Nikita sprang sofort auf und versperrte ihm den Weg.

»Wo wollen Sie hin? Geht nicht, geht nicht!« sagte er. »Ist Schlafenszeit!«

»Aber ich will nur einen Augenblick im Hof auf und ab gehen«, sagte Andrej Efimyč verdutzt.

»Geht nicht, geht nicht, ist nicht erlaubt. Das wissen Sie selbst.«

Nikita schlug die Tür zu und lehnte sich mit dem Rücken dagegen.

»Wem kann was passieren, wenn ich hinausgehe?« fragte Andrej Efimyč und zuckte mit den Achseln. »Ich verstehe das nicht! Nikita, ich muß hinaus!« sagte er mit zitternder Stimme. »Ich muß.«

»Zetteln Sie hier keine Unruhen an, das ist nicht gut!« entgegnete Nikita belehrend.

»Das ist ja unerhört!« schrie plötzlich Ivan Dmitrič und sprang auf. »Was für ein Recht hat er, einen nicht hinauszulassen? Wie können Sie sich unterstehen, uns hier festzuhalten? Im Gesetz ist, glaube ich, klar gesagt: Niemand darf ohne Gerichtsurteil der Freiheit beraubt werden. Das ist brutaler Zwang! Das ist Willkür!«

»Natürlich ist das Willkür«, sagte Andrej Efimyč, durch Ivan Dmitrič's Geschrei ermuntert. »Ich muß hinaus, ich muß. Er ist nicht im Recht! Laß mich durch, sag ich!«

»Hörst du, du stumpfsinniges Rindvieh?« rief Ivan Dmitrič und schlug mit der Faust gegen die Tür. »Mach auf, sonst brech ich die Tür auf! Du Schinder!«

»Öffne!« rief Andrej Efimyč, am ganzen Körper zitternd. »Ich verlange es!«

»Red du nur!« antwortete hinter der Tür Nikita. »Red!«

»Geh wenigstens und ruf Evgenij Fëdoryč! Sag, ich bitte ihn zu kommen ... für einen Augenblick!«

»Morgen kommt er schon von selbst.«

»Uns wird man niemals mehr hinauslassen«, fuhr unterdessen Ivan Dmitrič fort. »Sie lassen uns hier verfaulen! O Gott, ist es möglich, daß es im Jenseits tatsächlich keine Hölle gibt und diesen Lumpen vergeben wird? Wo ist denn da die Gerechtigkeit? Mach auf, du Schurke, ich ersticke!« schrie er mit heiserer Stimme und stemmte sich mit seinem ganzen Gewicht gegen die Tür. »Ich renne mir den Schädel ein! Du Mörder!«

Nikita öffnete rasch die Tür und stieß Andrej Efimyč grob zurück, mit beiden Händen und mit dem Knie, dann holte er aus und versetzte ihm mit der Faust einen Schlag ins Gesicht.

Andrej Efimyč schien es, als breche eine gewaltige salzige Woge über seinen Kopf herein und ziehe ihn zum Bett; er spürte in der Tat einen salzigen Geschmack im Mund, vermutlich bluteten ihm die Zähne. Er bewegte die Arme, als wolle er schwimmen, und hielt sich an einem Bett fest, da spürte er, wie ihn Nikita zweimal auf den Rücken schlug.

Ivan Dmitrič schrie laut auf. Wahrscheinlich prügelte man auch ihn.

Darauf wurde alles still. Mondlicht schimmerte durch die Gitter, und auf dem Fußboden lag ein Schatten, der einem Netz glich. Es war unheimlich. Andrej Efimyč lag da und hielt den Atem an; mit Schrecken erwartete er, man würde ihn noch einmal schlagen. Ihm war es, als habe einer eine Sichel genommen, zugestochen und sie mehrere Male in seiner Brust und den Gedärmen umgedreht. Vor Schmerz biß er in das Kissen, er preßte die Zähne zusammen, und plötzlich schoß ihm inmitten dieses Chaos deutlich ein furchtbarer, unerträglicher Gedanke durch den Kopf. Genau den gleichen Schmerz mußten jahrelang, tagaus, tagein diese Menschen ertragen, die jetzt beim Mondschein wie schwarze Schatten aussahen. Wie konnte es geschehen, daß er über zwanzig Jahre nichts gewußt hatte und auch nichts wissen wollte? Er wußte nichts, hatte keine Vorstellung vom Schmerz, folglich war er auch nicht schuldig, aber sein Gewissen, genauso halsstarrig und grob wie Nikita, ließ ihn vom Scheitel bis zur Sohle vor Kälte erstarren. Er sprang auf, wollte aus Leibeskräften schreien und schnell loslaufen, um erst Nikita, dann Chobotov, dann den Inspektor, den Heilgehilfen und schließlich sich selbst zu töten, aber kein Laut entrang sich seiner Brust, und die Beine gehorchten ihm nicht; keuchend zerrte er auf der Brust an dem Krankenkittel und dem Hemd, zerriß beides und fiel ohnmächtig aufs Bett.

XIX

Am nächsten Morgen schmerzte ihm der Kopf, es sauste in seinen Ohren, und im ganzen Körper spürte er ein Unwohlsein. Er schämte sich seiner gestrigen Schwäche nicht. Gestern war er mutlos gewesen, er hatte sich sogar vor dem Mond gefürchtet und aufrichtig Gefühle und Gedanken geäußert, die er früher bei sich nicht einmal ahnte, zum Beispiel die Gedanken über die Unzufriedenheit der philosophierenden Nullen. Aber jetzt war ihm alles gleich.

Er aß nicht, trank nicht, lag regungslos da und schwieg.

Mir ist alles gleich, dachte er, als man ihm Fragen stellte. – Ich antworte nicht . . . Mir ist alles gleich.

Nachmittags kam Michail Averjanyč und brachte ein Viertelpfund Tee und ein Pfund Fruchtpaste. Darjuška war auch da und stand eine ganze Stunde mit dem Ausdruck dumpfer Trauer an seinem Bett. Doktor Chobotov besuchte ihn ebenfalls. Er brachte ein Fläschchen Bromkalium und befahl Nikita, in dem Krankenzimmer mit irgend etwas zu räuchern.

Gegen Abend starb Andrej Efimyč an einem Gehirnschlag. Zuerst verspürte er einen furchtbaren Schüttelfrost; etwas Widerliches schien in seinen Körper einzudringen, sogar in die Finger, es zog vom Magen zum Kopf und überflutete Augen und Ohren. Vor den Augen schimmerte es grün. Andrej Efimyč begriff, daß dies das Ende war, und er entsann sich, daß Ivan Dmitrič, Michail Averjanyč und Millionen Menschen an die Unsterblichkeit glaubten. Und wenn es sie nun gab? Aber er wollte keine Unsterblichkeit und dachte nur einen Augenblick daran. Ein Rudel Hirsche, ungewöhnlich schön und graziös, von denen er gestern gelesen hatte, lief an ihm vorbei; dann streckte ihm eine Frau die Hand entgegen, mit einem Einschreibebrief . . . Michail Averjanyč sagte etwas. Dann verschwand alles, und Andrej Efimyč schlummerte für immer.

Wärter kamen, ergriffen ihn an Armen und Beinen und trugen ihn in die Kapelle. Dort lag er mit geöffneten Augen auf dem Tisch, und nachts beleuchtete ihn der Mond. Am Morgen kam Sergej Sergejč, betete fromm vor dem Kruzifix und schloß seinem früheren Chef die Augen.

Einen Tag später trug man Andrej Efimyč zu Grabe. Bei der Beerdigung waren nur Michail Averjanyč und Darjuška anwesend.

Erzählung eines Unbekannten

I

Aus Gründen, die man jetzt nicht ausführlich darlegen kann, mußte ich mich bei einem Petersburger Beamten namens Orlov als Diener verdingen. Er war etwa fünfunddreißig Jahre alt und nannte sich Georgij Ivanyč.

In die Dienste dieses Orlov trat ich wegen seines Vaters, eines bekannten Staatsmannes, den ich für einen ernstzunehmenden Feind meiner Sache hielt. Wenn ich bei seinem Sohn lebte, so hoffte ich, könnte ich aus den Gesprächen, die ich mit anhören, und aus den Papieren und Notizen, die ich auf dem Schreibtisch finden würde, in aller Ausführlichkeit die Pläne und Absichten des Vaters kennenlernen.

Gewöhnlich läutete um elf Uhr vormittags in meinem Dienerzimmer die elektrische Klingel und kündigte mir an, daß der Herr erwacht sei. Trat ich mit der ausgebürsteten Kleidung und den geputzten Stiefeln in das Schlafzimmer, saß Georgij Ivanyč unbeweglich im Bett, nicht verschlafen, sondern eher vom Schlaf ermattet, starrte auf einen Punkt und schien keineswegs befriedigt über sein Erwachen. Ich half ihm beim Ankleiden, aber er fügte sich mir nur ungern, schweigend und ohne von meiner Anwesenheit Notiz zu nehmen; dann, nach dem Waschen, begab er sich mit nassem Haar und frisch nach Parfüm duftend zum Kaffeetrinken ins Eßzimmer. Er saß am Tisch, trank Kaffee und blätterte in den Zeitungen; wir beide, das Stubenmädchen Polja und ich, standen ergeben an der Tür und schauten ihm zu. Zwei erwachsene Menschen mußten mit gespannter Aufmerksamkeit zusehen, wie ein dritter Kaffee trank und Zwiebäcke knabberte. Das war aller Wahrscheinlichkeit nach lächerlich und unsinnig, aber ich sah für mich nichts Erniedrigendes darin, daß ich an der Tür stehen mußte, obwohl ich ein ebensolcher Adliger und ein ebenso gebildeter Mensch war wie Orlov.

Bei mir zeigten sich damals Anzeichen der Schwindsucht, und mit ihr begann etwas, was vielleicht noch wichtiger war. Ich weiß nicht, ob es unter dem Einfluß der Krankheit oder des beginnenden, wenn auch damals von mir noch nicht wahrgenommenen Umschwungs in meiner Weltanschauung geschah – Tag für Tag bemächtigte sich meiner eine leidenschaftliche, aufreizende Sehnsucht nach einem gewöhnlichen Bürgerdasein. Ich sehnte mich nach seelischer Ruhe, Gesundheit, reiner Luft, reichlichem Essen. Ich wurde zum Träumer und wußte nicht, was ich eigentlich wollte. Bald wollte ich in ein Kloster gehen, um dort tagelang am Fenster zu sitzen und auf Bäume und Felder zu schauen; bald stellte ich mir vor, wie ich fünf Desjatinen Land kaufen und als Gutsbesitzer leben würde; bald gab ich mir das Versprechen, mich mit der Wissenschaft zu befassen und es unbedingt zum Professor an irgendeiner Provinzuniversität zu bringen. Ich bin ein verabschiedeter Leutnant unserer Marine; ich träumte von der See, von unserem Geschwader und der Korvette, auf der ich eine Weltreise mitgemacht hatte. Ich wollte gern noch einmal jenes unsagbare Gefühl erleben, das man empfindet, wenn man durch einen Tropenwald wandert oder den Sonnenuntergang in der Bucht von Bengalen beobachtet, wenn man vor Entzücken fast vergeht und sich doch zugleich nach der Heimat sehnt. Ich träumte von Bergen, von Frauen, von Musik, und neugierig wie ein Schuljunge betrachtete ich die Gesichter und lauschte ich den Stimmen. Und wenn ich an der Tür stand und zusah, wie Orlov Kaffee trank, dann fühlte ich mich nicht als Diener, sondern als ein Mensch, für den alles auf der Welt interessant ist, sogar Orlov.

Äußerlich war Orlov ein richtiger Petersburger – schmale Schultern, lange Taille, hohle Schläfen, Augen von unbestimmter Farbe und spärliches, undefinierbares Haupt- und Barthaar. Sein Gesicht wirkte gepflegt, aber verlebt und unangenehm. Besonders unangenehm sah es aus, wenn er nachdachte oder schlief. Ein gewöhnliches Äußeres zu beschreiben, sollte man lieber unterlassen; zudem ist Petersburg nicht Spanien, das Äußere der Männer hat hier selbst in Liebesdingen keine größere Bedeutung und wird nur für repräsentative Diener und Kutscher benötigt. Ich habe von dem Gesicht und von den Haaren Orlovs nur deshalb gesprochen, weil in seinem Äußeren etwas lag, was des Erwähnens wert ist: Nahm sich Orlov eine Zeitung oder ein Buch vor, ganz gleich, was es war, oder traf er mit einem Menschen zusammen, ganz gleich, wer es sein mochte, dann lächelten seine Augen ironisch, und auf seinem Gesicht malte sich leichter, gutmütiger Spott. Bevor er etwas las oder hörte, wappnete er sich jedesmal mit seiner Ironie wie der Wilde mit dem Schutzschild. Es war eine zur Gewohnheit gewordene Ironie alten Schlages, und in der letzten Zeit zeigte sie sich auf seinem Gesicht, wahrscheinlich ohne daß er es wollte, gleichsam als Reflex. Doch davon später.

Zwischen zwölf und eins nahm er mit ironischer Miene seine mit Papieren vollgestopfte Aktentasche an sich und fuhr zum Dienst. Zu Mittag aß er außerhalb, und nach acht Uhr kehrte er zurück. Ich zündete in seinem Arbeitszimmer Lampe und Kerzen an, und er setzte sich in einen Sessel, legte die Beine auf einen Stuhl und begann, so hingerekelt, zu lesen. Beinahe jeden Tag brachte er aus den Läden neue Bücher mit, oder man schickte ihm welche, und in meinem Dienerzimmer lagen in den Ecken und unter dem Bett eine Unmenge bereits gelesener und dann weggeworfener Bücher in drei Sprachen, die russischen nicht gerechnet. Er las ungewöhnlich schnell. Es heißt: Sage mir, was du liest, und ich sage dir, wer du bist. Das mag auch stimmen, aber Orlov konnte man keinesfalls nach den Büchern beurteilen, die er las. Es ging durcheinander wie Kraut und Rüben. Philosophie, französische Romane, politische Ökonomie, Finanzwirtschaft, neue Dichter, die Ausgaben des Verlags Posrednik – all das las er gleichmäßig schnell und stets mit dem gleichen ironischen Ausdruck in den Augen.

Nach zehn Uhr kleidete er sich sorgfältig an – oft warf er sich in den Frack, ganz selten trug er seine Kammerjunkeruniform – und verließ das Haus. Gegen Morgen kehrte er dann heim.

Ich lebte mit ihm in Ruhe und Frieden, und es gab zwischen uns keinerlei Mißverständnisse. Gewöhnlich bemerkte er meine Anwesenheit gar nicht, und wenn er mit mir sprach, dann setzte er keine ironische Miene auf – augenscheinlich war ich für ihn kein Mensch.

Nur einmal sah ich ihn wütend. Eines Tages – es war eine Woche, nachdem ich bei ihm angefangen hatte – kehrte er um neun von einem Essen zurück; sein Gesicht war launisch und abgespannt. Als ich ihm ins Arbeitszimmer folgte, um dort die Kerzen anzuzünden, sagte er zu mir:

»Hier in den Zimmern riecht es.«

»Nein, die Luft ist frisch«, entgegnete ich.

»Und ich sage dir, es riecht«, wiederholte er gereizt.

»Ich öffne jeden Tag die Lüftungsklappen.«

»Räsoniere nicht, du Trottel!« schrie er.

Ich war beleidigt und wollte widersprechen, und Gott weiß, wie es ausgegangen wäre, hätte sich nicht Polja eingemischt, die ihren Herrn besser kannte als ich.

»Tatsächlich, was für ein übler Geruch!« sagte sie und runzelte die Brauen. »Woher kommt das bloß? Stepan, öffne im Salon die Lüftungsklappen und heize den Kamin.«

Sie seufzte, hastete umher und ging durch alle Zimmer, mit ihren Röcken raschelnd und in den Parfümzerstäuber pustend. Orlov war immer noch schlecht gelaunt, er nahm sich offenbar zusammen, um nicht loszupoltern, saß am Tisch und schrieb eilig einen Brief. Als er einige Zeilen geschrieben hatte, schnaufte er ärgerlich und zerriß den Brief, worauf er von neuem zu schreiben begann.

»Hol sie der Teufel!« murmelte er. »Sie verlangen, daß ich ein phantastisches Gedächtnis habe!«

Endlich war der Brief fertig; Orlov erhob sich und sagte, zu mir gewandt:

»Du fährst in die Znamenskaja-Straße und gibst diesen Brief eigenhändig Zinaida Fëdorovna Krasnovskaja. Frag aber erst den Pförtner, ob ihr Mann noch nicht zurück ist, das heißt Herr Krasnovskij. Wenn er schon zurück ist, dann gib den Brief nicht ab und komm wieder. Warte noch! Wenn sie fragen sollte, ob jemand bei mir ist, so sag ihr, seit acht Uhr säßen zwei Herren bei mir und schrieben etwas.«

Ich fuhr in die Znamenskaja-Straße. Der Pförtner sagte mir, Herr Krasnovskij sei noch nicht zurück, und ich begab mich in den zweiten Stock. Die Tür öffnete mir ein hochgewachsener, korpulenter Diener, ganz in Braun und mit einem schwarzen Backenbart; und schlaftrunken, träge und grob, so wie nur ein Diener mit einem andern Diener sprechen kann, fragte er mich, was ich wolle. Ich hatte noch nicht geantwortet, als eilig eine Dame in einem schwarzen Kleid aus dem Salon in das Vorzimmer trat. Sie sah mich mit zugekniffenen Augen an.

»Ist Zinaida Fëdorovna zu Hause?« fragte ich.

»Das bin ich«, erwiderte die Dame.

»Ein Brief von Georgij Ivanyč.«

Sie entsiegelte ungeduldig den Brief, hielt ihn mit beiden Händen, so daß ich ihre Brillantringe sah, und begann zu lesen. Ich betrachtete ihr weißes Gesicht mit den weichen Zügen, das vorspringende Kinn und die langen dunklen Wimpern. Dem Aussehen nach konnte diese Dame nicht älter als fünfundzwanzig Jahre sein.

»Grüßen Sie Georgij Ivanyč und übermitteln Sie ihm meinen Dank«, sagte sie, nachdem sie den Brief gelesen hatte. »Ist jemand bei ihm?« fragte sie sanft, heiter und als schäme sie sich ihres Mißtrauens.

»Irgendwelche zwei Herren«, antwortete ich. »Sie schreiben etwas.«

»Grüßen Sie ihn und übermitteln Sie ihm meinen Dank«, wiederholte sie und ging mit zur Seite geneigtem Kopf, den Brief lesend, lautlos hinaus.

Ich war damals erst wenigen Frauen begegnet, und diese Dame, die ich nur flüchtig gesehen hatte, beeindruckte mich sehr. Während ich zu Fuß heimkehrte, stellte ich mir ihr Gesicht und den Duft ihres feinen Parfüms vor und träumte. Als ich zu Hause eintraf, war Orlov nicht mehr da.

II

So lebte ich mit meinem Herrn in Ruhe und Frieden, trotzdem aber war das Schmutzige und Kränkende, das ich so fürchtete, als ich zu dienen begann, ständig da und jeden Tag spürbar. Ich verstand mich nicht mit Polja. Sie war ein wohlgenährtes, verwöhntes Geschöpf und vergötterte Orlov, weil er der Herr war, und verachtete mich, weil ich Diener war. Wahrscheinlich war sie vom Standpunkt eines richtigen Dieners oder Kochs verführerisch – rote Wangen, Stupsnase, zugekniffene Augen und eine Körperfülle, die schon an Üppigkeit grenzte. Sie puderte sich, schminkte sich Augenbrauen und Lippen, zwängte sich in ein Korsett und trug eine Turnüre sowie ein Armband aus Münzen. Sie machte kleine hüpfende Schritte; wenn sie ging, drehte sie sich oder, wie man so sagt, wackelte sie mit den Schultern und dem Hinterteil. Das Rascheln ihrer Röcke, das Knistern des Korsetts, das Klirren des Armbands und dieser aufdringliche Geruch nach Schminke, Toilettenessig und Parfüms, die sie dem Herrn entwendet hatte, erregten in mir, wenn ich des Morgens mit ihr die Zimmer aufräumte, ein Gefühl, als täte ich mit ihr etwas Gemeines.

Sei es, weil ich nicht mit ihr zusammen stahl, sei es, weil

ich keine Lust zeigte, ihr Geliebter zu werden, was sie wahrscheinlich kränkte, oder sei es vielleicht, weil sie in mir einen
fremden Menschen witterte – sie haßte mich vom ersten Tag
an. Meine Ungeschicklichkeit, mein so wenig lakaienhaftes
Äußere und meine Krankheit dünkten sie kläglich und erregten in ihr ein Gefühl des Abscheus. Ich hustete damals stark,
und es kam vor, daß ich sie nachts beim Schlafen störte,
weil unsere beiden Zimmer nur durch eine hölzerne Trenn-
wand abgeteilt waren, und jeden Morgen sagte sie zu mir:

»Du hast mich wieder nicht schlafen lassen. Ins Krankenhaus solltest du dich legen und nicht bei Herrschaften wohnen.«

Sie glaubte so aufrichtig, ich sei kein Mensch, sondern ein
unermeßlich tiefer stehendes Wesen, daß sie manchmal, gleich
den römischen Matronen, die sich nicht scheuten, im Beisein
von Sklaven zu baden, in meiner Gegenwart nur im Hemd
herumlief.

Einmal, beim Mittagessen – wir erhielten täglich aus einer
Kneipe Suppe und Braten –, als ich mich in einer wunderbaren verträumten Stimmung befand, fragte ich sie:

»Polja, glauben Sie an Gott?«

»Was denn sonst!«

»Sie glauben also daran«, fuhr ich fort, »daß es ein Jüngs-
tes Gericht geben wird und daß wir vor Gott für jede
schlechte Handlung Rechenschaft ablegen müssen?«

Sie antwortete nicht, sondern schnitt nur eine verächtliche
Grimasse, und als ich ihre satten, kalten Augen sah, begriff
ich, daß diese in sich geschlossene, völlig abgerundete Natur
weder einen Gott noch ein Gewissen noch Gesetze kannte
und daß ich, falls ich hätte töten, brandstiften oder stehlen
müssen, für Geld keinen besseren Helfershelfer als sie hätte
finden können.

Durch die ungewohnte Umgebung und weil ich mich so
schlecht an das ›du‹ und an das ständige Lügen (zu sagen:
»der Herr ist nicht zu Hause«, wenn er zu Hause war)
gewöhnen konnte, fiel mir das Leben bei Orlov in der ersten

Woche nicht leicht. In dem Dienerfrack fühlte ich mich wie in einem Panzer. Dann aber gewöhnte ich mich daran. Ich servierte wie ein richtiger Diener, räumte die Zimmer auf und war mit allerlei Aufträgen unterwegs. Wollte Orlov nicht zum Rendezvous mit Zinaida Fëdorovna fahren oder vergaß er, daß er versprochen hatte, sie zu besuchen, dann fuhr ich in die Znamenskaja-Straße, gab dort eigenhändig einen Brief ab und log. Und dabei kam durchaus nicht das heraus, was ich erwartet hatte, als ich Diener wurde; jeder Tag in diesem meinem neuen Leben erwies sich als verloren für mich und meine Sache, denn Orlov sprach niemals von seinem Vater, seine Gäste ebenfalls nicht, und von der Tätigkeit des bekannten Staatsmannes wußte ich nur das, was ich wie früher aus den Zeitungen und aus dem Briefwechsel mit Freunden in Erfahrung bringen konnte. Die Hunderte von Notizzetteln und Papieren, die ich im Arbeitszimmer fand und las, hatten auch nicht die entfernteste Beziehung zu dem, was ich suchte. Orlov war die geräuschvolle Tätigkeit seines Vaters völlig gleichgültig, und es sah aus, als höre er nichts davon oder als sei sein Vater schon lange tot.

III

Donnerstags kamen immer Gäste zu uns.

Ich bestellte dann im Restaurant ein Stück Roastbeef und sagte am Telefon, Eliseev solle uns Kaviar, Käse, Austern und dergleichen schicken. Ferner kaufte ich Spielkarten. Polja stellte schon am frühen Morgen das Teeservice und das Tafelgeschirr für das Abendessen bereit. Um die Wahrheit zu sagen – diese kleine Arbeit brachte ein wenig Abwechslung in unser müßiges Leben, und der Donnerstag war für uns der interessanteste Tag der Woche.

Gäste kamen nur drei. Der solideste und vielleicht interessanteste von ihnen war Pekarskij, ein hochgewachsener, hagerer Mann von etwa fünfundvierzig Jahren, mit langer gebogener Nase, einem ansehnlichen schwarzen Bart und einer Glatze. Er hatte große vorstehende Augen, und sein Gesicht war ernst und nachdenklich wie das eines griechischen Philosophen. Er arbeitete bei der Eisenbahnverwaltung und bei einer Bank, war Rechtsberater einer wichtigen fiskalischen Institution und stand mit vielen Privatpersonen als Vormund, Konkursverwalter und so weiter in geschäftlichen Beziehungen. Er hatte einen ganz niedrigen Rang und nannte sich bescheiden Rechtsanwalt, aber sein Einfluß war sehr groß. Seine Visitenkarte oder eine Notiz von ihm genügten, um von einem berühmten Arzt, einem Eisenbahndirektor oder einem hohen Beamten außer der Reihe empfangen zu werden; es hieß, man könne durch seine Protektion sogar eine Stellung der vierten Rangklasse bekommen oder nach Belieben eine unangenehme Sache vertuschen. Er galt als sehr kluger Mensch, aber das war eine besondere, eigenartige Klugheit. Er konnte sofort im Kopf 213 mit 373 multiplizieren oder ohne Zuhilfenahme von Bleistift und Tabellen Sterling in Mark umrechnen, er kannte ausgezeichnet die Verhältnisse bei der Eisenbahn und die Finanzen, und in allem, was die Verwaltung betraf, gab es für ihn keine Geheimnisse; in Zivilsachen galt er als sehr gewandter Anwalt, mit dem man sich nicht leicht messen konnte. Doch diesem ungewöhnlichen Mann war vieles völlig unverständlich, was sogar mancher Dummkopf weiß. So konnte er durchaus nicht begreifen, warum Menschen sich sehnen, weinen, sich schießen oder sogar andere töten, warum sie sich über Dinge und Ereignisse aufregen, die sie persönlich nicht betreffen, und warum sie lachen, wenn sie Gogol oder Ščedrin lesen ... Alles Abstrakte, nicht Faßbare in Denken und Fühlen blieb ihm so unverständlich und langweilig wie Musik für einen Gehörlosen. Die Menschen betrachtete er nur vom geschäftlichen Standpunkt aus und teilte sie in Fähige und Unfähige ein. Eine andere Einteilung existierte für ihn nicht. Ehrlichkeit und Anständigkeit waren für ihn nur ein Kennzeichen der Fähigkeit. Man kann zechen, Karten spielen und ausschweifend leben, aber nur, wenn es die Geschäfte nicht stört. An Gott zu glauben ist nicht klug, aber die Religion muß aufrechterhalten werden, weil man für das Volk ein regelndes Prinzip braucht, sonst arbeitet es nicht. Strafen sind nur zur Abschreckung notwendig. In die Sommerfrische braucht man nicht zu fahren, weil es auch in der Stadt schön ist. Und so weiter. Er war Witwer und hatte keine Kinder, lebte aber auf großem Fuß und bezahlte für seine Wohnung dreitausend Rubel jährlich.

Der zweite Gast, der Wirkliche Staatsrat Kukuškin, war noch nicht alt, klein von Wuchs und hatte höchst unangenehme Gesichtszüge, die gar nicht zu seinem dicken, aufgedunsenen Rumpf und dem kleinen, hageren Gesicht paßten. Seine Lippen waren herzförmig, und der gestutzte Schnurrbart sah aus, als sei er mit Lack angeklebt. Er hatte die Manieren einer Eidechse: er ging nicht, sondern kroch, mit kleinen trippelnden Schritten, schwankend und kichernd, und wenn er lachte, fletschte er die Zähne. Er arbeitete irgendwo als Beamter für Sonderaufgaben, und obwohl er ein hohes Gehalt bezog, tat er nichts, besonders im Sommer, wenn für ihn verschiedene Dienstreisen erfunden wurden. Er war ein Karrierist nicht nur bis ins Mark, sondern noch schlimmer, bis zum letzten Blutstropfen, und dabei ein kleinlicher Karrierist, der nicht auf sich selbst vertraute, sondern seine Karriere allein auf Gnadenerweise aufbaute. Für irgendeinen kleinen ausländischen Orden oder dafür, daß man in den Zeitungen schrieb, er sei zusammen mit hochgestellten Persönlichkeiten in einer Totenmesse oder bei einem Tedeum gewesen, war er bereit zu jedweder Erniedrigung, zu betteln, zu schmeicheln und Versprechungen zu machen. Aus Feigheit schmeichelte er Orlov und Pekarskij, weil er sie für mächtige Leute hielt, er schmeichelte Polja und mir, weil wir bei einem einflußreichen Mann im Dienst standen. Jedesmal, wenn ich ihm den Pelz abnahm, kicherte er und fragte mich: »Stepan, bist du verheiratet?«, und dann folgten gemeine Zoten als Zeichen besonderer Aufmerksamkeit für mich. Kukuškin schmeichelte Orlovs Schwächen, seiner Verderbtheit, seiner Sattheit; um ihm zu gefallen, spielte er sich als übler Spötter und Atheist auf und kritisierte mit ihm zusammen jene Leute, vor denen er an anderer Stelle nach Sklavenart scheinheilig tat. Sprach man nach dem Abendessen von den Frauen und von der Liebe, dann spielte er sich als raffinierter, ausgekochter Wüstling auf. Überhaupt reden die Petersburger Lebemänner gern von ihrem ungewöhnlichen Geschmack. Mancher Wirkliche Staatsrat der jungen Generation begnügt sich durchaus mit den Liebkosungen seiner Köchin oder irgendeiner unglücklichen Frau, die auf dem Nevskij-Prospekt promeniert; wenn man ihn aber hört, dann scheint es, als wäre er mit allen Lastern des Ostens und des Westens infiziert, als wäre er Ehrenmitglied eines ganzen Dutzends anstößiger Geheimgesellschaften und als stünde er unter Polizeiaufsicht. Kukuškin verbreitete gewissenlos Lügen über sich selbst; nicht, daß man ihm nicht glaubte, aber man ließ alle seine Flunkereien an den Ohren vorbeirauschen.

Der dritte Gast war Gruzin, der Sohn eines ehrwürdigen gelehrten Generals, ein Altersgenosse Orlovs, ein langhaariger und stark kurzsichtiger blonder Mann mit einer goldenen Brille. Ich erinnere mich noch an seine langen bleichen Finger, sie glichen denen eines Pianisten; auch in seiner ganzen Gestalt lag etwas Musikalisches, Virtuoses. Solche Gestalten spielen im Orchester die erste Geige. Er hustete, litt an Migräne und schien überhaupt kränklich und schwächlich zu sein. Wahrscheinlich wurde er zu Hause an- und ausgekleidet wie ein Kind. Er hatte an einer Schule für Rechtswissenschaft studiert und war zunächst bei der Justizbehörde gewesen, dann versetzte man ihn in den Senat, dann bekam er durch Protektion eine Stelle im Ministerium für Staatsdomänen, die er aber bald wieder aufgab. Zu meiner Zeit war er in

Orlovs Abteilung als Abteilungsvorsteher tätig, aber er sprach davon, daß er bald wieder zur Justizbehörde überwechseln werde. Zu seinem Dienst und dem häufigen Wechseln der Stelle verhielt er sich selten leichtsinnig, und wurde in seiner Gegenwart ernsthaft von Rängen, Orden oder Gehältern gesprochen, dann lächelte er gutmütig und wiederholte einen Aphorismus von Prutkov: »Nur im Staatsdienst erkennt man die Wahrheit!« Er hatte eine kleine, sehr eifersüchtige Frau mit einem verrunzelten Gesicht und fünf schmächtige Kinder. Seine Frau betrog er, die Kinder liebte er nur, wenn er sie sah, im allgemeinen aber verhielt er sich zu seiner Familie ziemlich gleichgültig und machte sich über sie lustig. Er und die Familie lebten auf Borg, er pumpte bei jeder passenden Gelegenheit, ganz gleich wo und von wem, und schonte nicht einmal seine Vorgesetzten und die Pförtner. Er war eine schlaffe Natur, faul bis zur völligen Gleichgültigkeit gegen sich selbst, er ließ sich von der Strömung treiben, ohne zu wissen, wohin und wozu. Wohin man ihn gehen hieß, dahin ging er. Schickte man ihn in irgendeine Spelunke – er ging, stellte man Wein vor ihn hin – er trank, stellte man keinen hin, so trank er nicht; schimpfte man in seiner Gegenwart auf die Frauen, so schimpfte er auch auf die seine und beteuerte, sie habe ihm sein Leben verdorben; lobte man sie aber, so lobte er sie auch und sagte aufrichtig: »Ich liebe sie sehr, die Ärmste.« Einen Pelz besaß er nicht, er trug immer einen Plaid, der nach Kinderzimmer roch. Wenn er beim Abendessen in Gedanken versunken Brotkügelchen rollte und viel Rotwein trank, dann war ich seltsamerweise beinahe überzeugt, daß etwas in ihm steckte, was er wahrscheinlich selbst dunkel spürte, aber vor lauter Geschäftigkeit und Plattheiten nicht verstehen und würdigen konnte. Er spielte ein wenig Klavier. Manchmal setzte er sich an den Flügel, schlug zwei, drei Akkorde an und sang leise: »Was bringt er mir, der künft'ge Morgen?« Sofort erhob er sich jedoch, gleichsam erschrocken, und entfernte sich vom Flügel.

Die Gäste trafen gewöhnlich gegen zehn Uhr ein. Sie spielten in Orlovs Arbeitszimmer Karten, und ich servierte mit Polja Tee. Hier konnte ich erst richtig die ganze Süße des Dienerlebens ermessen. Vier, fünf Stunden lang an der Tür stehen, aufpassen, daß die Gläser nicht leer bleiben, die Aschenbecher wechseln, zum Tisch laufen, um heruntergefallene Kreide oder eine Spielkarte aufzuheben, und vor allem: stehen, warten, aufpassen und nicht sprechen, nicht husten, nicht wagen zu lächeln – das ist wahrlich schwerer als die schwerste Bauernarbeit. Ich hatte früher einmal in stürmischen Winternächten jeweils vier Stunden auf Posten stehen müssen und finde, daß Postenstehen unvergleichlich leichter ist.

Sie spielten bis zwei Uhr Karten, manchmal auch bis drei, dann streckten sie sich und gingen ins Eßzimmer, um zu Abend zu essen oder, wie Orlov es nannte, einen kleinen Imbiß zu nehmen. Beim Essen unterhielt man sich. Es fing gewöhnlich damit an, daß Orlov mit lachenden Augen die Rede auf irgendeinen Bekannten, ein kürzlich gelesenes Buch, eine neue Ernennung oder ein Projekt brachte; der schmeichlerische Kukuškin fiel in diesen Ton ein, und es begann eine Musik, die mir bei meiner damaligen Auffassung äußerst widerlich war. Orlov und seiner Freunde Ironie kannte keine Grenzen und verschonte niemanden und nichts. Sprach man von der Religion – Ironie, sprach man über Philosophie, über Sinn und Zweck des Lebens – Ironie, brachte jemand das Gespräch auf das Volk – Ironie. In Petersburg gibt es eine besondere Gattung Menschen, die sich speziell damit befassen, jede Erscheinung des Lebens ins Lächerliche zu ziehen; sie können nicht einmal an einem Hungernden oder einem Selbstmörder vorübergehen, ohne eine Gemeinheit zu sagen. Doch Orlov und seine Freunde scherzten und spotteten nicht, sondern ironisierten. Sie sagten, es gebe keinen Gott, und mit dem Tode verschwinde die Persönlichkeit vollständig; Unsterbliche existierten nur in der französischen Akademie.

Wahres Heil finde man nicht und könne man auch nicht finden, weil sein Vorhandensein die menschliche Vollkommenheit bedinge, und das sei logischer Unsinn. Rußland sei ein ebenso ödes und armes Land wie Persien. Die Intelligenz sei ohne Hoffnung; sie bestehe nach Meinung Pekarskijs zur überwiegenden Mehrheit aus unfähigen und zu nichts tauglichen Menschen. Das Volk sei entartet, dem Trunk verfallen und faul geworden und habe sich das Stehlen angewöhnt. Es gebe bei uns keine Wissenschaft, die Literatur sei plump, der Handel beruhe auf Betrug: »Wer nicht betrügt, verkauft nichts.« Und so weiter in dieser Art, sie zogen alles ins Lächerliche.

Von dem genossenen Wein wurden sie gegen Ende des Abendessens lustiger, und sie gingen zu heiteren Gesprächen über. Man spöttelte über Gruzins Familienleben, Kukuškins Eroberungen oder über Pekarskij, in dessen Ausgabenbuch es angeblich eine Seite mit der Überschrift »Für wohltätige Zwecke« und eine andere »Für körperliche Bedürfnisse« gab. Man sagte, es gebe keine treuen Ehefrauen; keine Frau, von der man bei einiger Gewandtheit keine Zärtlichkeiten erfahren könne, und das, ohne den Salon zu verlassen und während der Ehemann nebenan in seinem Kabinett sitze. Halbwüchsige Mädchen seien schon verdorben und wüßten bereits alles. Orlov bewahrte den Brief einer vierzehnjährigen Gymnasiastin auf; sie hatte sich auf dem Heimweg vom Gymnasium »auf dem Nevskij-Prospekt einen Offizier angelacht«, der sie mitgenommen und erst spät am Abend habe gehen lassen; sie aber hatte eiligst ihrer Freundin davon geschrieben, damit sie an ihrer Begeisterung teilnahm. Man stellte fest, es habe niemals moralische Sauberkeit gegeben, und sie sei auch offensichtlich gar nicht notwendig: die Menschheit sei bislang ohne sie prächtig ausgekommen. Die Schädlichkeit des sogenannten Lasters werde zweifellos übertrieben. Die Perversität, so wie man sie in unserem Strafgesetzbuch sehe, habe Diogenes nicht gehindert, Philosoph und Lehrer zu sein;

Cäsar und Cicero seien Wüstlinge und gleichzeitig große Männer gewesen. Der alte Cato habe ein ganz junges Ding geheiratet und trotzdem weiter als ein Mensch gegolten, der streng die Fasten einhielt und die Moral hütete.

Um drei oder vier Uhr brachen die Gäste auf, oder man fuhr gemeinsam in die Vorstadt oder auf die Oficerskaja-Straße zu einer gewissen Varvara Osipovna, ich aber ging in mein Zimmer und konnte vor Kopfschmerzen und Husten lange nicht einschlafen.

IV

Drei Wochen nachdem ich in Orlovs Dienst getreten war, an einem Sonntagmorgen, wie ich mich entsinne, läutete jemand. Es war elf Uhr, und Orlov schlief noch. Ich ging und öffnete. Können Sie sich mein Erstaunen vorstellen: Auf dem Treppenabsatz vor der Tür stand eine Dame mit einem Schleier vorm Gesicht.

»Ist Georgij Ivanyč schon aufgestanden?« fragte sie.

An der Stimme erkannte ich Zinaida Fëdorovna, zu der ich in die Znamenskaja-Straße Briefe getragen hatte. Ich weiß nicht mehr, ob ich in der Lage war, ihr zu antworten – ihr Erscheinen hatte mich verwirrt. Und sie wartete meine Antwort auch gar nicht ab. Im Nu war sie an mir vorbeigeschlüpft und ging in die Wohnung, wobei sie das Vorzimmer mit dem Duft ihres Parfüms erfüllte, an das ich mich noch bis heute erinnere; ihre Schritte verhallten. Wenigstens eine halbe Stunde lang war nichts zu hören. Dann läutete wieder jemand. Diesmal waren es ein aufgedonnertes Mädchen, offenbar eine Zofe aus einem reichen Haus, und unser Pförtner, die beide, ganz außer Atem, zwei Koffer und einen Reisekorb brachten.

»Das ist für Zinaida Fëdorovna«, sagte das Mädchen.

Sie ging fort, ohne noch ein Wort zu sagen. Das alles war

geheimnisvoll und entlockte Polja, die zu den Streichen des Herrn ehrfurchtsvoll aufschaute, ein listiges Lächeln, als wollte sie sagen: »So sind wir!« und sie ging die ganze Zeit auf Zehenspitzen. Endlich ertönten Schritte; Zinaida Fëdorovna trat eilig in das Vorzimmer und sagte, als sie mich an der Tür meines Zimmers erblickte:

»Stepan, bringen Sie Georgij Ivanyč die Sachen.«

Als ich mit der Kleidung und den Stiefeln zu Orlov ins Zimmer kam, saß er auf dem Bett und ließ die Füße auf das Bärenfell herabhängen. Seine ganze Gestalt drückte Verwirrung aus. Mich bemerkte er nicht, und meine Lakaienmeinung interessierte ihn auch gar nicht – offensichtlich war er bestürzt und schämte sich vor sich selbst, vor seinem »inneren Auge«. Er zog sich an, wusch sich und hantierte dann schweigend und ohne Hast mit Kamm und Bürste, als wolle er sich Zeit lassen, über seine Lage nachzudenken und sie zu begreifen, und sogar an seinem Rücken merkte man, daß er bestürzt und mit sich unzufrieden war.

Sie tranken zusammen Kaffee. Zinaida Fëdorovna schenkte sich und Orlov ein, dann legte sie die Ellbogen auf den Tisch und lachte.

»Ich kann es einfach nicht glauben«, sagte sie. »Wenn man eine lange Reise macht und dann im Hotel eintrifft, so kann man einfach nicht glauben, daß man nicht weiterfahren muß. Es ist so schön, ein wenig zu verschnaufen.«

Mit der Miene eines Mädchens, das gar zu gern Unfug treiben möchte, seufzte sie leicht und lachte wieder.

»Sie müssen mir schon verzeihen«, sagte Orlov, über die Zeitungen gebeugt. »Beim Kaffeetrinken zu lesen ist eine eingefleischte Angewohnheit von mir. Aber ich kann zwei Dinge zugleich tun: lesen und zuhören.«

»Lesen Sie, lesen Sie ... Sie brauchen Ihre Angewohnheiten und Ihre Freiheit nicht aufzugeben. Aber warum machen Sie ein so finsteres Gesicht? Sind Sie morgens immer so oder nur heute? Freuen Sie sich nicht?«

»Im Gegenteil. Aber ich gebe zu, ich bin etwas verblüfft.«

»Weshalb? Sie hatten doch Zeit, sich auf meinen Überfall vorzubereiten. Ich habe es Ihnen jeden Tag angedroht.«

»Ja, aber ich habe nicht erwartet, daß Sie Ihre Drohung gerade heute wahrmachen.«

»Ich habe es selbst nicht erwartet, aber es ist besser so. Es ist besser, mein Freund. Einen kranken Zahn muß man herausreißen, und fertig.«

»Ja, natürlich.«

»Ach, mein Lieber!« sagte sie und kniff die Augen zu. »Ende gut, alles gut, aber bevor es zu einem guten Ende kam, wieviel Verdruß hat es da gegeben! Sie sollten sich nicht daran stoßen, daß ich lache; ich bin froh, glücklich, aber mir ist das Weinen näher als das Lachen. Gestern habe ich eine regelrechte Schlacht geschlagen«, fuhr sie auf französisch fort. »Gott allein weiß, wie schwer mir das fiel. Aber ich lache, weil ich es nicht fassen kann. Mir kommt es vor, als würde ich nicht in Wirklichkeit hier sitzen und mit Ihnen Kaffee trinken, sondern nur im Traum.«

Dann erzählte sie weiter auf französisch, wie sie sich gestern von ihrem Mann getrennt hatte, und ihre Augen füllten sich bald mit Tränen, bald lachten sie und sahen Orlov entzückt an. Sie erzählte, ihr Mann habe sie schon lange verdächtigt, sei aber Erklärungen ausgewichen; es habe sehr häufig Streit gegeben, auf dessen Höhepunkt er gewöhnlich unerwartet verstummt und in sein Arbeitszimmer gegangen sei, damit er nicht bei einem plötzlichen Aufbrausen seinen Verdacht äußere und damit sie selbst nicht anfange, Erklärungen abzugeben. Zinaida Fëdorovna fühlte sich jedoch schuldig, nichtswürdig und zu einem kühnen, ernsthaften Schritt unfähig, und deshalb haßte sie sich und ihren Mann mit jedem Tag mehr und litt Höllenqualen. Aber gestern, als er während eines Streits mit weinerlicher Stimme geschrien hatte: »Wann wird das endlich aufhören, mein Gott?« und in sein Zimmer gegangen war, da jagte sie hinter ihm her wie die Katze hinter der Maus, hinderte ihn, die Tür hinter sich zuzumachen, und schrie, sie hasse ihn von ganzem Herzen. Da habe er sie in sein Arbeitszimmer gelassen, und sie habe ihm alles gesagt und ihm gestanden, daß sie einen anderen liebe, daß dieser andere ihr richtiger, ihr legitimer Gatte sei und daß sie es für die Pflicht ihres Gewissens halte, noch heute zu ihm zu ziehen, komme, was da wolle.

»Sie haben eine romantische Ader«, unterbrach Orlov sie, ohne den Blick von seiner Zeitung zu heben.

Sie lachte und fuhr fort zu erzählen, ohne ihren Kaffee anzurühren. Ihre Wangen glühten, das verwirrte sie ein wenig, und verlegen sah sie Polja und mich an. Aus ihrer weiteren Erzählung erfuhr ich, daß ihr Mann ihr mit Vorwürfen, Drohungen und schließlich mit Tränen geantwortet habe; und es wäre richtiger gewesen zu sagen, nicht sie, sondern er habe eine regelrechte Schlacht geschlagen.

»Ja, mein Freund, solange ich noch die Nerven behielt, ging alles gut«, berichtete sie, »aber als es Nacht wurde, da verlor ich den Mut. Sie glauben nicht an Gott, George, aber ich glaube ein bißchen an ihn und fürchte die Vergeltung. Gott fordert von uns Geduld, Großmut, Selbstaufopferung, und da weigere ich mich, Geduld zu üben, und will mein Leben auf eigene Weise einrichten. Ob das gut ist? Vom Standpunkt Gottes wiederum soll es schlecht sein? Um zwei Uhr nachts kam mein Mann zu mir und sagte: ›Wagen Sie nicht, zu gehen. Ich lasse Sie von der Polizei zurückholen, das gibt einen Skandal.‹ Etwas später stand er schon wieder in der Tür wie ein Schatten. ›Schonen Sie mich. Ihre Flucht kann mir im Dienst schaden.‹ Diese Worte wirkten auf mich grob, ich war wie erstarrt und meinte, damit beginne bereits die Vergeltung, ich zitterte schon vor Furcht und fing an zu weinen. Mir war, als stürze die Decke ein, als bringe man mich schon zur Polizei, als würden Sie aufhören, mich zu lieben – mit einem Wort, Gott weiß was! Ich gehe in ein Kloster oder irgendwohin als Krankenschwester, dachte ich, ich verzichte auf das Glück, aber da fiel mir ein, daß Sie mich lieben und daß ich nicht das Recht habe, ohne Ihr Wissen über mich zu verfügen, und in meinem Kopf geriet alles durcheinander, ich wußte vor Verzweiflung nicht, was ich denken und tun sollte. Aber da ging die Sonne auf, und ich wurde wieder froh. Ich erwartete den Morgen und kam zu Ihnen gefahren. Ach, wie habe ich mich gequält, mein Lieber! Zwei Nächte hintereinander habe ich nicht geschlafen!«

Sie war erschöpft und erregt. Sie wollte alles zugleich, schlafen, unaufhörlich reden, lachen und weinen und ins Restaurant frühstücken fahren, um ihre Freiheit auszukosten.

»Du hast eine behagliche Wohnung, aber ich fürchte, für zwei wird sie zu klein sein«, sagte sie nach dem Kaffeetrinken, als sie schnell durch alle Räume ging. »Welches Zimmer wirst du mir geben? Das hier gefällt mir, weil es neben deinem Kabinett liegt.«

Gegen zwei zog sie sich in dem Zimmer neben dem Kabinett um, das sie von da an das ihre nannte, und fuhr mit Orlov frühstücken. Das Mittagessen nahmen sie ebenfalls im Restaurant ein, und in der langen Pause zwischen Frühstück und Mittagessen fuhren sie von Laden zu Laden. Bis zum späten Abend empfing ich Kaufmannsgehilfen und Laufburschen und nahm von ihnen allerlei Einkäufe entgegen. Sie brachten unter anderem einen prächtigen Trumeau, eine Frisiertoilette, ein Bett und ein luxuriöses Teeservice, das wir gar nicht brauchten. Man brachte auch eine ganze Batterie von Kupferkasserollen, die wir in einer Reihe auf das Wandbrett in unserer leeren kalten Küche stellten. Als wir das Teeservice auspackten, leuchteten Poljas Augen, und sie schaute mich dreimal haßerfüllt und wütend an, weil vielleicht nicht sie, sondern ich als erster eins dieser graziösen Täßchen stehlen könnte. Man brachte einen Damenschreibtisch, er war sehr teuer, aber unbequem. Offenbar beabsichtigte Zinaida Fëdorovna, sich bei uns als Hausfrau niederzulassen.

Nach neun Uhr abends kehrte sie mit Orlov zurück. Stolz darauf, etwas Kühnes und Ungewöhnliches geleistet zu haben, leidenschaftlich verliebt und, wie sie meinte, leidenschaftlich wiedergeliebt, mit der Aussicht auf einen tiefen, glücklichen Schlaf, berauschte sich Zinaida Fëdorovna an ihrem neuen Leben. Im Überschwang des Glücks drückte sie sich selbst fest die Hand und versuchte sich einzureden, alles sei sehr schön, und sie schwor ewige Liebe, und diese Schwüre und die naive, beinahe kindliche Überzeugung, sie werde ebenfalls innig und ewig geliebt, machten sie um fünf Jahre jünger. Sie redete köstlichen Unsinn und lachte über sich selbst.

»Es gibt kein größeres Glück als die Freiheit!« meinte sie, als sie sich zwingen wollte, etwas Ernsthaftes und Bedeutungsvolles zu sagen. »Was für ein Unsinn, wirst du denken. Wir messen unserer eigenen Meinung keinerlei Wert bei, selbst wenn sie vernünftig ist, aber wir zittern vor der Meinung einiger Dummköpfe. Ich habe die fremde Meinung bis zur letzten Minute gefürchtet, aber als ich nur auf mich hörte und beschloß, auf eigene Art zu leben, da öffneten sich mir die Augen, ich besiegte meine dumme Angst, und jetzt bin ich glücklich und wünsche einem jeden solch ein Glück.«

Sofort aber unterbrach sie ihren Gedankenfluß, und sie sprach von einer neuen Wohnung, von Tapeten, Pferden, von einer Reise in die Schweiz und nach Italien. Orlov jedoch war von der Fahrt durch die Läden und Restaurants erschöpft und schämte sich wieder vor sich selbst, wie ich es schon am Morgen bei ihm bemerkt hatte. Er lächelte, aber mehr aus Höflichkeit als aus Vergnügen, und als sie ernsthaft etwas sagte, da pflichtete er ihr ironisch bei:

»O ja!«

»Stepan, suchen Sie schnellstens einen guten Koch«, meinte sie, zu mir gewandt.

»Mit der Küche eilt es nicht«, sagte Orlov und sah mich kühl an. »Zuerst müssen wir in eine neue Wohnung ziehen.«

Er hatte niemals eine Küche gehabt noch sich Pferde gehal-

ten, weil er, wie er sich ausdrückte, es nicht liebte, »bei sich
Unsauberkeit einzuführen«, und Polja und mich duldete er in
seiner Wohnung nur, weil dies unumgänglich war. Der soge-
nannte heimische Herd mit seinen alltäglichen Freuden und
Sorgen beleidigte seinen Geschmack als eine Banalität;
schwanger zu sein oder Kinder zu haben und von ihnen zu
sprechen galt bei ihm für unanständig und spießig. Auch ich
war jetzt wirklich neugierig, wie diese beiden Wesen sich in
einer Wohnung vertragen würden – sie, häuslich und wirt-
schaftlich, mit ihren Kupferkasserollen und ihren Träumen
von einem guten Koch und von Pferden, und er, der oft zu
seinen Freunden gesagt hatte, in der Wohnung eines ordentlichen, anständigen Mannes dürfe es, wie auf einem Kriegs-
schiff, nichts Überflüssiges geben – keine Frauen, keine Kinder, keine Lappen, kein Küchengeschirr...

V

Nun will ich Ihnen erzählen, was am nächsten Donnerstag
geschah. An diesem Tag aßen Orlov und Zinaida Fëdorovna
bei Contant oder Donon zu Mittag. Orlov kehrte allein nach
Hause zurück, Zinaida Fëdorovna aber war, wie ich später
herausbekam, auf die Petersburger Seite zu ihrer alten
Gouvernante gefahren, um bei ihr die Zeit zu verbringen, da
wir Gäste hatten. Orlov mochte sie nicht seinen Freunden
zeigen. Das begriff ich morgens beim Kaffee, als er sie zu
überzeugen versuchte, es sei um ihrer Ruhe willen notwendig,
die Donnerstage abzuschaffen.
     Die Gäste trafen, wie gewöhnlich, beinahe gleichzeitig ein.
     »Ist die Gnädige auch zu Hause?« fragte mich Kukuškin
leise.
     »Nein«, antwortete ich.
     Er trat mit listigen, schmachtenden Augen ein, geheimnis-
voll lächelnd und sich vor Kälte die Hände reibend.

»Habe die Ehre zu gratulieren«, sagte er zu Orlov, vor schmeichlerischem Lachen am ganzen Körper bebend. »Ich wünsche Ihnen, fruchtbar zu sein und sich zu mehren wie die Zedern des Libanon.«

Die Gäste begaben sich in das Schlafzimmer und witzelten dort über die Frauenpantoffeln, die Teppiche zwischen den beiden Betten und die graue Bluse, die über dem einen Bettende hing. Sie waren guter Laune, weil der Dickschädel, der alles Gewöhnliche in der Liebe verachtete, plötzlich so einfach und alltäglich in weibliche Netze geraten war.

»Worüber wir gelacht haben, dem werden wir zu Diensten sein«, wiederholte Kukuškin mehrmals, der, nebenbei gesagt, den unangenehmen Ehrgeiz hatte, mit kirchenslawischen Textstellen zu prunken. »Ruhe!« flüsterte er und legte den Zeigefinger an die Lippen, als sie aus dem Schlafzimmer in den Raum neben dem Arbeitszimmer traten. »Pst! Hier träumt Margarethe von ihrem Faust.«

Er wälzte sich vor Lachen, als habe er etwas überaus Komisches gesagt. Ich sah mich nach Gruzin um, in der Erwartung, seine musikalische Seele könnte dieses Lachen nicht ertragen, aber ich täuschte mich. Sein gutmütiges, hageres Gesicht strahlte vor Vergnügen. Als man sich zum Kartenspielen setzte, sagte er mit schnarrender Stimme und sich beim Lachen verschluckend, George brauche sich jetzt nur noch eine türkische Tabakspfeife aus Weichselrohr und eine Gitarre zuzulegen, dann wäre das Familienglück voll. Pekarskij lachte würdevoll in sich hinein, und an seinem konzentrierten Gesichtsausdruck merkte man, daß Orlovs neues Liebesabenteuer ihm unangenehm war. Er verstand gar nicht, was eigentlich los war.

»Aber wie verhält sich denn ihr Mann?« fragte er verwundert, als man schon drei Robber gespielt hatte.

»Weiß ich nicht«, erwiderte Orlov.

Pekarskij fuhr sich mit den Fingern durch den großen Bart und schwieg in Gedanken versunken bis zum Abendbrot. Als man sich zum Essen begab, sagte er langsam, wobei er jedes Wort in die Länge zog:

»Entschuldige, aber ich verstehe euch beide nicht. Ihr konntet euch ineinander verlieben und das siebente Gebot übertreten nach Herzenslust – das verstehe ich. Ja, das ist verständlich. Wozu aber den Ehemann in diese Geheimnisse einweihen? War das nötig?«

»Ist das nicht einerlei?«

»Hm …«, meinte Pekarskij nachdenklich. »Das eine möchte ich dir aber sagen, mein lieber Freund«, fuhr er fort, wobei man ihm ansah, daß er angestrengt überlegte, »wenn ich vielleicht zum zweitenmal heiraten sollte und es fällt dir ein, mir Hörner aufzusetzen, dann mach das bitte so, daß ich es nicht merke. Es ist sehr viel ehrenhafter, einen Menschen zu betrügen, als ihm seine Lebensordnung und seinen Ruf zu zerstören. Ich verstehe: Ihr beide denkt, wenn ihr offen zusammenlebt, handelt ihr ehrenhaft und liberal, aber mit dieser – wie heißt das doch? –, mit dieser Romantik kann ich mich nicht einverstanden erklären.«

Orlov antwortete nicht. Er war nicht in Stimmung, und er wollte nicht sprechen. Pekarskij, der weiterhin verwundert war, trommelte mit den Fingern auf den Tisch, überlegte und sagte:

»Ich verstehe euch beide trotzdem nicht. Du bist kein Student, und sie ist keine Näherin. Ihr seid beide bemittelte Leute. Ich meine, du hättest ihr eine separate Wohnung einrichten können.«

»Nein, das könnte ich nicht. Lies mal Turgenev.«

»Wozu soll ich ihn lesen? Ich habe ihn bereits gelesen.«

»Turgenev lehrt in seinen Werken, daß jedes hochstehende, ehrlich denkende Mädchen mit dem geliebten Mann bis ans Ende der Welt geht und für seine Ideen lebt«, erwiderte Orlov und kniff ironisch die Augen zu. »Das Ende der Welt ist eine licentia poetica – die ganze Welt mit ihren sämtlichen Enden befindet sich in der Wohnung des geliebten Mannes.

Mit der Frau, die dich liebt, nicht in derselben Wohnung zu leben bedeutet daher, ihr die hohe Bestimmung abzusprechen und ihre Ideale nicht zu teilen. Ja, mein Bester, Turgenev hat das geschrieben, und ich muß nun für ihn die Suppe auslöffeln.«

»Ich verstehe nicht, was Turgenev dabei soll«, sagte Gruzin leise und zuckte mit den Achseln. »Erinnern Sie sich, George, wie er in den ›Drei Begegnungen‹ spät abends irgendwo in Italien die Straße entlanggeht und auf einmal hört: Vieni pensando a me segretamente!« flötete Gruzin. »Schön!«

»Aber sie ist doch nicht gegen deinen Willen zu dir übergesiedelt«, sagte Pekarskij. »Du selbst hast das gewollt.«

»Das fehlte noch! Ich habe das nicht nur nicht gewollt, sondern ich vermochte mir nicht einmal vorzustellen, daß dieser Fall eintreten könnte. Als sie davon sprach, sie würde zu mir übersiedeln, da nahm ich an, sie scherze neckisch.«

Alle lachten.

»Ich habe das nicht gewollt«, fuhr Orlov in einem Ton fort, als sei er gezwungen, sich zu rechtfertigen. »Ich bin kein Turgenevscher Held, und wenn ich einmal gezwungen sein sollte, Bulgarien zu befreien, dann brauche ich dazu keine Damengesellschaft. Die Liebe sehe ich vor allem als ein Bedürfnis meines Organismus an, gemein und schädlich für meinen Geist; man muß sie mit Überlegung befriedigen oder aber völlig darauf verzichten, sonst trägt sie in unser Leben ihre unsauberen Elemente hinein. Damit die Liebe ein Genuß ist und keine Quälerei, bin ich bemüht, sie schön zu verbrämen und mit einer Menge von Illusionen auszustatten. Ich fahre nicht zu einer Frau, wenn ich nicht von vornherein überzeugt bin, sie wird schön und bezaubernd sein, und ich fahre auch dann nicht zu ihr, wenn ich mich nicht ganz so fühle. Nur unter solchen Voraussetzungen gelingt es uns, einander zu betrügen, und wir meinen, daß wir lieben und glücklich sind. Aber kann es mich denn nach Kupferkasserollen verlangen und nach einem unfrisierten Kopf, oder soll ich mich sehen lassen, wenn ich ungewaschen und nicht in Stimmung bin? Zinaida Fëdorovna will mich in ihrer Herzenseinfalt zwingen, das zu lieben, wovor ich mich mein Leben lang gegrault habe.

Sie will, daß es in meiner Wohnung nach Küche und Abwasch riecht; sie muß unbedingt geräuschvoll in eine neue Wohnung einziehen, mit ihren Pferden herumfahren, meine Wäsche zählen und sich um meine Gesundheit kümmern. Sie muß sich jeden Augenblick in mein persönliches Leben einmischen und jeden meiner Schritte verfolgen; gleichzeitig beteuert sie aufrichtig, mir seien meine Gewohnheiten und meine Freiheit geblieben. Sie ist davon überzeugt, daß wir wie Neuvermählte baldmöglichst eine Reise machen, das heißt, sie will ununterbrochen bei mir sein im Abteil und im Hotel, während ich auf der Reise gern lese und Unterhaltungen nicht leiden kann.«

»Du solltest sie zurechtweisen«, meinte Pekarskij.

»Wie? Denkst du, sie würde mich verstehen? Ich bitte dich, wir urteilen so verschieden! Nach ihrer Meinung ist es der Gipfel der Zivilcourage, Papa und Mama oder den Gatten zu verlassen und zu dem geliebten Mann zu gehen, für mich aber ist das Kinderei. Sich verlieben, sich mit einem Mann verbinden heißt für sie ein neues Leben beginnen – für mich aber heißt das gar nichts. Die Liebe und der Mann bilden den Kern ihres Lebens, und vielleicht ist in dieser Beziehung bei ihr die Philosophie des Unbewußten am Werk. Überzeuge sie mal bitte davon, daß die Liebe nur ein einfaches Bedürfnis wie Nahrung und Kleidung ist, daß die Welt durchaus nicht untergeht, weil Männer und Frauen schlecht sind, daß man ein Wüstling, ein Verführer sein kann und dabei ein genialer und edler Mensch und daß man andererseits, obwohl man dem Liebesgenuß entsagt, ein dummes, böses Tier bleiben kann. Der zivilisierte Mensch von heute, selbst wenn er auf einer unteren Stufe steht, zum Beispiel ein französischer

Arbeiter, gibt täglich für Mittagessen zehn Sous, für den Wein fünf Sous und für die Frau zwischen fünf und zehn Sous aus, aber sein Kopf und seine Nerven gehören ganz der Arbeit. Zinaida Fëdorovna aber weiht der Liebe nicht einen Sou, sondern ihre ganze Seele. Ich will sie meinetwegen zurechtweisen, sie aber wird als Antwort ganz offen herausschreien, ich hätte sie zugrunde gerichtet, und ihr sei im Leben nichts mehr geblieben.«

»Du sagst ihr nichts«, meinte Pekarskij, »sondern mietest ihr einfach eine separate Wohnung. Das ist alles.«

»Das ist leicht gesagt...«

Sie schwiegen ein Weilchen.

»Aber sie ist lieb«, sagte Kukuškin. »Sie ist entzückend. Solche Frauen bilden sich ein, daß sie ewig lieben werden, und sie geben sich mit Pathos hin.«

»Aber man muß den Kopf auf den Schultern behalten«, sagte Orlov, »man muß überlegen. Alle Erfahrungen, die wir im Alltagsleben gesammelt haben oder die uns in zahllosen Romanen und Dramen präsentiert werden, unterstreichen einhellig, daß jeder Ehebruch und jede wilde Ehe bei anständigen Menschen, wie groß die Liebe anfangs auch sein mag, nicht länger als zwei, höchstens aber drei Jahre währt. Das muß sie wissen. Daher sind alle diese Umzüge, Kasserollen und Hoffnungen auf ewige Liebe und ewige Eintracht nichts anderes als der Wunsch, sich selbst und mich zu betrügen. Sie ist lieb und entzückend – wer bestreitet das? Aber sie hat mein Leben umgekrempelt; was ich bis jetzt für nichtig und unsinnig hielt, das zwingt sie mich als ernstes Problem anzusehen, ich diene einem Idol, das ich niemals für einen Gott gehalten habe. Sie ist lieb und entzückend, aber wenn ich jetzt vom Dienst nach Hause fahre, dann habe ich, ich weiß nicht, warum, im Herzen ein ungutes Gefühl, als fürchtete ich, bei mir daheim etwas Unangenehmes anzutreffen, Ofensetzer etwa, die sämtliche Öfen abgerissen und Berge von Ziegelsteinen aufgeschichtet haben. Kurz gesagt, für die Liebe gebe ich nicht mehr nur einen Sou, sondern einen Teil meiner Ruhe und meiner Nerven hin. Und das ist scheußlich.«

»Und sie hört diesen Bösewicht nicht!« rief Kukuškin seufzend. »Gnädiger Herr«, sagte er theatralisch, »ich befreie Sie von der drückenden Verpflichtung, dieses entzückende Geschöpf zu lieben! Ich werde Ihnen Zinaida Fëdorovna ausspannen!«

»Können Sie . . .« sagte Orlov geringschätzig.

Eine halbe Minute lachte Kukuškin mit dünnem Stimmchen und bebte am ganzen Körper, dann sagte er:

»Passen Sie auf, ich scherze nicht! Führen Sie sich dann aber bitte nicht wie Othello auf!«

Alle sprachen nun über Kukuškins Unersättlichkeit in Liebesdingen, davon, daß er Frauen gegenüber unwiderstehlich und für die Ehemänner gefährlich sei und daß er im Jenseits für sein ausschweifendes Leben von den Teufeln auf Kohlenfeuer geröstet würde. Er schwieg und kniff die Augen zu, und als man bekannte Damen nannte, drohte er mit dem kleinen Finger – man darf doch fremde Geheimnisse nicht preisgeben, sollte das heißen. Orlov schaute plötzlich auf die Uhr.

Die Gäste verstanden und rüsteten zum Aufbruch. Ich entsinne mich, daß Gruzin, vom Wein berauscht, sich diesmal entsetzlich langsam ankleidete. Er zog seinen Mantel an, der aussah wie die Umhänge, die man in armen Familien den Kindern näht, schlug den Kragen hoch und fing an, lang und breit etwas zu erzählen; dann, als er sah, daß ihm niemand zuhörte, warf er seinen nach Kinderzimmer riechenden Plaid über die Schulter und bat mich mit schuldbewußter, flehender Miene, seine Mütze zu suchen.

»George, mein Engel!« sagte er zärtlich. »Hören Sie auf mich, mein Lieber, fahren wir zusammen hinaus!«

»Fahren Sie, ich kann nicht mit. Ich bin jetzt in der Lage eines verheirateten Mannes.«

»Sie ist ein feiner Kerl, sie wird nicht böse sein. Fahren

wir, lieber Chef! Das Wetter ist herrlich, Schneegestöber und Frost . . . Mein Ehrenwort, Sie müssen auf andere Gedanken kommen, sonst sind Sie nicht in Stimmung, der Teufel weiß, was mit Ihnen los ist . . .«

Orlov reckte sich, gähnte und sah Pekarskij an.

»Fährst du mit?« fragte er nachdenklich.

»Ich weiß nicht. Vielleicht.«

»Soll ich mir einen antrinken, was? Nun, meinetwegen, ich komme mit«, sagte er entschlossen nach einigem Schwanken. »Wartet, ich hole noch Geld.«

Er ging in sein Arbeitszimmer, hinter ihm her schlenderte Gruzin, der seinen Plaid auf dem Fußboden schleifen ließ. Einige Augenblicke später kehrten sie beide ins Vorzimmer zurück. Angetrunken und sehr zufrieden, zerknüllte Gruzin einen Zehnrubelschein in der Hand.

»Morgen verrechnen wir das«, sagte er. »Aber sie ist eine gute Frau, sie wird nicht böse sein . . . Sie hat meine Lizočka getauft, ich habe sie gern, die Arme. Ach, du lieber Mensch!« rief er fröhlich lachend aus und legte die Stirn an Pekarskijs Rücken. »Ach Pekarskij, mein Bester! Ein Advokatissimus, ein trockener Zwieback, aber die Frauen liebt er doch . . .«

»Fügen Sie hinzu: die dicken«, sagte Orlov und zog den Pelz an. »Aber fahren wir, sonst treffen wir uns womöglich an der Haustür.«

»Vieni pensando a me segretamente!« flötete Gruzin.

Endlich fuhren sie los. Orlov übernachtete nicht zu Haus und kehrte erst am nächsten Tag zum Mittagessen zurück.

VI

Zinaida Fëdorovna war eine kleine goldene Uhr abhanden gekommen, die ihr einst der Vater geschenkt hatte. Dieser Verlust verwunderte und erschreckte sie. Einen halben Tag lang lief sie durch alle Zimmer und schaute verwirrt auf

Tisch und Fensterbänke, aber die Uhr blieb spurlos verschwunden.

Etwa drei Tage danach vergaß Zinaida Fëdorovna, als sie nach Hause gekommen war, im Vorzimmer ihre Geldbörse. Zum Glück für mich hatte diesmal nicht ich ihr beim Auskleiden geholfen, sondern Polja. Als die Börse vermißt wurde, war sie im Vorzimmer nicht mehr zu finden.

»Sonderbar!« sagte Zinaida Fëdorovna erstaunt. »Ich entsinne mich sehr gut, daß ich sie aus der Tasche genommen habe, um den Droschkenkutscher zu bezahlen ... und dann habe ich sie hier neben den Spiegel gelegt. Es ist wie verhext!«

Ich hatte sie nicht entwendet, aber mich überkam ein Gefühl, als hätte ich sie gestohlen und wäre erwischt worden. Mir kamen sogar die Tränen. Als sie sich zu Tisch setzten, sagte Zinaida Fëdorovna auf französisch zu Orlov:

»Bei uns gehen Geister um. Ich habe heute im Vorzimmer meine Geldbörse vergessen, und wie ich jetzt gucke, da liegt sie auf meinem Tisch. Aber die Geister haben diesen Hokuspokus nicht uneigennützig angestellt. Für ihre Arbeit haben sie sich eine Goldmünze und zwanzig Rubel herausgenommen.«

»Mal verlieren Sie eine Uhr, mal Geld ...« erwiderte Orlov. »Weshalb passiert mir das niemals?«

Ein paar Augenblicke später dachte Zinaida Fëdorovna nicht mehr an den Hokuspokus, den die Geister angestellt hatten, sondern erzählte lachend, wie sie in der vergangenen Woche Briefpapier bestellt, aber vergessen hatte, ihre neue Adresse anzugeben, so daß der Laden das Briefpapier in die alte Wohnung zu ihrem Ehemann schickte, der die Rechnung von zwölf Rubel bezahlen mußte. Plötzlich blieben ihre Augen an Polja hängen, und sie schaute sie aufmerksam an. Dabei wurde sie rot und derart verlegen, daß sie von etwas anderem zu sprechen begann.

Als ich den Kaffee in das Arbeitszimmer brachte, stand Orlov am Kamin, mit dem Rücken zum Feuer; sie saß ihm gegenüber im Sessel.

»Ich bin überhaupt nicht in schlechter Stimmung«, sagte sie auf französisch. »Aber ich habe jetzt verstanden, ich begreife alles. Ich kann Ihnen den Tag und sogar die Stunde nennen, wo sie mir die Uhr gestohlen hat. Und die Geldbörse? Hier kann es keinen Zweifel geben. Oh!« Sie lachte, als sie mir den Kaffee abnahm. »Jetzt begreife ich, weshalb ich so oft meine Taschentücher und Handschuhe verliere. Auf jeden Fall werde ich morgen diese diebische Elster entlassen und Stepan nach meiner Sofja schicken. Sie stiehlt nicht und hat auch nicht ein so – abstoßendes Aussehen.«

»Sie sind schlecht gelaunt. Morgen werden Sie in anderer Stimmung sein und verstehen, daß man einen Menschen nicht einfach wegjagen kann, weil Sie ihn in irgendeiner Sache verdächtigen.«

»Ich verdächtige nicht, ich bin überzeugt«, entgegnete Zinaida Fëdorovna. »Solange ich diesen Proletarier mit dem unglücklichen Gesicht verdächtigte, habe ich kein Wort gesagt. Es ist kränkend, George, daß Sie mir nicht glauben.«

»Wenn wir beide eine Angelegenheit verschieden beurteilen, so heißt das nicht, daß ich Ihnen nicht glaube. Sie mögen recht haben«, sagte Orlov, während er sich zum Feuer wandte und eine Zigarette hineinwarf, »aber man darf sich trotzdem nicht aufregen. Offen gestanden, ich habe überhaupt nicht erwartet, daß meine kleine Wirtschaft Ihnen so viel ernste Sorgen und Aufregungen bereiten würde. Wenn Ihnen eine Goldmünze verlorengegangen ist, nun, soll sie, nehmen Sie von mir meinetwegen hundert dafür, aber die Ordnung verändern, von der Straße eine neue Zofe holen, warten, bis sie sich eingewöhnt hat – das alles dauert seine Zeit, ist langweilig und liegt mir nicht. Unsere jetzige Zofe ist allerdings dick und hat vielleicht eine Schwäche für Handschuhe und Taschentücher, aber sonst ist sie doch sehr ordentlich und diszipliniert, und sie kreischt nicht, wenn Kukuškin sie kneift.«

»Mit einem Wort, Sie können sich nicht von ihr trennen... Sagen Sie es nur.«

»Sind Sie eifersüchtig?«

»Ja, ich bin eifersüchtig!« erwiderte Zinaida Fëdorovna entschieden.

»Danke.«

»Ja, ich bin eifersüchtig!« wiederholte sie, und Tränen glänzten in ihren Augen. »Nein, das ist nicht Eifersucht, sondern etwas viel Schlimmeres – es fällt mir schwer, es beim Namen zu nennen.« Sie griff sich an die Schläfen und fuhr leidenschaftlich fort: »Ihr Männer seid so garstig! Das ist schrecklich!«

»Ich sehe darin nichts Schreckliches.«

»Ich habe es nicht gesehen, ich weiß es nicht, aber man sagt, ihr Männer fangt bereits als Kinder mit den Zofen an und empfindet dann schon aus Gewohnheit keinen Ekel mehr. Ich weiß es nicht, ich weiß es nicht, aber ich habe es sogar gelesen ... George, du hast natürlich recht«, sagte sie, während sie zu Orlov trat und ihr Ton zärtlich und flehend wurde, »ich bin heute tatsächlich schlecht gelaunt. Aber du mußt verstehen, ich kann einfach nicht anders. Sie ist mir zuwider, und ich fürchte mich vor ihr. Es fällt mir schwer, sie auch nur anzusehen.«

»Sollte man denn nicht über solche Bagatellen erhaben sein?« fragte Orlov, zuckte unschlüssig mit den Achseln und trat vom Kamin zurück. »Es ist doch nichts einfacher als das: Sie bemerken sie nicht, folglich wird sie Ihnen nicht zuwider sein, und Sie brauchen nicht aus einer Lappalie ein ganzes Drama zu machen.«

Ich verließ das Arbeitszimmer und weiß nicht, welche Antwort Orlov erhielt. Wie dem auch sei, Polja blieb bei uns. Danach wandte sich Zinaida Fëdorovna in keiner Angelegenheit mehr an sie und bemühte sich offensichtlich, ohne ihre Dienste auszukommen; wenn Polja ihr etwas reichte oder wenn sie auch nur vorbeiging, mit ihrem Armband klirrte und mit den Röcken raschelte, dann zuckte sie jedesmal zusammen.

Ich glaube, hätten Gruzin oder Pekarskij Orlov gebeten, Polja zu entlassen, er hätte das, ohne im geringsten zu zögern, getan und sich nicht einmal um Erklärungen bemüht; wie alle gleichmütigen Menschen war er nachgiebig. Aber in seinen Beziehungen zu Zinaida Fëdorovna zeigte er, ich weiß nicht, warum, selbst in nichtigen Dingen eine Hartnäckigkeit, die manchmal an Verbohrtheit grenzte. So wußte ich auch schon: Gefiel Zinaida Fëdorovna etwas, so gefiel es ihm bestimmt nicht. Kam sie aus einem Laden und lobte ihre Einkäufe, dann schaute er nur flüchtig hin und meinte kalt, je mehr überflüssige Sachen es in der Wohnung gebe, desto weniger Luft sei vorhanden. Es kam vor, daß er, schon im Frack und bereit, irgendwohin zu gehen, nach dem Abschied von Zinaida Fëdorovna aus Eigensinn auf einmal zu Hause blieb. Mir schien damals, er blieb nur deshalb zu Hause, um sich unglücklich zu fühlen.

»Warum sind Sie hiergeblieben?« fragte Zinaida Fëdorovna mit gespieltem Ärger, dabei aber strahlend vor Freude.

»Warum? Sie sind es gewohnt, abends nicht daheimzusitzen, und ich will nicht, daß Sie meinetwegen Ihre Gewohnheiten ändern. Fahren Sie bitte, wenn Sie nicht wollen, daß ich mich schuldig fühle.«

»Beschuldigt Sie denn jemand?« fragte Orlov.

Mit der Miene eines Opfers rekelte er sich in seinem Arbeitszimmer im Sessel und machte sich, mit der Hand die Augen schützend, über ein Buch her. Bald aber entglitt das Buch seinen Händen, er drehte sich schwerfällig im Sessel um und bedeckte wieder die Augen, als wolle er sie vor der Sonne schützen. Jetzt ärgerte er sich bereits, daß er nicht fortgegangen war.

»Darf ich eintreten?« fragte Zinaida Fëdorovna und betrat unschlüssig das Arbeitszimmer. »Sie lesen? Ich habe mich gelangweilt und bin auf einen Augenblick gekommen, um . . . zu gucken.«

Ich entsinne mich, wie sie eines Abends ebenso unschlüssig

und ungelegen eintrat und sich zu Orlovs Füßen auf dem Teppich niederließ; an ihren schüchternen, sanften Bewegungen war zu merken, daß sie seine Stimmung nicht verstand und sich fürchtete.

»Sie lesen immerzu ...« begann sie mit schmeichelnder Stimme. »Wissen Sie, George, worin noch das Geheimnis Ihres Erfolges liegt? Sie sind sehr gebildet und klug. Was für ein Buch ist das da?«

Orlov antwortete. Einige Minuten vergingen in Schweigen; sie kamen mir sehr lang vor. Ich stand im Vorzimmer, von wo aus ich die beiden beobachtete, und fürchtete nur, ich könnte anfangen zu husten.

»Ich wollte Ihnen etwas sagen ...«, sprach Zinaida Fëdorovna leise und lachte. »Darf ich? Sie werden vielleicht lachen und es Selbsttäuschung nennen. Sehen Sie, ich möchte so schrecklich gern glauben, daß Sie heute meinetwegen zu Hause geblieben sind ... damit wir diesen Abend gemeinsam verbringen. Ja? Darf ich das annehmen?«

»Nehmen Sie es an«, entgegnete Orlov und bedeckte seine Augen. »Ein wahrhaft glücklicher Mensch ist, wer nicht nur an das glaubt, was ist, sondern auch an das, was nicht ist.«

»Sie haben einen so langen Satz gesagt, daß ich ihn nicht ganz verstanden habe. Wollen Sie damit sagen, daß glückliche Menschen von der Einbildung leben? Ja, das stimmt. Ich sitze abends gern in Ihrem Zimmer und lasse meine Gedanken in die Ferne schweifen, in die weite Ferne ... Es ist angenehm, zu träumen. Lassen Sie uns laut träumen, George!«

»Ich war nicht im Internat und habe diese Wissenschaft nicht studiert.«

»Sind Sie schlecht gelaunt?« fragte Zinaida Fëdorovna und nahm Orlovs Hand. »Sagen Sie – weshalb? Wenn Sie so sind, fürchte ich mich. Ich weiß dann nicht, ob Sie Kopfschmerzen haben oder ob Sie auf mich böse sind ...«

Noch einige lange Minuten vergingen in Schweigen.

»Weshalb haben Sie sich so verändert?« fragte sie leise.

»Weshalb sind Sie nicht mehr so zärtlich und fröhlich wie in der Znamenskaja-Straße? Ich lebe fast einen Monat bei Ihnen, aber mir scheint, wir haben noch gar nicht angefangen zu leben und haben noch von nichts so gesprochen, wie es sich gehört. Sie antworten mir jedesmal mit Scherzen oder kalt und langatmig wie ein Lehrer. Auch in Ihren Scherzen liegt Kälte ... Weshalb haben Sie aufgehört, ernsthaft mit mir zu sprechen?«

»Ich spreche immer ernsthaft.«

»Nun, so lassen Sie uns sprechen. Ich bitte Sie, George ... Wollen wir?«

»Bitte. Aber worüber?«

»Sprechen wir über unser Leben, über die Zukunft ...« sagte Zinaida Fëdorovna verträumt. »Ich mache immer Pläne für unser Leben, immerzu – und mir ist so wohl dabei! George, ich beginne mit einer Frage: Wann werden Sie Ihren Dienst aufgeben?«

»Wozu denn das?« fragte Orlov und nahm die Hand von der Stirn.

»Mit Ihren Anschauungen kann man nicht Staatsdiener sein. Sie sind da nicht am richtigen Platz.«

»Meine Anschauungen?« fragte Orlov. »Meine Anschauungen? Meinen Überzeugungen und meiner Natur nach bin ich ein gewöhnlicher Beamter, wie ein Held von Ščedrin. Sie halten mich für einen andern, wage ich zu behaupten.«

»Wieder Scherze, George!«

»Keineswegs. Der Dienst befriedigt mich nicht, mag sein, immerhin ist er für mich besser als irgend etwas anderes. Daran bin ich gewöhnt, dort sind ebensolche Menschen wie ich; dort bin ich auf jeden Fall nicht überflüssig, und ich fühle mich einigermaßen wohl.«

»Sie hassen den Dienst, er ist Ihnen zuwider.«

»Ja? Wenn ich den Dienst aufgebe, laut zu träumen anfange und in eine andere Welt enteile, glauben Sie, diese Welt wäre mir dann weniger verhaßt als der Dienst?«

»Um mir zu widersprechen, sind Sie sogar bereit, sich zu verleumden«, sagte Zinaida Fëdorovna gekränkt und erhob sich. »Ich bedaure, daß ich dieses Gespräch begonnen habe.«

»Weshalb ärgern Sie sich? Ich ärgere mich doch auch nicht, weil Sie nicht tätig sind. Jeder lebt so, wie er möchte.«

»Leben Sie denn etwa, wie Sie möchten? Sind Sie etwa frei? Das ganze Leben lang Akten schreiben, die mit Ihren Überzeugungen nicht übereinstimmen«, fuhr Zinaida Fëdorovna fort, wobei sie verzweifelt die Hände rang, »sich unterordnen, den Vorgesetzten zu Neujahr gratulieren, dann Karten, Karten und nochmals Karten und, was die Hauptsache ist, einem Regime dienen, das Ihnen nicht sympathisch sein kann – nein, George, nein! Scherzen Sie nicht so roh. Das ist schrecklich. Sie sind ein ideenreicher Mensch, und wenn Sie dienen, dann nur einer Idee.«

»Wirklich, Sie halten mich für einen anderen.« Orlov seufzte.

»Sagen Sie doch einfach, Sie wollen nicht mit mir reden. Ich bin Ihnen zuwider, das ist alles«, stammelte Zinaida Fëdorovna unter Tränen.

»Folgendes, meine Liebe«, sagte Orlov schulmeisterhaft und richtete sich im Sessel auf. »Sie geruhten selbst zu bemerken, daß ich ein gebildeter, kluger Mann bin, und einen Gelehrten belehren wollen heißt nur die Sache verderben. Alle Ideen, die kleinen wie die großen, die Sie im Auge haben, wenn Sie mich einen ideenreichen Menschen nennen, sind mir wohlbekannt. Folglich habe ich also wahrscheinlich meine Gründe, wenn ich Dienst und Kartenspiel diesen Ideen vorziehe. Das zum ersten. Zum zweiten waren Sie, soweit mir bekannt ist, niemals im Dienst und können daher Ihre Ansichten über den Staatsdienst nur aus Anekdoten und schlechten Romanen schöpfen. Deshalb sollten wir ein für allemal vereinbaren, nicht über Dinge zu sprechen, die uns schon längst bekannt sind oder die unsere Kompetenz überschreiten.«

»Warum sprechen Sie so mit mir?« rief sie aus und wich, gleichsam erschrocken, zurück. »Warum? George, besinnen Sie sich, um Gottes willen!«

Ihre Stimme zitterte und brach ab; sie wollte die Tränen zurückhalten, aber plötzlich schluchzte sie.

»George, mein Lieber, ich gehe zugrunde!« sagte sie auf französisch, ließ sich schnell vor Orlov nieder und legte ihren Kopf auf seine Knie. »Ich bin am Ende, bin ganz erschöpft und kann nicht mehr; ich kann nicht ... In der Kindheit eine verhaßte, lasterhafte Stiefmutter, dann der Mann und jetzt Sie ... Sie ... Auf meine wahnsinnige Liebe antworten Sie mit Kälte und Ironie ... Und diese schreckliche, freche Zofe!« fuhr sie schluchzend fort. »Ja, ja, ich sehe – ich bin für Sie keine Gattin, kein Kamerad, sondern eine Frau, die Sie nicht achten, weil sie Ihre Geliebte geworden ist ... Ich bringe mich um!«

Ich hatte nicht erwartet, daß diese Worte und diese Tränen einen so starken Eindruck auf Orlov machen würden. Er wurde rot, rutschte unruhig auf seinem Sessel hin und her, und auf seinem Gesicht erschien statt der Ironie dumpfe, kindliche Angst.

»Meine Liebe, Sie haben mich nicht verstanden, ich schwöre es Ihnen«, murmelte er ganz verwirrt und strich ihr über Haare und Schultern. »Ich flehe Sie an, verzeihen Sie mir. Ich hatte unrecht, und ... ich hasse mich.«

»Ich beleidige Sie mit meinen Klagen und meinem Gejammer ... Sie sind ein ehrlicher, großherziger ... einzigartiger Mensch, ich sehe das immer wieder ein, aber die ganzen Tage schon quälte mich Schwermut ...«

Zinaida Fëdorovna umarmte Orlov stürmisch und küßte ihn auf die Wange.

»Nur nicht weinen, bitte«, sagte er.

»Nein, nein ... Ich habe mich schon ausgeweint, und mir ist leichter.«

»Was die Zofe betrifft, so wird sie schon morgen nicht

mehr da sein«, erklärte er und rutschte immer noch unruhig auf dem Sessel hin und her.

»Nein, sie soll bleiben, George! Hören Sie? Ich fürchte sie nicht mehr ... Man muß über Kleinigkeiten erhaben sein und sich keine Dummheiten einbilden. Sie haben recht! Sie sind ein einzigartiger ... ein ungewöhnlicher Mensch!«

Bald hörte sie auf zu weinen. Mit Tränen an den Wimpern und auf Orlovs Knien sitzend, erzählte sie ihm halblaut eine rührende Geschichte, die Kindheits- und Jugenderinnerungen glich, streichelte mit der Hand sein Gesicht, küßte seine Hände und betrachtete aufmerksam die Ringe an seinen Fingern und die Berlocken am Uhrkettchen. Sie war hingerissen von ihrer Erzählung sowie von der Nähe des geliebten Mannes, und weil wahrscheinlich die eben vergossenen Tränen ihre Seele gereinigt und erfrischt hatten, klang ihre Stimme ungewöhnlich klar und innig. Orlov spielte mit ihrem kastanienbraunen Haar und küßte ihre Hände, indem er sie lautlos mit den Lippen berührte.

Darauf tranken sie im Arbeitszimmer Tee, und Zinaida Fëdorovna las Briefe vor. Nach Mitternacht gingen sie schlafen.

In dieser Nacht hatte ich starke Schmerzen in der Seite, und bis zum Morgen konnte ich mich nicht erwärmen und einschlafen. Ich hörte, wie Orlov aus dem Schlafzimmer kam und in sein Arbeitszimmer ging. Nachdem er dort etwa eine Stunde gesessen hatte, läutete er. Vor Schmerzen und Müdigkeit vergaß ich allen Anstand und gutes Benehmen in der Öffentlichkeit und begab mich barfuß und in Unterwäsche ins Arbeitszimmer. Orlov stand in Schlafrock und Nachtmütze in der Tür und erwartete mich.

»Wenn man dich ruft, dann sollst du angekleidet erscheinen«, sagte er streng. »Bring neue Kerzen.«

Ich wollte mich entschuldigen, bekam aber plötzlich einen heftigen Hustenanfall und hielt mich, um nicht hinzufallen, mit einer Hand am Türpfosten fest.

»Sind Sie krank?« fragte Orlov.

Ich glaube, während der ganzen Zeit unserer Bekanntschaft sagte er das erstemal Sie zu mir, Gott weiß, warum. Wahrscheinlich spielte ich in der Unterwäsche und mit einem vom Husten entstellten Gesicht meine Rolle schlecht und glich wenig einem Diener.

»Wenn Sie krank sind, warum tun Sie dann Dienst?« fragte er.

»Um nicht Hungers zu sterben«, erwiderte ich.

»Das ist doch wirklich gräßlich!« sagte er leise, während er an seinen Tisch trat.

Nachdem ich meinen Überrock angezogen hatte, stellte ich neue Kerzen auf und zündete sie an; dabei saß er neben dem Tisch, die Füße auf einen Sessel gestreckt und schnitt ein Buch auf.

Als ich ihn verließ, war er in seine Lektüre vertieft, und das Buch glitt ihm nicht mehr aus der Hand wie am Abend vorher.

VII

Jetzt, da ich diese Zeilen schreibe, wird meine Hand von der mir seit Kindheitstagen anerzogenen Furcht zurückgehalten, mich empfindsam zu zeigen oder lächerlich zu machen; wenn ich zärtlich sein und liebe Worte sprechen will, gelingt es mir nicht, aufrichtig zu sein. Aus dieser Furcht heraus und weil es für mich ungewohnt ist, kann ich nicht klar ausdrücken, was damals in meiner Seele vorging.

Ich war nicht in Zinaida Fëdorovna verliebt, aber in dem gewöhnlichen menschlichen Gefühl, das ich für sie empfand, war weitaus mehr Jugendliches, Frisches und Freudiges als in Orlovs Liebe.

Hantierte ich des Morgens mit der Schuhbürste oder dem Besen, dann wartete ich mit stockendem Herzen darauf, daß ich endlich ihre Stimme und ihre Schritte hörte. Dastehen und zusehen, wie sie Kaffee trank und frühstückte, ihr im Vorzimmer den Pelz reichen und ihr die Galoschen über die kleinen Füßchen ziehen, während sie sich auf meine Schulter stützte, darauf warten, bis unten der Pförtner nach mir läutete, ihr in der Tür begegnen, wenn sie rosig, kalt und schneebestäubt ankam, ihre abgerissenen Ausrufe über den Frost oder den Kutscher – wenn Sie wüßten, wie bedeutungsvoll das alles für mich war! Ich wollte mich gern verlieben, Familie haben, und meine zukünftige Frau sollte genau das gleiche Gesicht, die gleiche Stimme haben. Ich träumte beim Mittagessen, auf der Straße, wenn man mich irgendwohin geschickt hatte, und nachts, wenn ich nicht schlafen konnte. Orlov wies angeekelt alles von sich, was Frauenkleider, Kinder, Küche und Kupferkasserollen betraf, ich aber sammelte all das und hegte es zärtlich in meinen Träumen, ich liebte und flehte das Schicksal an, und im Traum erschienen mir eine Gattin, ein Kinderzimmer, Gartenwege und ein Häuschen . . .

Ich wußte, daß ich, falls ich sie liebte, nicht wagen durfte, auf ein solches Wunder wie Gegenliebe zu rechnen, aber das beunruhigte mich nicht. In meinem bescheidenen stillen Fühlen, das gewöhnlicher Anhänglichkeit glich, gab es keine Eifersucht auf Orlov, nicht einmal Haß, denn ich sah ein, ein privates Glück war für einen Krüppel wie mich nur im Traum möglich.

Wenn Zinaida Fëdorovna nachts, auf ihren George wartend, unbeweglich in ein Buch schaute, ohne die Seiten umzublättern, oder wenn sie zusammenzuckte und erbleichte, sobald Polja durchs Zimmer schritt, dann litt ich mit ihr, und mir kam der Gedanke, ich müßte diese große Eiterbeule so bald wie möglich aufstechen und es schnellstens so einrichten, daß sie alles erfuhr, was donnerstags beim Abendessen hier geredet wurde – aber wie sollte ich das machen? Immer häufiger mußte ich Tränen mit ansehen. In den ersten Wochen lachte sie noch und sang, sogar wenn Orlov nicht daheim war, aber schon im zweiten Monat herrschte in unserer Wohnung eine trostlose Stille, die nur donnerstags unterbrochen wurde.

Sie schmeichelte Orlov und lag vor ihm auf den Knien und bettelte wie ein Hündchen um ein unaufrichtiges Lächeln oder einen Kuß. Kam sie an einem Spiegel vorbei, dann konnte sie, sogar wenn ihr das Herz schwer war, sich nicht enthalten, hineinzuschauen und ihre Frisur zu ordnen. Es schien mir seltsam, daß sie sich immer noch für Kleider interessierte und über ihre Einkäufe in Entzücken geriet. Das paßte nicht zu ihrer aufrichtigen Traurigkeit. Sie verfolgte die Mode und ließ sich teure Kleider nähen. Für wen und wozu? Ich entsinne mich besonders an ein Kleid, das vierhundert Rubel kostete. Für ein überflüssiges, unnötiges Kleid vierhundert Rubel auszugeben, während unsere Tagelöhnerinnen für ihre Zuchthausarbeit außer der Kost nur ein Zwanzigkopekenstück pro Tag erhielten und während man den Spitzenklöpplerinnen in Venedig oder Brüssel nur einen halben Franken pro Tag zahlte, in der Annahme, sie würden sich schon das übrige durch Unzucht verdienen – es schien mir seltsam, daß Zinaida Fëdorovna sich dessen nicht bewußt war, und das ärgerte mich. Aber sie brauchte nur das Haus zu verlassen, und ich verzieh ihr alles, rechtfertigte alles und wartete darauf, daß mich der Pförtner von unten rief.

Sie verhielt sich zu mir wie zu einem Lakaien, einem auf niederer Stufe stehenden Wesen. Man kann einen Hund streicheln, und ihn dabei nicht bemerken; man gab mir Aufträge und stellte Fragen, bemerkte aber nicht meine Anwesenheit. Die Herrschaften hielten es für unpassend, mehr mit mir zu sprechen, als üblich war; hätte ich mich, während ich beim Mittagessen bediente, in ihr Gespräch eingemischt oder gelacht, man hätte mich sicherlich für verrückt gehalten und mir die Papiere gegeben. Trotzdem aber war Zinaida Fëdorovna mir gewogen. Wenn sie mich irgendwohin schickte oder mir erklärte, wie ich mit einer neuen Lampe oder etwas in der Art umzugehen hätte, dann war ihr Gesicht ungewöhnlich hell, gütig und freundlich, und sie sah mir in die Augen. Dabei kam es mir jedesmal so vor, als erinnerte sie sich dankbar daran, wie ich ihr einst die Briefe in die Znamenskaja-Straße gebracht hatte. Läutete sie, sagte Polja, die mich für den Favoriten der Herrin hielt und mich deshalb haßte, jedesmal mit hämischem Lächeln:

»Geh, *deine* ruft dich.«

Zinaida Fëdorovna verhielt sich zu mir wie zu einem auf niederer Stufe stehenden Wesen und argwöhnte nicht, daß allein sie es war, wenn jemand im Haus erniedrigt wurde. Sie wußte nicht, daß ich, der Diener, für sie litt und mich zwanzigmal am Tag fragte, was sie noch erwarten und womit das alles enden würde. Die Dinge spitzten sich mit jedem Tag mehr zu. Nach dem Abend, an dem man über den Dienst gesprochen hatte, fürchtete Orlov, der kein Freund von Tränen war, offenbar Gespräche und wich ihnen aus. Wenn Zinaida Fëdorovna zu streiten oder zu flehen begann oder sich anschickte zu weinen, dann ging er unter einem passenden Vorwand in sein Arbeitszimmer oder ganz aus dem Haus. Er übernachtete immer seltener daheim, und noch seltener aß er hier zu Mittag; an den Donnerstagen bat er seine Freunde bereits selbst, ihn irgendwohin mitzunehmen. Zinaida Fëdorovna träumte nach wie vor von ihrer Küche, einer neuen Wohnung und einer Auslandsreise, aber die Träume blieben Träume. Das Essen wurde aus dem Restaurant gebracht, die Wohnungsfrage bat Orlov vor der Rückkehr von der Auslandsreise nicht mehr anzuschneiden, und über die Reise sagte er, er könne nicht eher fahren, als bis ihm lange Haare gewachsen seien, weil man sich nicht ohne langes Haar in Hotels herumtreiben und einer Idee dienen könne.

Zu guter Letzt sprach in Orlovs Abwesenheit Kukuškin abends bei uns vor. In seinem Verhalten lag nichts Besonderes, aber ich konnte immer noch nicht jenes Gespräch vergessen, als er sich erboten hatte, Zinaida Fëdorovna seinem Freund Orlov abspenstig zu machen. Man bewirtete ihn mit Tee und

Rotwein, er aber kicherte, und um etwas Angenehmes zu sagen, beteuerte er, die bürgerliche Ehe stehe in jeder Beziehung höher als die kirchliche, und im Grunde genommen müßten alle anständigen Menschen jetzt zu Zinaida Fëdorovna kommen und sich tief vor ihr verneigen.

VIII

Weihnachten und die Tage danach verliefen eintönig, in dumpfer Erwartung von etwas Ungutem. Am Silvestertag erklärte Orlov beim Morgenkaffee unvermutet, die Behörde schicke ihn mit besonderen Vollmachten zu einem Senator, der ein Gouvernement überprüfe.

»Ich möchte gar nicht fahren, aber da hilft keine Ausrede!« sagte er ärgerlich. »Ich muß fahren, nichts zu machen.«

Von dieser Neuigkeit röteten sich im Nu Zinaida Fëdorovnas Augen.

»Für lange?« fragte sie.

»Für fünf Tage etwa.«

»Ich freue mich, offen gestanden, daß du fährst«, sagte sie nach kurzem Nachdenken. »Du wirst dich amüsieren, wirst dich unterwegs in irgendeine verlieben und es mir dann erzählen.«

Bei jeder passenden Gelegenheit war sie bestrebt, Orlov zu erklären, daß sie seine Freiheit keineswegs einschränken möchte, er könne über sich verfügen, wie er wolle; diese unkluge, allzu offenkundige Politik täuschte niemanden und erinnerte Orlov nur zu oft daran, daß er nicht frei war.

»Ich fahre heute abend«, sagte er und begann Zeitung zu lesen.

Zinaida Fëdorovna wollte ihn zum Bahnhof begleiten, er aber redete ihr das aus und meinte, er fahre nicht nach Amerika und nicht für fünf Jahre, sondern höchstens für fünf Tage.

In der achten Stunde nahm man Abschied. Er umfaßte sie mit einer Hand und küßte sie auf Stirn und Lippen.

»Sei ein kluges Kind, langweile dich nicht ohne mich«, sagte er in einem zärtlichen, herzlichen Ton, der auch mich rührte. »Behüt dich Gott.«

Sie betrachtete gierig sein Gesicht, um sich die geliebten Züge ganz fest einzuprägen, dann umarmte sie ihn graziös und legte ihren Kopf auf seine Schulter.

»Verzeih mir unsere Mißverständnisse«, sagte sie auf französisch. »Mann und Frau müssen sich zanken, wenn sie sich lieben, und ich liebe dich bis zum Wahnsinn. Vergiß das nicht... Telegrafiere möglichst oft und ausführlich.«

Orlov küßte sie noch einmal und ging verwirrt fort, ohne noch ein Wort zu sagen.

Als das Türschloß schon zugeschnappt war, blieb er mitten auf der Treppe stehen und blickte nachdenklich nach oben. Ich glaube, wäre in diesem Moment oben auch nur ein einziger Laut zu hören gewesen – er wäre umgekehrt. Doch es blieb still. Er zog sich den Mantel zurecht und stieg unschlüssig die Treppe hinunter.

An der Auffahrt warteten schon lange die Mietschlitten. Orlov setzte sich in den einen, ich mich mit den beiden Koffern in den anderen. Es herrschte starker Frost, und an den Straßenkreuzungen rauchten Feuer. Vom schnellen Fahren zwickte mich der kalte Wind an Gesicht und Händen, es verschlug mir den Atem, ich hielt die Augen geschlossen und dachte: Was für eine prächtige Frau! Wie sie ihn liebt! Man sammelt jetzt auf den Höfen sogar unnütze Dinge und verkauft sie zu wohltätigen Zwecken, zerbrochenes Glas gilt als gute Ware, aber eine solche Kostbarkeit wie die Liebe einer eleganten, intelligenten, anständigen jungen Frau geht völlig sinnlos zugrunde. Eine Soziologe aus alter Zeit betrachtete jede schlechte Leidenschaft als eine Kraft, die sich bei einiger Fertigkeit zum Guten lenken lasse, bei uns aber stirbt auch eine edle, schöne Leidenschaft, kaum entstanden, kraftlos ab, ohne einen Zweck erfüllt zu haben, verkannt oder banalisiert. Warum ist das so?

Die Schlitten blieben plötzlich stehen. Ich schlug die Augen auf und sah, daß wir in der Sergievskaja-Straße hielten, vor dem großen Haus, in dem Pekarskij wohnte. Orlov stieg aus dem Schlitten und verschwand im Eingang. Etwa fünf Minuten später erschien Pekarskijs Diener ohne Mütze und schrie mich an, ärgerlich über die Kälte: »Du bist wohl taub, was? Entlasse die Kutscher und geh rauf. Man ruft dich!«

Ohne etwas zu begreifen, begab ich mich in den ersten Stock. Ich war schon früher in Pekarskijs Wohnung gewesen, das heißt, ich hatte in der Diele gestanden und in den Saal geschaut, und nach der feuchten, dunklen Straße hatte sie mich jedesmal durch den Glanz ihrer Bilderrahmen, der Bronze und durch die teuren Möbel verblüfft. Nun sah ich in diesem Glanz Gruzin, Kukuškin und etwas später auch Orlov.

»Folgendes, Stepan«, sagte er und kam auf mich zu. »Ich bleibe bis Freitag oder Sonnabend hier. Wenn Briefe oder Telegramme eintreffen, dann bring sie jeden Tag hierher. Zu Hause sagst du natürlich, ich sei weggefahren und lasse grüßen. Geh mit Gott.«

Als ich nach Hause kam, lag Zinaida Fëdorovna im Salon auf dem Sofa und aß eine Birne. Es brannte nur eine Kerze, die auf einem Armleuchter steckte.

»Seid ihr nicht zu spät zum Zug gekommen?« fragte Zinaida Fëdorovna.

»Nein. Man hat mir aufgetragen, Sie zu grüßen.«

Ich ging in mein Zimmer und legte mich ebenfalls hin. Zu tun gab es nichts, und lesen mochte ich nicht. Ich wunderte mich nicht und war nicht empört, ich strengte nur meinen Geist an, um herauszubekommen, wozu diese Täuschung nötig war. Denn so betrügen doch nur Halbwüchsige ihre Geliebten. Konnte er, ein belesener, vernünftig urteilender Mann, sich nicht etwas Klügeres ausdenken? Ich gestehe, ich hatte von seinem Verstand keine schlechte Meinung. Ich dachte, er würde, falls es nötig gewesen wäre, seinen Minister oder einen anderen hohen Herrn zu betrügen, darauf viel Energie und Kunstfertigkeit verwenden; hier aber, um eine Frau zu betrügen, war offenbar gut genug, was ihm gerade in den Sinn kam. Gelang die Täuschung, war es gut; gelang sie nicht, war es auch kein großes Unglück, man würde das nächstemal ebenso einfach und geschwind lügen, ohne sich viel den Kopf zu zerbrechen.

Um Mitternacht, als im Stockwerk über uns die Stühle gerückt wurden und man mit Hurrarufen das neue Jahr begrüßte, läutete Zinaida Fëdorovna aus dem Raum neben dem Arbeitszimmer nach mir. Träge vom langen Liegen, saß sie am Tisch und schrieb etwas auf einen Fetzen Papier.

»Ein Telegramm ist aufzugeben«, sagte sie lächelnd. »Fahren Sie schnell zum Bahnhof und bitten Sie, es nachzusenden.«

Als ich dann auf der Straße war, las ich auf dem Papier: ›Prosit Neujahr. Telegrafiere bald, langweile mich entsetzlich. Eine Ewigkeit scheint vergangen. Bedaure, daß nicht möglich, telegrafisch tausend Küsse und das Herz selbst zu schicken. Sei fröhlich, mein Schatz, Zina.‹

Ich schickte dieses Telegramm ab und übergab am nächsten Morgen die Quittung.

IX

Das schlimmste war die Tatsache, daß Orlov in das Geheimnis seines Betruges unbedachterweise auch Polja einweihte, als er anordnete, ihm Hemden in die Sergievskaja-Straße zu bringen. Danach schaute sie Zinaida Fëdorovna schadenfroh und mit einem mir unbegreiflichen Haß an und hörte nicht auf, in ihrer Kammer und im Vorzimmer vor Vergnügen laut loszuprusten.

»Sie wohnt lange genug hier, es ist Zeit, Schluß zu

machen!« sagte sie entzückt. »Das müßte sie doch selber ein-
sehen . . .«

Mit ihrem Spürsinn hatte sie schon gewittert, daß Zinaida
Fëdorovna nicht mehr lange bei uns bleiben würde, und um
keine Zeit zu verlieren, schleppte sie alles weg, was ihr unter
die Hände geriet – Flakons, Haarnadeln aus Schildpatt,
Taschentücher und Schuhe. Am Tage nach Neujahr rief mich
Zinaida Fëdorovna zu sich ins Zimmer und teilte mir halblaut mit, ihr sei ein schwarzes Kleid abhanden gekommen.
Dann ging sie bleich und mit verstörtem, entrüstetem Gesicht
durch alle Zimmer und sprach mit sich selbst:

»Wie ist das möglich? Nein, wie ist das möglich? Das ist
doch eine unglaubliche Frechheit!«

Am Mittagstisch wollte sie sich Suppe eingießen, aber es
gelang ihr nicht, so sehr zitterten ihr die Hände. Auch ihre
Lippen zitterten. Hilflos blickte sie auf die Suppe und die
kleinen Piroggen und wartete darauf, daß das Zittern nach-
ließ, und plötzlich konnte sie nicht mehr an sich halten und
sah Polja an.

»Sie können gehen, Polja«, sagte sie. »Es genügt, wenn
Stepan hier ist.«

»Nein, ich bleibe«, erwiderte Polja.

»Sie brauchen hier nicht herumzustehen. Gehen Sie weg
von hier, ganz und gar . . . ganz und gar!« fuhr Zinaida
Fëdorovna fort und stand äußerst erregt auf. »Sie können
sich eine andere Stellung suchen. Gehen Sie sofort!«

»Ohne Befehl des gnädigen Herrn darf ich nicht gehen. Er
hat mich eingestellt. Wie er befiehlt, so soll es sein.«

»Ich befehle es Ihnen auch! Ich bin hier die Hausfrau!«
rief Zinaida Fëdorovna und wurde ganz rot.

»Kann sein, daß Sie die Hausfrau sind, aber entlassen
kann mich nur der gnädige Herr. Er hat mich eingestellt.«

»Wagen Sie nicht, noch eine Minute länger hierzubleiben!«
schrie Zinaida Fëdorovna und hieb mit dem Messer auf den
Teller. »Sie sind eine Diebin! Hören Sie?«

Zinaida Fëdorovna warf die Serviette auf den Tisch und verließ eilig, mit bedauernswert leidender Miene, das Eßzimmer. Polja ging ebenfalls hinaus, schluchzend und laut jammernd. Die Suppe und das Haselhuhn wurden kalt. Nun erschien mir, ich weiß nicht, warum, diese ganze Gaststättenherrlichkeit auf dem Tisch ärmlich und diebsmäßig, ganz ähnlich wie Polja. Das kläglichste und frevelhafteste Aussehen hatten die zwei kleinen Piroggen auf dem Tellerchen. Heute wird man uns ins Restaurant zurückbringen, schienen sie zu sagen, aber morgen wird man uns wieder irgendeinem Beamten oder einer berühmten Sängerin servieren.

»Tut sich wichtig, die Gnädige, sieh mal an!« so drang es aus Poljas Zimmer an mein Ohr. »Wenn ich gewollt hätte, könnte ich schon längst so eine Gnädige sein, aber ich würde mich schämen. Wir werden schon sehen, wer von uns zuerst geht! Jawohl!«

Zinaida Fëdorovna läutete. Sie saß in ihrem Zimmer in einer Ecke, mit einer Miene, als hätte man sie zur Strafe in die Ecke geschickt.

»Sind keine Telegramme gekommen?« fragte sie.

»Nein.«

»Erkundigen Sie sich beim Pförtner, vielleicht sind Telegramme da. Und gehen Sie nicht aus dem Haus«, rief sie mir nach. »Ich fürchte mich, allein zu bleiben.«

Darauf mußte ich beinahe jede Stunde zum Pförtner hinunterlaufen und fragen, ob keine Telegramme da seien. Ich muß gestehen, es war eine schreckliche Zeit! Um Polja nicht zu sehen, aß Zinaida Fëdorovna in ihrem Zimmer zu Mittag und nahm auch dort den Tee ein; sie schlief auch hier auf dem kurzen Diwan und machte sich selbst das Bett. Die ersten Tage brachte ich die Telegramme weg, als sie aber keine Antwort erhielt, traute sie mir nicht mehr und fuhr selbst zum Telegrafenamt. Wenn ich sie so sah, wartete ich selbst ungeduldig auf Telegramme. Ich hoffte, er würde sich eine Lüge ausdenken, beispielsweise anordnen, ihr von irgendeiner

Station aus ein Telegramm zu schicken. Wenn er zu sehr in sein Kartenspiel vertieft war, so dachte ich, oder es ihm bereits gelungen war, sich in eine andere Frau zu verlieben, würden ihn natürlich Gruzin und Kukuškin an uns erinnern. Doch wir warteten vergeblich. An die fünfmal am Tag ging ich zu Zinaida Fёdorovna, in der Absicht, ihr die ganze Wahrheit zu sagen, aber sie blickte wie ein Kaninchen, ihre Schultern hingen herab, die Lippen zuckten, und ich ging wieder hinaus, ohne ein Wort zu sagen. Bedauern und Mitgefühl nahmen mir den ganzen Mut. Polja räumte, froh und zufrieden, als sei nichts geschehen, das Arbeitszimmer des Herrn und das Schlafzimmer auf, wühlte in den Schränken und klapperte mit dem Geschirr, und ging sie an Zinaida Fёdorovnas Tür vorüber, sang und hustete sie. Es gefiel ihr, daß man sich vor ihr versteckte. Abends ging sie aus; um zwei oder drei Uhr klingelte sie dann an der Tür, und ich mußte ihr öffnen und mir ihre Bemerkungen über meinen Husten anhören. Sogleich ertönte ein zweites Klingelzeichen; ich eilte in das Zimmer neben dem Kabinett, und Zinaida Fёdorovna steckte den Kopf durch die Tür und fragte: »Wer hat da geläutet?« Und sie blickte auf meine Hände, ob sie kein Telegramm hielten.

Als endlich am Sonnabend unten geläutet wurde und auf der Treppe eine bekannte Stimme ertönte, da freute sie sich dermaßen, daß sie zu schluchzen begann. Sie stürzte ihm entgegen, umarmte ihn, küßte ihm Brust und Ärmel und redete unverständliches Zeug. Der Pförtner brachte die Koffer, und man hörte Poljas fröhliche Stimme. Es war, als sei jemand auf Ferienbesuch gekommen!

»Warum hast du nicht telegrafiert?« fragte Zinaida Fёdorovna, vor Freude schwer atmend. »Warum? Es war so qualvoll für mich, ich glaubte diese Zeit kaum zu überleben ... O mein Gott!«

»Sehr einfach! Ich bin mit dem Senator schon am ersten Tag nach Moskau gefahren und habe deine Telegramme nicht

erhalten«, sagte Orlov. »Nach dem Essen werde ich dir ganz
ausführlich berichten, mein Schatz, jetzt aber nur schlafen,
schlafen, schlafen ... Ich bin von der Eisenbahnfahrt ganz
erschöpft.«

Es war offensichtlich, daß er die ganze Nacht nicht geschlafen hatte – wahrscheinlich hatte er Karten gespielt und viel
getrunken. Zinaida Fëdorovna packte ihn ins Bett, und wir
alle gingen daraufhin bis zum Abend auf Zehenspitzen. Das
Mittagessen verlief völlig glatt, aber als sie zum Kaffeetrinken ins Arbeitszimmer gingen, kam es zu einer Auseinandersetzung. Zinaida Fëdorovna erzählte hastig und halblaut
etwas, sie sprach französisch, und ihre Worte rauschten dahin
wie ein Bach; dann hörte man von Orlov einen lauten Seufzer und seine Stimme.

»Mein Gott!« sagte er auf französisch. »Gibt es denn bei
uns wirklich keine anderen Neuigkeiten als dieses ewige Lied
von der bösen Zofe?«

»Aber Lieber, sie hat mich bestohlen und mir Frechheiten
gesagt.«

»Aber warum bestiehlt sie mich nicht und sagt mir keine
Frechheiten? Warum bemerke ich niemals weder Zofen noch
Hausknechte noch Diener? Meine Liebe, Sie sind nur launen-
haft und können sich nicht beherrschen ... Ich vermute sogar,
Sie sind schwanger. Als ich vorschlug, das Mädchen zu entlassen, da forderten Sie, sie solle bleiben, und jetzt wollen Sie,
daß ich sie fortjage. Ich bin aber in solchen Fällen auch ein
hartnäckiger Mensch: eine Laune beantworte ich gleichfalls
mit einer Laune. Sie wollen, daß sie geht – nun, ich will, daß
sie bleibt. Das ist die einzige Methode, Sie von Ihren Nerven
zu heilen.«

»Nun aber genug, genug!« entgegnete Zinaida Fëdorovna
erschrocken. »Hören wir auf, davon zu sprechen ... Ver-
schieben wir das auf morgen. Jetzt erzähl mir von Moskau ... Was gibt's in Moskau?«

X

Am nächsten Tag – es war der 7. Januar, der Tag Johannes'
des Täufers – legte Orlov nach dem Frühstück Frack und
Orden an, um zu seinem Vater zu fahren und ihn zum
Namenstag zu beglückwünschen. Er mußte um zwei Uhr
fort, als er aber mit Ankleiden fertig war, zeigte die Uhr erst
halb zwei. Was sollte er diese halbe Stunde tun? Er schritt
durch den Salon und deklamierte die Gratulationsverse, die er
einst in der Kindheit dem Vater und der Mutter vorgetragen
hatte. Hier saß auch Zinaida Fëdorovna, die sich anschickte,
zu ihrer Schneiderin oder in ein Geschäft zu fahren; sie hörte
ihm lächelnd zu. Ich weiß nicht, womit ihr Gespräch begann,
aber als ich Orlov die Handschuhe brachte, stand er vor
Zinaida Fëdorovna und sagte zu ihr mit gereiztem, flehen-
dem Gesicht:

»Um Gottes und aller Heiligen willen, sprechen Sie nicht
von einer Sache, die schon allen und jedem bekannt ist! Was
für ein unglückliches Talent haben unsere klugen, denkenden
Damen, mit tiefsinniger Miene und mit Eifer über etwas zu
reden, was schon längst unseren Gymnasiasten zum Halse
heraushängt. Ach, würden Sie doch aus unserem ehelichen
Programm all diese ernsten Fragen ausklammern! Sie würden mich sehr zu Dank verpflichten!«

»Wir Frauen dürfen es nicht wagen, die eigne Meinung
mal zu sagen.«

»Ich gebe Ihnen völlige Freiheit, seien Sie liberal und zitie-
ren Sie beliebige Autoren, aber tun Sie mir einen Gefallen
und behandeln Sie in meiner Gegenwart nur nicht zwei Dinge – die Verderbtheit der besseren Gesellschaft und die
Anomalie der Ehe. Sie sollten das endlich begreifen. Die bessere Gesellschaft wird immer gescholten und der Welt der
Kaufleute, Popen, Kleinbürger und Bauern gegenübergestellt.
Beide Welten sind mir zuwider, aber würde man mir vor-
schlagen, nach meinem Gewissen zwischen ihnen zu wählen,

ich würde die bessere Gesellschaft wählen, und das wäre keine Lüge oder Ziererei, denn meine ganze Zuneigung gehört ihr. Unsere Gesellschaft ist flach und hohl, aber dafür sprechen wir beide ganz ordentlich französisch, wir lesen ein wenig und versetzen einander keine Rippenstöße, selbst wenn wir uns heftig streiten, aber bei Bauern und Kaufleuten geht das so: Wir werden das Kind schon schaukeln, Mensch, man sollte dir eins auswischen, und dann diese Zügellosigkeit in den Gasthäusern und diese Götzendienerei.«

»Der Bauer und der Kaufmann ernähren Sie.«

»Ja, aber was bedeutet denn das? Das zeigt nicht nur mich, sondern auch sie von der schlechten Seite. Sie ernähren mich und machen Bücklinge vor mir, das heißt, sie haben nicht genug Verstand und Ehre, anders zu handeln. Ich tadle und ich lobe niemand, sondern will nur sagen: Die oberen und die unteren Gesellschaftsschichten sind beide nicht besser. Mit Kopf und Herz bin ich gegen beide, aber meine Zuneigung gehört der ersten. Nun, und was die Anomalie der Ehe betrifft«, fuhr Orlov fort, nachdem er auf die Uhr gesehen hatte, »so sollten Sie endlich begreifen, daß es keinerlei Anomalien, sondern einstweilen nur unbestimmte Forderungen an die Ehe gibt. Was wollen Sie denn von der Ehe? In der legitimen und der illegitimen Ehe, in allen Verbindungen und ehelichen Gemeinschaften, den guten wie den schlechten, in allen ist die Hauptsache gleich. Ihr Damen lebt allein für diese Hauptsache, sie ist alles für euch, ohne sie hätte eure Existenz keinen Sinn für euch. Ihr braucht nichts als diese Hauptsache, ihr nehmt sie euch, aber seit ihr übermäßig viel Novellen gelesen habt, schämt ihr euch dessen, ihr werft euch von einer Seite auf die andere, wechselt Hals über Kopf die Männer, und um dieses Durcheinander zu rechtfertigen, habt ihr angefangen, von der Anomalie der Ehe zu reden. Wenn ihr nicht die Hauptsache beseitigen könnt und wollt, euren Hauptfeind, euren Satan, wenn ihr sklavisch fortfahrt, ihm zu dienen, was kann es dann für ernsthafte Gespräche geben? Alles, was Sie mir auch sagen, wird Unsinn und Ziererei sein. Ich werde Ihnen nicht glauben.«

Ich ging, um mich beim Pförtner zu erkundigen, ob die Droschke schon da sei, und als ich zurückkehrte, gab es bereits Streit. Der Wind war aufgefrischt, wie die Seeleute sagen.

»Sie wollen mich heute mit Ihrem Zynismus verblüffen«, sagte Zinaida Fëdorovna, während sie in starker Erregung durch den Salon schritt. »Es ist mir widerlich, Sie anzuhören. Ich bin sauber vor Gott und den Menschen, und ich habe nichts zu bereuen. Ich bin von meinem Mann weggegangen und zu Ihnen gekommen, und ich bin stolz darauf. Ich bin stolz, das schwöre ich Ihnen bei meiner Ehre!«

»Dann ist es ja gut.«

»Wenn Sie ein ehrlicher, anständiger Mensch sind, dann sollten auch Sie auf mein Vorgehen stolz sein. Es erhebt mich und Sie über Tausende von Menschen, die gern ebenso handeln möchten, sich aber aus Kleinmut oder kleinlichen Erwägungen nicht dazu entschließen können. Aber Sie sind nicht anständig. Sie fürchten die Freiheit und spotten über eine ehrliche Regung, aus Angst, irgendein Ignorant könnte Sie verdächtigen, ein ehrlicher Mensch zu sein. Sie fürchten sich, mich Ihren Bekannten zu zeigen, es gibt für Sie keine größere Strafe, als mit mir durch die Straßen zu fahren ... Was? Stimmt das etwa nicht? Warum haben Sie mich bis heute noch nicht Ihrem Vater und Ihrer Kusine vorgestellt? Warum? Nein, ich habe das endlich satt!« schrie Zinaida Fëdorovna und stampfte mit dem Fuß auf. »Ich fordere, was mir von Rechts wegen zusteht. Bitte stellen Sie mich Ihrem Vater vor!«

»Wenn Sie ihn brauchen, dann stellen Sie sich ihm doch selbst vor. Er empfängt jeden Vormittag von zehn bis halb elf.«

»Wie gemein Sie sind!« entgegnete Zinaida Fëdorovna und rang verzweifelt die Hände. »Wenn Sie nicht einmal aufrichtig sind und nicht sagen, was Sie denken, dann kann man Sie allein schon für diese Grausamkeit hassen. Oh, wie gemein Sie sind!«

»Wir schleichen immer wie die Katze um den heißen Brei herum und können uns nicht über den wahren Kern einigen. Die ganze Sache ist die, Sie haben sich geirrt und wollen das nicht offen eingestehen. Sie haben sich eingebildet, ich sei ein Held und hätte ungewöhnliche Ideen und Ideale, aber bei näherer Prüfung hat sich herausgestellt, daß ich ein ganz durchschnittlicher Beamter, ein Spieler bin und keinerlei Ideen fröne. Ich bin der würdige Sproß eben der verfaulten Gesellschaft, vor der Sie weggelaufen sind, empört über ihre Hohlheit und Flachheit. Geben Sie das doch zu und seien Sie gerecht: Sie sollten sich nicht über mich, sondern über sich selbst entrüsten, denn Sie haben sich geirrt, nicht ich.«

»Ja, ich gebe zu: ich habe mich geirrt!«

»Dann ist es gut. Über das Wesentliche sind wir uns einig, Gott sei Dank. Nun hören Sie weiter, wenn es Ihnen beliebt. Ich kann mich nicht über Sie erheben, weil ich zu verdorben bin; sich zu mir herablassen können Sie auch nicht, weil Sie zu hoch stehen. Folglich bleibt nur eins . . .«

»Was?« fragte Zinaida Fëdorovna hastig; sie hielt den Atem an und wurde plötzlich kreidebleich.

»Es bleibt nur übrig, die Logik zu Hilfe zu rufen . . .«

»Georgij, weshalb quälen Sie mich?« fragte Zinaida Fëdorovna plötzlich auf russisch mit brüchiger Stimme. »Weshalb? Begreifen Sie doch meine Qualen . . .«

Orlov, der sich vor Tränen fürchtete, ging schnell in sein Arbeitszimmer, und ich weiß nicht, warum – wollte er ihr einen weiteren Schmerz zufügen oder war ihm eingefallen, daß er dies in ähnlichen Fällen schon praktiziert hatte –, jedenfalls schloß er die Tür hinter sich ab. Sie schrie auf und eilte ihm nach, wobei ihr Kleid raschelte.

»Was soll das heißen?« fragte sie und klopfte an die Tür. »Was . . . was soll das heißen?« wiederholte sie mit dünner, sich vor Empörung überschlagender Stimme. »Ach, so einer sind Sie? Dann sollen Sie wissen, daß ich Sie hasse, verachte! Zwischen uns ist alles aus! Alles!«

Man hörte hysterisches, von Lachen unterbrochenes Weinen. Im Salon fiel ein kleiner Gegenstand vom Tisch und zerbrach. Orlov schlich durch eine andere Tür aus seinem Arbeitszimmer in die Diele, zog, sich feige umblickend, schnell seinen Mantel an, setzte den Zylinder auf und verließ die Wohnung.

Es verging eine halbe Stunde, eine ganze, und sie weinte noch immer. Ich dachte daran, daß sie weder Vater noch Mutter noch Angehörige hatte, daß sie hier mit einem Menschen lebte, der sie haßte, und mit Polja, von der sie bestohlen wurde – wie trostlos kam mir ihr Leben vor! Ohne zu wissen, warum, ging ich zu ihr in den Salon. Dieses schwache, hilflose Geschöpf mit den schönen Haaren, die mir als ein Muster von Zartheit und Eleganz erschienen, litt wie eine Kranke; sie lag auf dem Sofa, verbarg ihr Gesicht und zuckte am ganzen Körper.

»Gnädige Frau, wollen Sie nicht anordnen, den Arzt zu holen?« fragte ich leise.

»Nein, nicht nötig ... es ist weiter nichts ...« erwiderte sie und sah mich mit verweinten Augen an. »Ich habe ein wenig Kopfschmerzen ... Danke schön.«

Ich ging. Am Abend schrieb sie einen Brief nach dem anderen und schickte mich bald zu Pekarskij, bald zu Kukuškin, bald zu Gruzin und schließlich, wohin ich wollte, wenn ich nur so schnell wie möglich Orlov fände und ihm den Brief brächte. Jedesmal, wenn ich mit dem Brief zurückkehrte, tadelte sie mich, sie flehte mich an und steckte mir Geld in die Hand – sie war wie im Fieber. In der Nacht schlief sie nicht, sondern saß im Salon und sprach mit sich selbst.

Am nächsten Tag kehrte Orlov zum Mittagessen zurück, und sie vertrugen sich wieder.

Am ersten Donnerstag nach diesem Vorfall beklagte sich

Orlov bei seinen Freunden über sein unerträglich schweres Leben; er rauchte viel und sagte gereizt:

»Das ist kein Leben, sondern die reine Inquisition. Tränen, Wehklagen, gescheite Gespräche, Bitten um Verzeihung, wieder Tränen und Wehklagen, und das Resultat – ich habe jetzt keine eigene Wohnung mehr, ich habe mich und sie gequält. Muß ich denn wirklich noch einen Monat oder zwei so leben? Wirklich? Und doch ist es möglich!«

»Du solltest mit ihr reden«, meinte Pekarskij.

»Ich habe es versucht, aber es ist unmöglich. Man kann einem selbständigen, urteilsfähigen Menschen jegliche Wahrheiten sagen, aber hier hat man es mit einem Geschöpf zu tun, das keinen Willen, keinen Charakter und keine Logik besitzt. Ich kann Tränen nicht vertragen, sie entwaffnen mich. Wenn sie weint, dann bin ich bereit, ihr ewige Liebe zu schwören und selber zu weinen.«

Pekarskij begriff nichts, er rieb sich nachdenklich seine breite Stirn und sagte:

»Wirklich, du hättest ihr eine separate Wohnung mieten sollen. Das ist doch so einfach!«

»Sie braucht mich und keine Wohnung. Aber was soll man da reden!« Orlov seufzte. »Ich höre nur endloses Gerede, sehe aber keinen Ausweg aus meiner Lage. Ich bin tatsächlich ohne Schuld schuldig! Wer A sagt, muß auch B sagen. Mein ganzes Leben lang habe ich mich gegen die Rolle eines Helden gesträubt, die Romane Turgenevs habe ich nie gemocht, und auf einmal, es ist direkt zum Lachen, bin ich unter die richtigen Helden geraten. Ich versichere auf Ehre und Gewissen, daß ich überhaupt kein Held bin, dafür kann ich unwiderlegbare Beweise bringen, aber man glaubt mir nicht. Warum glaubt man mir nicht? Ich muß wohl wirklich in meiner Physiognomie etwas Heldenhaftes haben.«

»Fahren Sie zur Revision in die Gouvernements«, sagte Kukuškin lachend.

»Das bleibt auch nur übrig.«

Eine Woche nach diesem Gespräch erklärte Orlov, man habe ihn erneut zu dem Senator abkommandiert; und am gleichen Abend fuhr er mit seinen Koffern zu Pekarskij.

XI

Auf der Schwelle stand ein etwa sechzigjähriger alter Mann in einem langen, bis auf die Erde reichenden Pelz und mit einer Biberfellmütze auf dem Kopf.

»Ist Georgij Ivanyč zu Hause?« fragte er.

Zuerst dachte ich, es sei ein Wucherer, einer von Gruzins Gläubigern, die manchmal kleinerer Beträge wegen zu Orlov kamen, aber als er in das Vorzimmer trat und den Pelz zurückschlug, erblickte ich die dichten Augenbrauen und die charakteristisch aufeinandergepreßten Lippen, die ich so gut von Fotografien her kannte, sowie zwei Reihen Sterne auf dem Uniformfrack. Ich wußte – es war Orlovs Vater, der bekannte Staatsmann.

Ich antwortete, Georgij Ivanyč sei nicht daheim. Der Alte preßte die Lippen fest aufeinander und blickte nachdenklich zur Seite, wobei er mir sein zerknittertes, zahnloses Profil zuwandte.

»Ich werde eine Nachricht hinterlassen«, sagte er. »Begleite mich.«

Er ließ seine Überschuhe im Vorzimmer zurück und trat, ohne seinen langen, schweren Pelz abzulegen, ins Arbeitszimmer. Hier setzte er sich in den Sessel vor den Schreibtisch und dachte, bevor er die Feder zur Hand nahm, etwa drei Minuten lang über etwas nach, wobei er die Augen mit der Hand bedeckte, wie um sie vor der Sonne zu schützen – genauso, wie sein Sohn es tat, wenn er nicht in Stimmung war. Sein Gesicht wirkte traurig und nachdenklich und zeigte einen Ausdruck der Ergebenheit, wie ich ihn nur von den Gesichtern alter und religiöser Menschen kannte. Ich stand hinter ihm, sah auf seine Glatze und die kleine Grube in seinem Nacken, und es war für mich klar wie der Tag, daß dieser schwache, kranke Greis sich jetzt in meiner Hand befand. Denn außer mir und meinem Feind war keine Menschenseele in der Wohnung. Ich brauchte nur ein wenig physische Kraft aufzuwenden, dann die Uhr herunterzureißen, um meine Absicht zu tarnen, und durch den Hinterausgang zu verschwinden, und ich würde unvergleichlich mehr erreichen, als ich erwarten konnte, als ich Diener wurde. Ich dachte, eine bessere Gelegenheit würde sich mir kaum wieder bieten. Aber anstatt zu handeln, betrachtete ich völlig gleichmütig bald die Glatze, bald den Pelz und dachte ruhig über die Beziehungen dieses Mannes zu seinem einzigen Sohn nach und darüber, daß Menschen, die durch Reichtum und Macht verwöhnt sind, wahrscheinlich nicht gern sterben wollen . . .

»Dienst du schon lange bei meinem Sohn?« fragte er und brachte große Buchstaben zu Papier.

»Den dritten Monat, Euer Exzellenz.«

Er war mit Schreiben fertig und stand auf. Mir blieb noch Zeit. Ich trieb mich zur Eile an und ballte die Fäuste, bestrebt, aus meinem Herzen auch nur einen Tropfen des früheren Hasses herauszupressen; ich dachte daran, was für ein leidenschaftlicher, hartnäckiger und unermüdlicher Feind ich noch vor kurzem gewesen war . . . Doch es ist schwierig, ein Streichholz an einem bröckligen Stein zu entzünden. Das alte, traurige Gesicht und der kalte Glanz der Sterne riefen in mir nur kleinliche, billige und unnütze Gedanken über die Vergänglichkeit alles Irdischen, über den nahen Tod hervor . . .

»Leb wohl, mein Lieber!« sagte der Alte, setzte die Mütze auf und ging hinaus.

Es bestand nun kein Zweifel mehr – in mir war eine Wandlung vor sich gegangen, ich war ein anderer geworden. Um mich zu prüfen, begann ich zurückzudenken, aber gleich wurde mir so unheimlich zumute, als hätte ich unversehens in eine dunkle, feuchte Ecke geschaut. Ich erinnerte mich meiner Freunde und Bekannten, und mein erster Gedanke war der, daß ich jetzt rot und verlegen würde, wenn ich einem von ihnen begegnete. Was für ein Mensch war ich jetzt? Woran sollte ich denken und was sollte ich tun? Wohin sollte ich gehen? Wofür lebte ich?

Ich begriff nichts, nur eins wurde mir klar – ich mußte so bald wie möglich meine Koffer packen und fortgehen. Bis zu dem Besuch des Alten hatte meine Stellung als Lakai noch einen Sinn gehabt, jetzt aber war sie lächerlich geworden. Tränen tropften in meinen geöffneten Koffer, ich war unsagbar niedergeschlagen, aber wie gern wollte ich leben! Ich war bereit, alles zu erfassen und in mein kurzes Leben hineinzulegen, was dem Menschen zugänglich ist. Ich wollte gern sprechen, lesen, irgendwo in einer großen Fabrik mit dem Hammer hantieren, auf Posten stehen, pflügen. Es zog mich auf den Nevskij-Prospekt, aufs Feld und aufs Meer – überallhin, soweit meine Phantasie reichte. Als Zinaida Fëdorovna zurückkehrte, stürzte ich zur Tür, um ihr zu öffnen, und mit besonderer Zärtlichkeit nahm ich ihr den Pelz ab. Zum letztenmal!

Außer dem Alten kamen an diesem Tag noch zwei Menschen zu uns. Am Abend, als schon alles dunkel war, erschien unerwartet Gruzin, um für Orlov einige Papiere zu holen. Er öffnete den Schreibtisch, nahm die benötigten Papiere und befahl mir, nachdem er sie in eine Rolle gesteckt hatte, sie im Vorzimmer neben seine Mütze zu legen, er selbst aber ging zu Zinaida Fëdorovna. Sie lag im Salon auf dem Sofa, die Hände hinter dem Kopf verschränkt. Es waren bereits fünf oder sechs Tage vergangen, seitdem Orlov zur Revision gefahren war, und niemand wußte, wann er zurückkehren würde, aber sie schickte keine Telegramme mehr ab und erwartete auch keine. Sie schien auch Polja, die immer noch bei uns wohnte, gar nicht zu bemerken. Laß sie! las ich auf ihrem gleichgültigen, bleichen Gesicht. Sie wollte schon, so wie Orlov, aus Eigensinn unglücklich sein; sich und aller Welt zum Trotz lag sie tagelang unbeweglich auf dem Sofa, wünschte sich nur Schlechtes und erwartete nur Schlechtes. Wahrscheinlich stellte sie sich Orlovs Rückkehr und die unvermeidlichen Streitereien mit ihm vor, dann sein Erkalten, seine Untreue, dann ihre Trennung, und diese quälenden Gedanken bereiteten ihr möglicherweise Befriedigung. Was aber würde sie sagen, wenn sie auf einmal tatsächlich die Wahrheit erfahren hätte?

»Ich liebe Sie, Gevatterin«, sagte Gruzin, als er sie begrüßte und ihr die Hand küßte. »Sie sind so gütig! Und George ist weggefahren«, log er. »Ist weggefahren, der Bösewicht!«

Seufzend nahm er Platz und streichelte ihre Hand.

»Erlauben Sie mir, meine Liebe, ein Stündchen bei Ihnen zu sitzen«, fuhr er fort. »Nach Hause möchte ich nicht gehen, und zu Biršovs ist es noch zu früh. Heute feiern Biršovs Katjas Geburtstag. Ein prächtiges Mädchen!«

Ich reichte ihm ein Glas Tee und eine kleine Karaffe mit Kognak. Langsam und mit sichtlicher Unlust trank er den Tee und fragte, als er mir das Glas zurückgab, schüchtern:

»Habt ihr nicht etwas ... zu beißen, mein Freund? Ich habe noch nicht zu Mittag gegessen.«

Wir hatten nichts im Haus. Ich ging ins Restaurant und brachte ihm das gewöhnliche Mittagessen zu einem Rubel.

»Auf Ihre Gesundheit, meine Liebe!« sagte er zu Zinaida Fëdorovna und trank ein Gläschen Vodka. »Meine Kleine, Ihr Patenkind, läßt Sie grüßen. Die Ärmste hat Skrofulose! Ach, die Kinder, die Kinder!« seufzte er. »Was Sie auch sagten, Gevatterin, aber es ist schön, Vater zu sein. George ist dieses Gefühl unverständlich.«

Er trank noch ein Gläschen. Abgezehrt, blaß, mit der Serviette vor der Brust, als habe er eine Schürze um, aß er gierig und blickte mit hochgezogenen Brauen schuldbewußt wie ein Schuljunge bald Zinaida Fëdorovna, bald mich an. Mir schien, er würde geweint haben, hätte ich ihm nicht Haselhuhn oder Gelee gereicht. Nachdem er seinen Hunger gestillt hatte, wurde er heiter und begann lachend etwas über die Familie Biršov zu erzählen; als er aber merkte, daß dies langweilte und Zinaida Fëdorovna nicht lachte, verstummte er. Irgendwie wurde die Stimmung auf einmal trist. Nach dem Essen saßen beide im Salon, beim Schein einer einzigen Lampe, und schwiegen – ihm fiel es schwer zu lügen, und sie wollte ihn etwas fragen, traute sich aber nicht. So verging etwa eine halbe Stunde. Gruzin sah auf die Uhr.

»Eigentlich ist es jetzt Zeit für mich.«

»Nein, bleiben Sie noch ein bißchen ... Wir haben noch zu reden.«

Wieder schwiegen sie. Er setzte sich an den Flügel und berührte eine Taste, dann spielte er und sang leise dazu: »Was bringt er mir, der künft'ge Morgen?«, doch seiner Gewohnheit nach stand er sofort wieder auf und schüttelte den Kopf.

»Spielen Sie irgend etwas, Gevatter«, bat Zinaida Fëdorovna.

»Was denn?« fragte er und zuckte mit den Achseln. »Ich habe alles vergessen. Ich spiele schon lange nicht mehr.«

Zur Decke aufblickend, als wolle er sich besinnen, spielte er mit wunderbarer Einfühlsamkeit zwei Stücke von Čajkovskij, so voller Innigkeit, so verständig! Sein Gesicht war wie immer – nicht klug und nicht dumm, nur erschien es mir einfach wie ein Wunder, daß ein Mensch, den ich in der niedrigsten, unsaubersten Situation zu sehen gewohnt war, zu einem so erhabenen, für mich unerreichbaren Schwung des Gefühls, zu solcher Reinheit fähig war. Zinaida Fëdorovna errötete und schritt erregt durch den Salon.

»Warten Sie, Gevatterin, wenn es mir einfällt, spiele ich Ihnen noch ein Stück vor«, sagte er. »Ich habe es auf dem Violoncello spielen hören.«

Zunächst schüchtern und suchend, dann sicher spielte er das ›Schwanenlied‹ von Saint-Saëns. Er wiederholte es noch einmal.

»Hübsch, nicht?« sagte er.

Zinaida Fëdorovna blieb erregt vor ihm stehen und fragte:
»Sagen Sie mir aufrichtig, Gevatter, als Freund – was denken Sie von mir?«

»Was soll ich da sagen?« erwiderte er und zog die Brauen hoch. »Ich liebe Sie und denke nur Gutes von Ihnen. Wenn Sie aber wollen, daß ich allgemein über die Sie interessierende Frage spreche«, fuhr er fort und putzte sich, finster dreinblickend, am Ellbogen den Ärmel ab, »dann sollen Sie wissen, meine Liebe... Frei der Neigung ihres Herzens zu folgen bringt guten Menschen nicht immer Glück. Um sich frei und glücklich zu fühlen, darf man, meine ich, nicht vor sich selbst verheimlichen, daß das Leben grausam, rauh und in seinem Konservatismus unerbittlich ist, und man muß ihm geben, was es wert ist, das heißt, man muß genauso rauh und unerbittlich in seinem Freiheitsstreben sein. So denke ich.«

»Wo soll ich denn hin!« antwortete Zinaida Fëdorovna, traurig lächelnd. »Ich bin schon erschöpft, Gevatter. Ich bin so erschöpft, daß ich zu meiner Rettung keinen Finger mehr rühren kann.«

»Gehen Sie ins Kloster, Gevatterin.«

Das sagte er im Scherz, aber nach diesen Worten kamen Zinaida Fëdorovna und dann auch ihm selbst die Tränen.

»Na«, sagte er, »nun ist's aber Zeit für mich. Leben Sie wohl, liebe Gevatterin. Gott schenke Ihnen Gesundheit.«

Er küßte ihr beide Hände und sagte, sie zärtlich streichelnd, er wolle unbedingt in einigen Tagen wiederkommen. Als er im Vorzimmer seinen Mantel, der einem Kinderumhang glich, anzog, kramte er lange in seinen Taschen, um mir ein Trinkgeld zu geben, aber er fand nichts.

»Leb wohl, mein Lieber!« sagte er betrübt und ging.

Niemals werde ich die Stimmung vergessen, die dieser Mann zurückließ. Zinaida Fëdorovna schritt immer noch erregt im Salon auf und ab. Sie lag nicht, sondern ging – das allein war schon gut. Ich wollte diese Stimmung ausnutzen, um offen mit ihr zu reden, und dann fortgehen, aber kaum hatte ich Gruzin hinausbegleitet, als die Klingel ertönte. Kukuškin war gekommen.

»Ist Georgij Ivanyč zu Hause?« fragte er. »Ist er zurück? Du sagst: nein? Wie schade! In diesem Fall will ich der Hausfrau das Händchen küssen, und dann – ab! Darf ich – Zinaida Fëdorovna?« rief er. »Ich möchte Ihnen das Händchen küssen. Entschuldigen Sie, wenn ich so spät komme.«

Er blieb nicht lange im Salon sitzen, nicht länger als zehn Minuten, aber mir kam es vor, als säße er schon eine Ewigkeit und würde niemals wieder gehen. Ich biß mir vor Entrüstung und Ärger auf die Lippen und haßte bereits Zinaida Fëdorovna. Weshalb jagt sie ihn nicht weg? dachte ich empört, wo sie sich doch offensichtlich mit ihm langweilte.

Als ich ihm seinen Pelz reichte, fragte er mich zum Zeichen besonderen Wohlwollens, wie ich es ohne Frau aushalten könne.

»Ich denke aber, du verpaßt schon nichts«, sagte er lachend. »Du hast doch sicher ein Techtelmechtel mit der Polja ... du Filou!«

Ungeachtet meiner Lebenserfahrung kannte ich damals die Menschen noch wenig, und es ist sehr wohl möglich, daß ich öfter das Unbedeutende überschätzte und das Wichtige überhaupt nicht bemerkte. Mir schien, Kukuškin kichere und schmeichle mir nicht umsonst: mußte er denn nicht annehmen, ich als Diener würde überall in fremden Dienerstuben und Küchen ausplaudern, daß er sich immer abends bei uns aufhielt, wenn Orlov nicht da war, und daß er bis spät in die Nacht bei Zinaida Fëdorovna blieb? Kämen meine Klatschereien seinen Bekannten zu Ohren, dann würde er verlegen die Augen niederschlagen und mit dem kleinen Finger drohen. Und würde er etwa nicht selbst, so dachte ich, während ich sein kleines honigsüßes Gesicht sah, würde er nicht selbst heute schon beim Kartenspiel sich den Anschein geben und vielleicht sogar ausplaudern, er habe Orlov bereits Zinaida Fëdorovna ausgespannt?

Der Haß, der mir zur Mittagszeit, als der Alte gekommen war, so gefehlt hatte, übermannte mich jetzt. Endlich ging Kukuškin, und ich verspürte, während ich dem Schlurfen seiner Ledergaloschen lauschte, den heftigen Wunsch, ihm zum Abschied irgendein grobes Schimpfwort nachzurufen, aber ich beherrschte mich. Als die Schritte auf der Treppe verhallt waren, kehrte ich ins Vorzimmer zurück, ergriff, ohne zu wissen, was ich tat, die von Gruzin vergessene Papierrolle und stürzte Hals über Kopf nach unten. Ohne Mantel und Mütze eilte ich auf die Straße. Es war nicht kalt, aber es schneite in großen Flocken, und ein Wind wehte.

»Euer Exzellenz!« rief ich, als ich Kukuškin eingeholt hatte. »Euer Exzellenz!«

Er blieb neben einer Laterne stehen und sah sich befremdet um.

»Euer Exzellenz!« sagte ich atemlos. »Euer Exzellenz!«

Und da ich mir nicht überlegt hatte, was ich sagen sollte, schlug ich ihn zweimal mit der Papierrolle ins Gesicht. Ohne etwas zu begreifen, ja sogar ohne sich zu wundern – so verblüfft war er –, lehnte er sich mit dem Rücken gegen die Laterne und schützte sein Gesicht mit den Händen. In diesem Augenblick kam ein Militärarzt vorbei und sah, wie ich einen Menschen schlug, aber er blickte uns nur zweifelnd an und ging weiter.

Da schämte ich mich und eilte ins Haus zurück.

XII

Atemlos und mit vom Schnee feuchtem Kopf rannte ich auf mein Zimmer und warf dort sofort den Frack ab, zog Jackett und Mantel an und trug meinen Koffer ins Vorzimmer. Fliehen! Doch bevor ich ging, setzte ich mich schnell an den Tisch, um an Orlov zu schreiben.

»Ich hinterlasse Ihnen meinen falschen Paß«, begann ich,

»und bitte Sie, ihn als Erinnerung zu behalten, Sie falscher Mensch, Herr Petersburger Beamter!

Sich unter falschem Namen in ein Haus einschleichen, unter der Maske eines Dieners das intime Leben beobachten, alles sehen und hören, um dann andere Lügen zu strafen – das alles, werden Sie sagen, ist dasselbe wie Diebstahl! Ja, aber mir ist jetzt nicht nach edler Gesinnung zumute. Ich habe Dutzende Ihrer Mittag- und Abendessen erlebt, als Sie sprachen und taten, was Sie wollten, und ich mußte zuhören, zusehen und schweigen – das will ich Ihnen nicht schenken. Außerdem muß Ihnen wenigstens der Diener Stepan den Kopf waschen, wenn schon keine lebende Seele wagt, Ihnen die Wahrheit zu sagen und Ihnen nicht zu schmeicheln.«

Dieser Anfang gefiel mir nicht, aber ich mochte ihn nicht mehr verbessern. Und war nicht auch alles gleich?

Die großen Fenster mit den dunklen Portieren, das Bett, der zerknitterte Frack auf dem Fußboden und die feuchten Fußspuren von mir machten einen strengen und traurigen Eindruck, und es herrschte eine ganz besondere Stille.

Wahrscheinlich weil ich ohne Mütze und Überschuhe auf die Straße gelaufen war, bekam ich starkes Fieber. Mein Gesicht brannte, die Füße schmerzten ... Meinen Kopf zog es zum Tisch hinunter, und meine Gedanken waren gespalten, es kam mir so vor, als bewege sich in meinem Hirn hinter jedem Gedanken sein Schatten.

»Ich bin krank, schwach und niedergeschlagen«, fuhr ich fort, »ich kann Ihnen nicht so schreiben, wie ich eigentlich wollte. Im ersten Augenblick hatte ich den Wunsch, Sie zu beleidigen und zu erniedrigen, aber jetzt glaube ich nicht mehr, daß ich das Recht dazu habe. Sie und ich, wir beide sind gestrauchelt, wir beide werden nie mehr aufstehen, und mein Brief, auch wenn er beredt, überzeugend und schrecklich wäre, er würde dennoch nur dem Klopfen auf einem Sargdeckel gleichen – soviel man auch klopft, man weckt den Toten nicht mehr auf! Sosehr man sich auch bemüht, Ihr verwünschtes kaltes Blut läßt sich nicht in Wallung bringen, das wissen Sie besser als ich. Wozu also schreiben? Aber mein Kopf und mein Herz glühen, ich schreibe weiter, und ich bin aus irgendeinem Grund erregt, als könnten Sie und ich noch durch diesen Brief gerettet werden. Des Fiebers wegen wollen die Gedanken in meinem Kopf nicht harmonieren, und die Feder kratzt sinnlos übers Papier, aber die Frage, die ich Ihnen stellen will, steht klar vor mir.

Weshalb ich vor der Zeit schwach geworden und gestrauchelt bin, ist nicht schwer zu erklären. Ich habe mir, dem biblischen Kraftmenschen gleich, die Tore von Gaza aufgeladen, um sie auf den Gipfel des Berges zu tragen, aber erst als ich bereits erschöpft war, als in mir Jugend und Gesundheit für immer erloschen waren, bemerkte ich, daß ich diesen Toren nicht gewachsen war und daß ich mich selbst betrog. Außerdem empfand ich einen ununterbrochenen, grausamen Schmerz. Ich ertrug Hunger, Kälte, Krankheiten und den Entzug der Freiheit; ich habe nie ein persönliches Glück gekannt, ich hatte keine Zuflucht, meine Erinnerungen sind bedrückend, und mein Gewissen fürchtet sie oft. Warum aber sind Sie gestrauchelt, Sie? Welche verhängnisvollen, teuflischen Gründe haben Ihr Leben gehindert, sich zur vollen Blüte zu entfalten, warum haben Sie, kaum daß Sie begonnen hatten zu leben, sich beeilt, Ihre Gestalt und Gottähnlichkeit von sich abzuwerfen und sich in ein feiges Tier zu verwandeln, das bellt und mit diesem Gebell die anderen erschreckt, während es sich selber fürchtet? Sie fürchten das Leben, fürchten es wie ein Asiat, und zwar wie einer, der tagelang auf weichem Pfühl sitzt und seine Wasserpfeife raucht. Ja, Sie lesen viel, Sie tragen einen gutsitzenden europäischen Frack, aber dennoch schützen Sie sich mit der so zärtlichen, rein asiatischen Fürsorglichkeit eines Khans vor Hunger, Kälte und physischer Anstrengung, vor Schmerz und Unruhe. Wie früh hat sich Ihre Seele im Schlafrock versteckt, wie feige haben Sie sich vor dem wirklichen Leben und vor der Natur benommen, mit der jeder gesunde und normale Mensch kämpft. Wie weich, angenehm, warm und bequem haben Sie es – und wie langweilig ist es doch! Ja, es ist geradezu tödlich, hoffnungslos langweilig, wie in einem einsamen Gefängnis, aber Sie sind bemüht, sich auch vor diesem Feind zu verstecken – Sie spielen acht Stunden am Tag Karten.

Und Ihre Ironie? Oh, wie gut kann ich Sie verstehen! Ein lebendiger, freier, kühner Gedanke ist wißbegierig und will herrschen; für einen faulen, müßigen Geist ist er unerträglich. Damit er Ihre Ruhe nicht stört, haben Sie sich, gleich Tausenden Ihrer Altersgenossen, von Jugend auf beeilt, ihm Grenzen zu setzen; Sie haben sich mit einer ironischen Einstellung zum Leben ausgerüstet, oder nennen Sie es, wie Sie es wollen, und der zurückhaltende, erschreckte Gedanke wagt nicht, den Zaun zu überspringen, den Sie aufgestellt haben, und wenn Sie über Ideen spotten, die Ihnen angeblich alle bekannt sind, so ähneln Sie einem Deserteur, der schändlich vom Schlachtfeld flieht, aber, um das Gefühl der Scham zu ersticken, sich über Krieg und Tapferkeit lustig macht. Zynismus erstickt den Schmerz. In einer Novelle von Dostoevskij tritt ein alter Mann das Bild seiner Lieblingstochter mit Füßen, weil er vor ihr im Unrecht ist, und Sie machen sich in gemeiner, banaler Weise über die guten und wahren Ideen lustig, weil Sie nicht mehr die Kraft besitzen, zu ihnen zurückzukehren. Jede aufrichtige, wahrheitsgemäße Anspielung auf Ihren Verfall ist Ihnen schrecklich, und Sie umgeben sich absichtlich mit Leuten, die nur imstande sind, Ihren Schwächen zu schmeicheln. Und nicht umsonst, nicht umsonst fürchten Sie Tränen so sehr!

Bei dieser Gelegenheit – Ihre Beziehungen zur Frau. Die Schamlosigkeit haben wir mit Fleisch und Blut geerbt, und wir sind in der Schamlosigkeit aufgewachsen, aber dafür sind wir ja Menschen, um das Tier in uns zu besiegen. Mit Ihrer geistigen Reife, als Ihnen *alle* Ideen bekannt wurden, mußten Sie unbedingt die Wahrheit sehen; Sie erkannten sie, aber Sie folgten ihr nicht, sondern fürchteten sie, und um Ihr

Gewissen zu betrügen, fingen Sie an, sich laut einzureden, nicht Sie, sondern die Frau selbst sei schuld daran, daß sie ebenso gemein ist wie Ihre Beziehungen zu ihr. Sind denn die kalten, schlüpfrigen Anekdoten, das Pferdegewieher, alle Ihre zahllosen Theorien über die Hauptsache, über die unbestimmten Forderungen an die Ehe, über die zehn Sous, die der französische Arbeiter für die Frau bezahlt, Ihre ewigen Hinweise auf Weiberlogik, Verlogenheit, Schwachheit und so fort – kommt denn das alles nicht dem Wunsch gleich, koste es, was es wolle, die Frau tief in den Schmutz zu stoßen, damit sie und Ihre Beziehungen zu ihr auf demselben Niveau stehen? Sie sind ein schlapper, unglücklicher, unsympathischer Mensch.«

Im Salon spielte Zinaida Fëdorovna Klavier, bemüht, sich das Stück von Saint-Saëns ins Gedächtnis zurückzurufen, das Gruzin gespielt hatte. Ich legte mich aufs Bett, aber als mir einfiel, daß es Zeit war zu gehen, nahm ich alle meine Kraft zusammen, stand auf und kehrte mit schwerem, heißem Kopf wieder an den Tisch zurück.

»Aber die Frage ist«, fuhr ich fort, »warum sind wir so erschöpft? Warum sind wir, die wir anfangs so leidenschaftlich, kühn, edel und gläubig waren, mit dreißig, fünfunddreißig Jahren bereits völlige Bankrotteure? Warum erlischt der eine an der Schwindsucht, jagt sich der andere eine Kugel in den Kopf, sucht der dritte Vergessen bei Vodka und Kartenspiel, tritt der vierte, um Furcht und Schwermut zu ersticken, zynisch das Bild seiner reinen, schönen Jugend mit Füßen? Warum bemühen wir uns nicht, wenn wir einmal gestrauchelt sind, wieder aufzustehen und, da wir das eine verloren haben, etwas anderes zu suchen? Warum?

Der Schächer, der am Kreuz hing, verstand es, sich Lebensfreude und kühne, erfüllbare Hoffnung einzuflößen, obwohl ihm vielleicht nur noch eine Stunde zu leben blieb. Ihnen stehen noch lange Jahre bevor, und wahrscheinlich werde auch ich nicht so bald sterben, wie es den Anschein hat. Wenn sich durch ein Wunder die Gegenwart als ein Traum erwiese, als schrecklicher Alpdruck, und wir erneuert, rein, stark und stolz auf unsere Wahrheit erwachten, was wäre dann? Süße Träume erwarten mich, und ich kann vor Erregung kaum atmen. Ich möchte schrecklich gern leben, ich möchte, daß unser Leben heilig, erhaben und feierlich sei wie das Himmelsgewölbe. Wollen wir leben! Die Sonne geht nicht zweimal am Tage auf, und das Leben wird nicht zweimal gegeben – greifen Sie also fest nach den Resten Ihres Lebens und retten Sie sie . . .«

Weiter schrieb ich kein einziges Wort. Gedanken waren viele in meinem Kopf, aber sie verschwammen alle und fügten sich nicht zu Sätzen. Ohne den Brief zu beenden, unterschrieb ich mit Titel, Vor- und Zunamen und ging in das Kabinett. Es war dunkel. Ich tastete nach dem Tisch und legte den Brief darauf. Wahrscheinlich stieß ich im Dunkeln an ein Möbelstück und verursachte ein Geräusch.

»Wer ist da?« rief eine unruhige Stimme aus dem Salon. Gerade in diesem Augenblick schlug die Uhr auf dem Tisch zärtlich die erste Morgenstunde.

XIII

Im Dunkeln tastete ich wenigstens eine halbe Minute lang an der Tür herum, bis ich die Klinke fand, darauf öffnete ich sie langsam und betrat den Salon. Zinaida Fëdorovna lag, auf einen Ellbogen gestützt, auf dem Sofa und blickte mich an. Da ich mich nicht entschließen konnte zu sprechen, ging ich langsam vorbei, und sie verfolgte mich mit den Augen. Ich blieb ein Weilchen im Saal stehen und ging dann abermals an ihr vorbei, sie schaute mich aufmerksam und befremdet an, beinahe voller Furcht. Schließlich hielt ich inne und sagte mit Überwindung:

»Er kommt nicht zurück!«

Sie setzte sich schnell auf und sah mich an, ohne zu begreifen.

»Er kommt nicht zurück!« wiederholte ich, und mein Herz klopfte heftig. »Er kommt nicht zurück, weil er nicht aus Petersburg weggefahren ist. Er wohnt bei Pekarskij.«

Sie verstand und glaubte mir – das sah ich an ihrem jähen Erbleichen und daran, daß sie plötzlich erschreckt und flehend die Arme über die Brust kreuzte. Augenblicklich huschte in ihrer Erinnerung die jüngste Vergangenheit vorüber, sie begriff und erkannte mit unerbittlicher Deutlichkeit die ganze Wahrheit. Aber zugleich fiel ihr ein, daß ich ein Diener, ein niederes Wesen war . . . Ein Vagabund mit zerzausten Haaren, fieberrotem Gesicht, vielleicht betrunken, in einem ordinären Mantel mischte sich grob in ihr intimes Leben ein, und das kränkte sie. Streng sagte sie zu mir:

»Man hat Sie nicht gefragt. Gehen Sie, gehen Sie weg von hier.«

»Oh, glauben Sie mir!« erwiderte ich hingerissen und streckte ihr die Hände entgegen. »Ich bin kein Diener, ich bin ein ebenso freier Mensch wie Sie!«

Ich nannte meinen Namen und erklärte ihr schnell, ganz schnell, damit sie mich nicht unterbrach oder nicht in ihr Zimmer ging, wer ich sei und warum ich hier lebte. Diese neue Enthüllung verblüffte sie noch stärker als die erste. Vorher hatte sie trotz allem noch die Hoffnung gehabt, der Diener lüge, irre sich oder sage eine Dummheit, jetzt aber, nach meinem Geständnis, gab es für sie keinen Zweifel mehr. An dem Ausdruck ihrer unglücklichen Augen und dem Gesicht, das plötzlich unschön wurde, weil es älter zu werden schien und seine Sanftheit verlor, erkannte ich, daß ihr unerträglich schwer ums Herz war und daß ich dieses Gespräch nicht zum Guten begonnen hatte; aber ich fuhr hingerissen fort:

»Der Senator und die Revision sind vorgetäuscht, um Sie zu betrügen. Im Januar ist er ebenso wie jetzt nirgendwo hingefahren, sondern hat bei Pekarskij gewohnt, und ich habe ihn jeden Tag aufgesucht und an dem Betrug teilgenommen. Er fühlte sich von Ihnen bedrückt, er haßte Ihre Anwesenheit, er lachte über Sie ... Wenn Sie hätten zuhören können, wie er und seine Freunde hier über Sie und Ihre Liebe spotteten, Sie wären nicht eine Minute länger geblieben! Fliehen Sie von hier! Fliehen Sie!«

»Nun, wennschon!« sagte sie mit zitternder Stimme und fuhr sich mit der Hand durch das Haar. »Nun, wennschon! Soll er doch.«

Ihre Augen standen voller Tränen, ihre Lippen zitterten, und ihr ganzes Gesicht war auffallend bleich und von Zorn erfüllt. Die plumpe, kleinliche Lüge Orlovs empörte sie und erschien ihr verächtlich und albern; sie lächelte, aber ihr Lächeln gefiel mir nicht.

»Nun, wennschon!« wiederholte sie und fuhr sich abermals mit der Hand durch das Haar. »Soll er doch. Er bildet sich ein, ich sterbe von der Erniedrigung, aber das ist mir zu ... lächerlich. Er versteckt sich unnötig.« Sie trat vom Flügel zurück und sagte achselzuckend: »Es wäre einfacher, sich auszusprechen, als sich zu verstecken und sich in fremden Wohnungen herumzutreiben. Ich habe Augen im Kopf, ich habe es selbst schon längst gesehen ... und habe nur seine Ankunft abgewartet, um mich endgültig auszusprechen.«

Darauf setzte sie sich in den Sessel neben dem Tisch und weinte bitterlich, den Kopf auf die Armlehne des Sofas gelegt. Im Salon brannte nur eine Kerze im Leuchter, und um die Sessel herum, wo sie saß, war es dunkel, aber ich sah, wie ihr Kopf und ihre Schultern zuckten und wie ihr Haar, das sich gelöst hatte, Hals, Gesicht und Arme bedeckte ... In ihrem leisen, gleichmäßigen Weinen, einem nicht hysterischen, sondern gewöhnlichen Frauenweinen, lag Kränkung, verletzter Stolz, Beleidigtsein und jenes Ausweg- und Hoffnungslose, das unabänderlich ist und an das man sich nicht gewöhnen kann. In meinem erregten, leidenden Herzen rief ihr Weinen ein Echo hervor; ich hatte meine eigene Krankheit und alles auf der Welt bereits vergessen, ging durch den Salon und murmelte verstört:

»Was ist denn das für ein Leben? Ach, so kann man doch nicht leben! Nein! Das ist Wahnsinn, ein Verbrechen ist das, aber kein Leben!«

»Welche Erniedrigung!« sagte sie unter Tränen. »Mit mir zusammenleben ... mir zuzulächeln, während ich ihm eine Last und lächerlich bin ... Oh, welche Erniedrigung!«

Sie hob ein wenig den Kopf, sah mich mit ihren verweinten Augen durch das tränenfeuchte Haar an, und während sie das Haar ordnete, das sie hinderte, mich anzuschauen, fragte sie:

»Haben sie gelacht?«

»Diesen Leuten waren Sie, Ihre Liebe und Turgenev, den Sie angeblich zu viel gelesen haben, lächerlich. Und wenn wir beide jetzt vor Verzweiflung sterben, so käme ihnen das ebenfalls lächerlich vor. Sie würden eine komische Anekdote verfassen und diese in Ihrer Totenmesse erzählen. Aber wozu von ihnen reden?« sagte ich ungeduldig. »Wir müssen von hier fliehen. Ich kann nicht eine Minute länger hierbleiben.«

Sie fing wieder an zu weinen, ich aber ging zum Flügel und setzte mich.

»Worauf warten wir noch?« fragte ich verzagt. »Es geht schon auf drei.«

»Ich warte auf nichts mehr«, erwiderte sie. »Ich bin verloren.«

»Weshalb sprechen Sie so? Lassen Sie uns lieber zusammen überlegen, was wir tun sollen. Weder Sie können hier bleiben noch ich ... Wohin wollen Sie fahren?«

Plötzlich ertönte im Vorzimmer die Klingel. Mein Herz bebte. Ob das etwa Orlov war, bei dem sich Kukuškin über mich beschwert hatte? Wie sollte ich ihm entgegentreten? Ich öffnete. Es war Polja. Sie trat ein, schüttelte im Vorzimmer den Schnee von ihrer Pelerine und begab sich auf ihr Zimmer, ohne ein Wort zu mir zu sagen. Als ich in den Salon zurückkehrte, stand Zinaida Fëdorovna bleich wie eine Tote mitten im Zimmer und sah mich mit großen Augen an.

»Wer ist gekommen?« fragte sie leise.

»Polja«, antwortete ich.

Sie fuhr sich mit der Hand durchs Haar und schloß erschöpft die Augen.

»Ich fahre sofort weg von hier«, sagte sie. »Seien Sie so gut und begleiten Sie mich auf die Petersburger Seite. Wie spät ist es jetzt?«

»Dreiviertel drei.«

XIV

Als wir wenig später aus dem Haus traten, war die Straße finster und menschenleer. Es fiel nasser Schnee, und ein feuchter Wind peitschte das Gesicht. Ich entsinne mich, es war Anfang März, die Zeit des Tauwetters, und die Droschken fuhren schon einige Tage auf Rädern. Die schwarze Treppe, die Kälte, die nächtliche Dunkelheit und der Hausdiener im Bauernpelz, der uns ausfragte, ehe er uns zum Tor hinausließ, beeindruckten Zinaida Fëdorovna so sehr, daß sie ganz erschöpft und entmutigt war. Als wir in eine Droschke gestiegen waren und das Verdeck hochgezogen hatten, sagte sie hastig, am ganzen Körper zitternd, daß sie mir dankbar sei.

»Ich zweifle nicht an Ihrem Wohlwollen, aber es ist mir peinlich, daß Sie sich Umstände machen«, murmelte sie. »Oh, ich verstehe, ich verstehe ... Als heute Gruzin da war, spürte ich, wie er log und etwas verheimlichte. Nun, wennschon! Soll er doch. Aber trotzdem ist es mir peinlich, daß Sie sich solche Umstände machen.«

Sie hatte immer noch Zweifel. Um sie endgültig zu zerstreuen, befahl ich dem Droschkenkutscher, durch die Sergievskaja-Straße zu fahren; als wir vor Pekarskijs Haus an der Freitreppe hielten, kletterte ich aus der Droschke und läutete. Der Pförtner kam heraus, und ich fragte ihn laut, damit Zinaida Fëdorovna es hören konnte, ob Georgij Ivanyč zu Hause sei.

»Ja«, antwortete er. »Vor einer halben Stunde ist er gekommen. Sicher schläft er schon. Aber was willst du?«

Zinaida Fëdorovna konnte nicht mehr an sich halten und lehnte sich aus der Droschke.

»Wohnt Georgij Ivanyč schon lange hier?« fragte sie.

»Bereits die dritte Woche.«

»Und er ist nirgendwo hingereist?«

»Nirgends«, antwortete der Pförtner und sah mich erstaunt an.

»Bestelle ihm morgen früh, seine Schwester aus Warschau sei gekommen. Leb wohl.«

Darauf fuhren wir weiter. Die Droschke hatte keinen Vorhang, der Schnee fiel in großen Flocken herein, und der Wind ging uns, besonders auf der Neva, durch Mark und Bein. Ich bildete mir ein, daß wir schon lange so fuhren, schon lange litten und daß ich schon lange hörte, wie Zinaida Fëdorovnas Atem zitterte. Flüchtig und halb im Traum, gerade überm Einschlafen, schaute ich auf mein seltsames, sinnloses Leben zurück, und mir fiel, ich weiß nicht, warum, das Melodrama ›Pariser Bettler‹ ein, das ich als Kind zweimal gesehen hatte. Als ich, um diesen Halbtraum von mir abzuschütteln, unter dem Verdeck hervorsah und die Morgendämmerung erblickte, vereinigten sich alle die Bilder aus der Vergangenheit, alle nebelhaften Gedanken mit einemmal zu einem klaren, deutlichen Gedanken – Zinaida Fëdorovna und ich, wir waren schon unwiederbringlich verloren. Davon war ich so überzeugt, als würde der kalte blaue Himmel diese Weissagungen enthalten, aber einen Augenblick später dachte und glaubte ich bereits an etwas anderes.

»Was soll ich denn jetzt machen?« fragte Zinaida Fëdorovna mit einer Stimme, die heiser war von Kälte und Feuchtigkeit. »Wo soll ich hin, was soll ich tun? Gruzin hat gesagt: Gehen Sie in ein Kloster. Oh, ich würde gehen! Ich würde meine Kleidung wechseln, mein Gesicht, meinen Namen, meine Gedanken … alles, alles, und ich würde mich für immer verstecken. Aber man läßt mich nicht ins Kloster. Ich bin schwanger.«

»Wir werden morgen zusammen ins Ausland fahren«, erwiderte ich.

»Das geht nicht. Mein Mann wird mir den Paß nicht geben.«

»Ich bringe Sie ohne Paß über die Grenze.«

Die Droschke hielt vor einem zweistöckigen, dunkel angestrichenen Holzhaus. Ich läutete. Als Zinaida Fëdorovna von mir den kleinen leichten Korb – das einzige Gepäck, das wir mitführten – entgegennahm, lächelte sie traurig und sagte:

»Das sind meine bijoux …«

Aber sie war so erschöpft, daß sie keine Kraft mehr hatte, diese Sachen in der Hand zu halten. Lange wurde uns nicht geöffnet. Nach dem dritten oder vierten Läuten blitzte Licht hinter den Fenstern auf, und man hörte Schritte, Husten und Flüstern; endlich schnappte das Schloß, und in der Tür erschien eine korpulente Frau mit rotem, erschrockenem Gesicht. Hinter ihr stand in einiger Entfernung eine kleine hagere Alte mit kurzgeschnittenem grauem Haar, in einer weißen Jacke und mit einer Kerze in den Händen. Zinaida Fëdorovna eilte in den Flur und fiel dieser Alten um den Hals.

»Nina, man hat mich betrogen!« rief sie und schluchzte laut: »Man hat mich roh und gemein betrogen! Nina! Nina!«

Ich übergab der Alten den Korb. Die Tür wurde geschlossen, aber immer noch hörte ich das Schluchzen und den Schrei: »Nina!« Ich stieg in die Droschke und wies den Kutscher an, ohne Eile zum Nevskij-Prospekt zu fahren. Ich mußte auch an ein Nachtlager für mich denken.

Am nächsten Nachmittag war ich bei Zinaida Fëdorovna. Sie hatte sich sehr verändert. Auf ihrem blassen, stark abgemagerten Gesicht fand man auch nicht eine Spur von Tränen mehr, es zeigte einen anderen Ausdruck. Ich weiß nicht, kam es daher, daß ich sie nun in einer anderen, bei weitem nicht so luxuriösen Umgebung sah und daß unsere Beziehungen sich bereits gewandelt hatten oder daß der große Kummer ihr schon sein Siegel aufgedrückt hatte – sie erschien mir jetzt nicht mehr so elegant und hübsch wie sonst. Ihre Gestalt war gleichsam kleiner geworden; in ihren Bewegungen, ihrem Gang und ihrem Gesicht bemerkte ich eine unnötige Nervosität, als müsse sie sich beeilen, und selbst in ihrem Lächeln lag nicht mehr die frühere Weichheit. Ich trug nun einen teuren Anzug, den ich mir am gleichen Tag gekauft hatte. Zuallererst musterte sie diesen Anzug und den Hut in meiner Hand, dann verweilte ihr ungeduldiger, prüfender Blick auf meinem Gesicht, als wolle sie es studieren.

»Ihre Verwandlung erscheint mir immer noch wie ein Wunder«, meinte sie. »Entschuldigen Sie, daß ich Sie so neugierig betrachte. Sie sind doch ein ungewöhnlicher Mensch.«

Ich erzählte ihr noch einmal, wer ich war und weshalb ich bei Orlov gelebt hatte, und ich sprach länger und ausführlicher darüber als am Vortag. Sie hörte sehr aufmerksam zu und sagte, ehe ich geendet hatte:

»Dort ist für mich bereits alles zu Ende. Wissen Sie, ich habe es nicht ausgehalten und einen Brief geschrieben. Hier ist die Antwort.«

Auf dem Bogen, den sie mir gab, stand mit Orlovs Handschrift geschrieben: ›Ich werde mich nicht rechtfertigen. Aber geben Sie zu: Geirrt haben Sie sich, nicht ich. Ich wünsche Ihnen Glück und bitte, baldmöglichst zu vergessen den Sie achtenden G. O. – PS: Ich schicke Ihnen Ihre Sachen.‹

Die Truhen und Körbe, die Orlov geschickt hatte, standen schon im Vorzimmer, darunter befand sich auch mein schäbiger Koffer.

»Das heißt . . .«, sagte Zinaida Fëdorovna, sprach aber nicht zu Ende.

Wir schwiegen. Sie nahm das Schreiben und blickte wohl zwei Minuten lang darauf, und während dieser Zeit bekam ihr Gesicht jenen hochmütigen, verächtlichen und stolzen, gefühllosen Ausdruck, den es gestern zu Beginn unserer Aussprache gehabt hatte; in ihre Augen traten Tränen, keine schüchternen, keine bitteren, sondern stolze, zornige Tränen.

»Hören Sie«, sagte sie, während sie brüsk aufstand und sich zum Fenster wandte, damit ich ihr Gesicht nicht sehen sollte. »Ich habe mich entschlossen: Morgen schon werde ich mit Ihnen ins Ausland fahren.«

»Sehr schön. Ich bin schon heute reisefertig.«

»Nehmen Sie mich mit. Haben Sie Balzac gelesen?« fragte sie plötzlich und wandte sich um. »Ja? Sein Roman ›Père Goriot‹ endet damit, daß der Held vom Gipfel eines Hügels auf Paris hinabblickt und dieser Stadt droht: ›Jetzt rechnen wir ab!‹ – und damit beginnt ein neues Leben. So werde auch ich, wenn ich zum letztenmal aus dem Abteil auf Petersburg schaue, zu der Stadt sagen: ›Jetzt rechnen wir ab!‹«

Nachdem sie das gesagt hatte, lächelte sie über ihren Scherz und zitterte auf einmal am ganzen Körper.

XV

In Venedig bekam ich eine schmerzhafte Rippenfellentzündung. Wahrscheinlich hatte ich mich an dem Abend erkältet, als wir mit einer Gondel vom Bahnhof zum Hotel Bauer gefahren waren. Ich mußte gleich am ersten Tag ins Bett und etwa zwei Wochen fest liegen. Während meiner Krankheit kam Zinaida Fëdorovna jeden Morgen aus ihrem Zimmer zu mir herüber, um mit mir Kaffee zu trinken; darauf las sie mir aus französischen und russischen Büchern vor, von denen wir in Wien eine Menge gekauft hatten. Diese Bücher waren mir entweder schon längst bekannt, oder aber sie waren uninteressant, aber neben mir ertönte eine liebe, gute Stimme, so daß der Inhalt all dieser Bücher für mich auf das eine hinauslief: Ich war nicht allein. Sie ging spazieren und kehrte zurück, in ihrem hellgrauen Kleid und mit einem leichten Strohhut, heiter, von der Lenzsonne erwärmt, setzte sich auf das Bett, beugte sich tief herunter zu meinem Gesicht und erzählte mir etwas über Venedig, oder sie las diese Bücher – und mir war wohl.

Nachts war mir kalt und langweilig, und ich hatte Schmerzen, aber am Tag berauschte ich mich am Leben – ein besserer Ausdruck läßt sich nicht finden. Die helle, warme Sonne, die durch die geöffneten Fenster und die Balkontür schien, das Geschrei unten auf der Straße, das Klatschen der Ruder, das Glockengeläut, der rollende Kanonendonner zur Mittagszeit und das Gefühl völliger, völliger Freiheit wirkten Wunder bei mir; ich fühlte an meinen Seiten starke, breite Flügel, die mich Gott weiß wohin trugen. Und wie reizvoll war das, wieviel Freude erregte bisweilen der Gedanke, daß es neben meinem Leben jetzt ein zweites Leben gab, daß ich der Diener, Wächter, Freund und unentbehrliche Begleiter eines jungen, schönen und reichen, aber schwachen, gekränkten und einsamen Geschöpfes war! Selbst das Kranksein ist angenehm, wenn man weiß, es gibt Menschen, die auf unsere Genesung wie auf einen Feiertag warten. Einmal hörte ich, wie sie hinter der Tür mit meinem Arzt flüsterte, und darauf kam sie mit verweinten Augen zu mir – ein schlechtes Zeichen –, aber ich war gerührt, und im Herzen war mir ungewöhnlich leicht zumute.

Da aber gestattete man mir, auf den Balkon hinauszugehen. Die Sonne und der leichte, vom Meer herüberwehende Wind liebkosten zärtlich meinen kranken Leib. Ich blickte hinunter auf die längst bekannten Gondeln, die mit frauenhafter Grazie dahinfuhren, leicht und majestätisch, als wären sie lebendig und fühlten die ganze Pracht dieser originellen, bezaubernden Kultur. Es roch nach Meer. Irgendwo spielte man auf einem Saiteninstrument und sang zweistimmig. Wie schön! Wie unähnlich jener Petersburger Nacht, als nasser Schnee fiel und so rauh das Gesicht peitschte! Blickte man geradeaus über den Kanal, dann sah man den Strand, und am Horizont, weit entfernt, flimmerte das von der Sonne beschienene Wasser so grell, daß es schmerzte hinzusehen. Es zog meine Seele dorthin, zu dem heimatlichen, schönen Meer, dem ich meine Jugend hingegeben hatte. Ich wollte leben, weiter nichts als leben!

Nach zwei Wochen begann ich wieder umherzugehen. Mir gefiel es, in der Sonne zu sitzen, dem Gondoliere zuzuhören, nichts zu verstehen und stundenlang das Häuschen anzusehen, in dem, wie es hieß, Desdemona gewohnt hatte – ein einfaches, trauriges Häuschen von jungfräulichem Aussehen, leicht wie Spitze, so leicht, daß es aussah, als könne man es mit einer Hand von der Stelle bewegen. Ich verweilte lange Zeit am Grab Canovas und konnte meine Augen nicht von dem traurigen Löwen losreißen. Im Dogenpalast aber zog es mich zu der Ecke, wo der unglückliche Marino Falieri mit schwarzer Farbe beschmiert worden war. Schön wäre es, Künstler, Dichter, Dramatiker zu sein, so dachte ich, wenn das aber für mich unerreichbar ist, dann müßte ich mich in den Mystizismus stürzen! Ach, zu jener Stille und Zufriedenheit, die das Herz erfüllt, brauchte ich wenigstens einen winzigen Teil von irgendeinem Glauben.

Abends aßen wir Austern, tranken Wein und fuhren spazieren. Ich erinnere mich, wie unsere schwarze Gondel ruhig auf der Stelle schaukelte und darunter kaum hörbar das Wasser gluckste. Hier und da zitterte und wiegte sich der Widerschein der Sterne und der Uferlichter. Nicht weit von uns saßen in einer Gondel, die mit bunten, sich im Wasser spiegelnden Laternen behängt war, einige Leute und sangen. Das Spiel der Gitarren, Violinen, Mandolinen, die Männer- und Frauenstimmen klangen durch die Dunkelheit, und neben mir saß Zinaida Fëdorovna, bleich und mit ernstem, fast strengem Gesicht, die Lippen und Hände fest zusammengepreßt. Sie dachte an etwas, bewegte nicht einmal die Augenbrauen und hörte mich nicht. Ihr Gesicht, ihre Haltung, der unbewegliche, ausdruckslose Blick und die unwahrscheinlich traurigen, schrecklichen und eiskalten Erinnerungen, dazu ringsumher Gondeln, Lichter, Musik und das Lied mit dem energischen, leidenschaftlichen Aufschrei: »Jammo! Jam-mo!« – was für Gegensätze des Lebens! Wie sie so dasaß, mit zusammengepreßten Händen, starr, gramerfüllt, da stellte ich mir vor, daß wir beide in einem Roman alten Stils mit dem Titel ›Die Unglückliche‹, ›Die Verlassene‹ oder so ähnlich mitspielten. Wir beide: sie – unglücklich, verlassen, und ich – ein treuer, ergebener Freund, ein Träumer, und wenn man will, ein überflüssiger Mensch, ein Pechvogel, nur imstande, zu husten und zu träumen, vielleicht noch, sich aufzuopfern ... aber für wen und wozu waren meine Opfer noch nütze? Und was sollte ich opfern? fragte ich.

Nach dem Abendspaziergang tranken wir jedesmal auf ihrem Zimmer Tee und unterhielten uns. Wir scheuten nicht, die alten, noch nicht verheilten Wunden zu berühren – im Gegenteil, ich verspürte aus irgendeinem Grund Befriedigung, wenn ich ihr von ihrem Leben bei Orlov erzählte oder offen die Beziehungen berührte, die mir bekannt waren und vor mir nicht verheimlicht werden konnten.

»Es gab Augenblicke, da habe ich Sie gehaßt«, sagte ich. »Wenn er seinen Launen freien Lauf ließ, sich herablassend benahm und log, dann verblüffte mich immer, daß Sie nichts sahen und nichts begriffen, während doch alles klar war. Sie küßten ihm die Hände, lagen auf den Knien, schmeichelten ...«

»Als ich ... seine Hände küßte und auf den Knien lag, da liebte ich ...«, meinte sie errötend.

»War er denn wirklich so schwer zu durchschauen? Eine feine Sphinx! Eine Sphinx als Kammerjunker! Ich werfe Ihnen nichts vor, Gott behüte«, fuhr ich fort, als ich merkte, daß ich etwas zu grob war, keine Lebensart und nicht das

Zartgefühl besaß, das man so braucht, wenn man es mit einer fremden Seele zu tun hat; früher, vor der Bekanntschaft mit ihr, hatte ich diesen Mangel an mir nicht bemerkt. »Wie konnten Sie das nicht durchschauen?« wiederholte ich, aber bereits leiser und nicht so selbstsicher.

»Sie wollen sagen, Sie verachten meine Vergangenheit, und Sie haben recht«, sagte sie in heftiger Erregung. »Sie gehören zu einer besonderen Kategorie von Menschen, die man nicht mit gewöhnlichem Maß messen darf; Ihre moralischen Forderungen zeichnen sich durch außerordentliche Strenge aus, und ich verstehe, daß Sie nicht verzeihen können. Ich verstehe Sie, und wenn ich Ihnen manchmal widerspreche, so heißt das nicht, daß ich die Dinge anders sehe als Sie; ich rede den früheren Unsinn einfach deshalb, weil ich meine alten Kleider und Vorurteile noch nicht habe ablegen können. Ich hasse und verachte selbst meine Vergangenheit, Orlov und meine Liebe ... Was für eine Liebe war das schon? Jetzt erscheint das alles sogar komisch«, sagte sie, während sie ans Fenster trat und auf den Kanal hinunterblickte. »So eine Liebe verwirrt nur das Gewissen und stiftet Unruhe. Der Sinn des Lebens liegt in einem – im Kampf. Mit dem Absatz auf einen gemeinen Schlangenkopf treten, bis er kracht – darin liegt der Sinn. Darin allein, oder es gibt überhaupt keinen Sinn.«

Ich erzählte ihr lange Geschichten aus meiner Vergangenheit und beschrieb ihr in der Tat erstaunliche Abenteuer. Aber von der Veränderung, die in mir vorgegangen war, sagte ich kein einziges Wort. Sie hörte mir jedesmal sehr aufmerksam zu und rieb sich an interessanten Stellen die Hände, als ärgere sie sich, daß es ihr noch nicht gelungen war, solche Abenteuer, Ängste und Freuden zu durchleben, plötzlich aber wurde sie nachdenklich, ging in sich, und ich sah schon an ihrem Gesicht, daß sie mir nicht mehr zuhörte.

Ich schloß die Fenster, die auf den Kanal hinausgingen, und fragte, ob ich nicht den Kamin heizen solle.

»Nein, lassen Sie das. Mir ist nicht kalt«, erwiderte sie und lächelte matt, »ich bin nur sehr erschöpft. Wissen Sie, ich glaube, ich bin in letzter Zeit um vieles klüger geworden. Ich habe jetzt ungewöhnliche, originelle Gedanken. Wenn ich zum Beispiel an die Vergangenheit, an mein damaliges Leben denke ... nun, an die Menschen im allgemeinen, dann vereinigt sich das alles bei mir in einem Bild – in dem Bild meiner Stiefmutter. Sie war grob, frech, herzlos, falsch und verdorben und außerdem noch Morphinistin. Mein Vater, ein schwacher und charakterloser Mann, heiratete meine Mutter des Geldes wegen und war schuld an ihrer Schwindsucht, aber seine zweite Frau, meine Stiefmutter, liebte er leidenschaftlich, besinnungslos ... Ich habe viel durchgemacht. Aber wozu noch reden! Und so vereinigt sich alles in einem Bild ... Und ich ärgere mich: Warum ist meine Stiefmutter gestorben? Ich würde ihr jetzt gern begegnen!«

»Wozu?«

»Nur so, ich weiß nicht ...« antwortete sie lachend und schüttelte anmutig den Kopf. »Gute Nacht. Werden Sie gesund. Sobald Sie genesen sind, befassen wir uns mit Ihren Angelegenheiten ... Es ist Zeit.«

Als ich mich bereits verabschiedet hatte und nach der Türklinke griff, sagte sie:

»Was meinen Sie? Ob Polja immer noch bei ihm wohnt?«

»Wahrscheinlich.«

Ich ging auf mein Zimmer. So verbrachten wir einen ganzen Monat. An einem trüben Mittag, als wir beide in meinem Zimmer am Fenster standen und schweigend auf die Wolken, die vom Meer herannahten, und auf den blau gewordenen Kanal blickten und darauf warteten, daß gleich der Regen losprasseln würde, und als es dann in einem schmalen, dichten Streifen, der wie Tüll die Küste verhüllte, regnete, da wurde uns beiden plötzlich langweilig. Am gleichen Tag noch reisten wir nach Florenz.

Es geschah bereits im Herbst, in Nizza. Eines Morgens, als ich zu ihr ins Zimmer kam, saß sie im Sessel, die Beine übereinandergeschlagen, gebeugt, abgemagert, das Gesicht mit den Händen bedeckt, und weinte laut und bitterlich; ihr langes, unfrisiertes Haar fiel auf ihre Knie.

Der Eindruck des herrlichen, wunderbaren Meeres, das ich soeben erst gesehen und von dem ich erzählen wollte, war plötzlich verschwunden, und mein Herz krampfte sich vor Schmerz zusammen.

»Was ist denn?« fragte ich; sie nahm eine Hand vom Gesicht und winkte mir, ich solle hinausgehen. »Nun, was ist denn?« wiederholte ich und küßte, das erstemal in der ganzen Zeit unserer Bekanntschaft, ihre Hand.

»Nein, nein, es ist nichts!« antwortete sie schnell. »Ach, es ist nichts, nichts ist ... Gehen Sie ... Sie sehen doch, ich bin nicht angezogen.«

In furchtbarer Verwirrung ging ich hinaus. Die Ruhe und die sorglose Stimmung, in der ich mich so lange befunden hatte, waren vom Mitgefühl verdrängt. Ich wollte leidenschaftlich gern ihr zu Füßen fallen, sie anflehen, sie solle nicht einsam weinen, sondern ihren Kummer mit mir teilen, und das gleichmäßige Rauschen des Meeres brauste in meinen Ohren schon wie eine düstere Prophezeiung, und ich sah neue Tränen, neues Leid und neue Verluste voraus. Worüber, worüber weint sie? fragte ich mich und rief mir ihr Gesicht und den gequälten Blick ins Gedächtnis zurück. Mir fiel ein, daß sie schwanger war. Sie bemühte sich, ihren Zustand vor den Menschen und vor sich selbst zu verbergen. Zu Hause trug sie eine weite Bluse oder eine Jacke mit übertrieben üppigen Falten auf der Brust, und wenn sie irgendwohin ging, schnürte sie sich so fest, daß sie zweimal während eines Spazierganges in Ohnmacht fiel. Mit mir sprach sie nie über ihre Schwangerschaft, und als ich einmal erwähnte, es wäre gut, sich mit einem Arzt zu beraten, da wurde sie ganz rot und sagte kein Wort.

Als ich dann zu ihr ging, war sie bereits angekleidet und frisiert.

»Schon gut, schon gut!« sagte ich, als ich sah, daß sie wieder anfangen wollte zu weinen. »Lassen Sie uns lieber ans Meer gehen und uns ein bißchen unterhalten.«

»Ich kann nicht sprechen. Verzeihen Sie, ich bin jetzt in einer Stimmung, in der man allein sein möchte. Und bitte, Vladimir Ivanovič, wenn Sie das nächste Mal zu mir kommen, dann klopfen Sie vorher an.«

Dieses ›vorher‹ klang irgendwie eigenartig, unweiblich. Ich ging. Die verwünschte Petersburger Stimmung war wieder da, und alle meine Träume krochen in sich zusammen, krümmten sich wie Blätter in der Glut. Ich fühlte, daß ich wieder allein war, daß es zwischen uns zu keiner Annäherung kam. Ich war für sie das gleiche wie für die Palme da die Spinnwebe, die zufällig an ihr hing und die der Wind abreißen und forttragen würde. Ich schlenderte durch die Anlagen, wo eine Musikkapelle spielte, und besuchte das Kasino; dort betrachtete ich die elegant gekleideten, stark duftenden Frauen, und jede sah mich an, als wollte sie sagen: »Du bist allein, und das ist schön . . .« Dann ging ich auf die Terrasse und schaute lange aufs Meer. Fern am Horizont sah man kein einziges Segel, am linken Ufer lagen in violettem Dunst Berge, Gärten, Türme und Häuser, von der Sonne beschienen, aber alles wirkte fremd, gleichgültig und irgendwie konfus . . .

XVII

Nach wie vor trank sie des Morgens bei mir Kaffee, aber wir aßen nicht mehr gemeinsam zu Mittag; wie sie sagte, mochte sie nichts essen, und sie ernährte sich lediglich von Kaffee, Tee und verschiedenen Kleinigkeiten wie Apfelsinen und Sahne-bonbons.

Auch unsere abendlichen Gespräche fanden nicht mehr statt. Ich weiß nicht, warum es so war. Nachdem ich sie in Tränen angetroffen hatte, verhielt sie sich mir gegenüber etwas leichthin, mitunter geringschätzig, ja ironisch, und sie nannte mich, ich weiß nicht, warum, ›mein Herr‹. Was ihr früher sehr erstaunlich oder heroisch vorgekommen war und was bei ihr Neid und Entzücken erregt hatte, berührte sie nun überhaupt nicht mehr, und gewöhnlich reckte sie sich ein wenig, wenn sie mich angehört hatte, und sagte:

»Ja, die Sache war bei Poltava, mein Herr, so war's.«

Es geschah sogar, daß ich ihr tagelang nicht begegnete. Wenn ich manchmal schüchtern und schuldbewußt an ihre Tür klopfte, erhielt ich keine Antwort, klopfte ich noch ein-mal – Schweigen ... Ich stand an der Tür und horchte; da aber kam das Stubenmädchen vorbei und erklärte kalt: »Madame est partie.« Daraufhin ging ich im Hotelkorridor auf und ab, ich ging und ging ... Ich traf Engländer, vollbusige Damen und befrackte Kellner ... Und wenn ich lange auf den endlosen gestreiften Läufer blickte, der sich durch den ganzen Korridor zog, dann kam mir der Gedanke, daß ich im Leben dieser Frau eine sonderbare und wahrscheinlich falsche Rolle spielte und daß es nicht mehr in meinen Kräften stand, diese Rolle zu ändern; ich lief auf mein Zimmer, sank aufs Bett und dachte, dachte und konnte dabei zu keinem Schluß kommen, und für mich war nur klar, daß ich gern leben wollte und daß sie, je unschöner, trockener und gefühlloser ihr Gesicht wurde, mir desto näher war und ich desto stärker und schmerzhafter unsere Verwandtschaft emp-fand. Nun, dann meinetwegen ›mein Herr‹, dann meinet-wegen dieser leichte, geringschätzige Ton, meinetwegen mag sein, was will, nur verlaß mich nicht, mein Schatz. Ich bin jetzt schrecklich allein.

Daraufhin ging ich wieder hinaus auf den Korridor und

lauschte unruhig ... Ich aß nicht zu Mittag und bemerkte nicht, wie der Abend hereinbrach. Endlich hörte ich kurz vor elf Uhr auf der Treppe die bekannten Schritte, und um die Ecke kam Zinaida Fëdorovna.

»Sie gehen spazieren?« fragte sie im Vorübergehen. »Sie hätten lieber nach draußen gehen sollen ... Gute Nacht!«

»Werden wir uns denn heute nicht mehr sehen?«

»Es ist schon spät, wie's scheint. Aber wie Sie wollen.«

»Sagen Sie, wo waren Sie?« fragte ich, als ich ihr ins Zimmer folgte.

»Wo? In Monte Carlo.« Sie holte etwa zehn Goldmünzen aus der Tasche und sagte: »Hier, mein Herr. Gewonnen, und zwar beim Roulette.«

»Na, Sie werden doch nicht spielen!«

»Warum nicht? Ich fahre morgen wieder hin.«

Ich stellte mir vor, wie sie mit unschönem, kränklichem Gesicht, schwanger, stark geschnürt am Spieltisch stand, inmitten von Kokotten, kindisch gewordenen alten Frauen, die sich um das Gold drängten wie die Fliegen um den Honig, und mir kam zum Bewußtsein, daß sie hinter meinem Rücken nach Monte Carlo gefahren war.

»Ich glaube Ihnen nicht«, sagte ich plötzlich. »Sie fahren nicht dorthin.«

»Regen Sie sich nicht auf. Viel kann ich nicht verspielen.«

»Es handelt sich nicht um das Verspielen«, erwiderte ich ärgerlich. »Ist Ihnen denn, als Sie dort spielten, nicht der Gedanke gekommen, daß der Glanz des Goldes, alle diese Frauen, alte und junge, der Croupier, die ganze Einrichtung – daß all das eine gemeine, schändliche Verhöhnung der Tätigkeit des Arbeiters, des blutigen Schweißes ist?«

»Wenn ich nicht spielen darf, was soll ich dann tun?« fragte sie. »Und Tätigkeit des Arbeiters und blutiger Schweiß – diese schönen Phrasen heben Sie sich für ein andermal auf, aber jetzt, da Sie schon angefangen haben, erlauben Sie mir fortzufahren; erlauben Sie, daß ich ganz offen eine Frage stelle: Was soll ich hier tun, und was werde ich tun?«

»Was tun?« erwiderte ich achselzuckend. »Auf diese Frage kann ich nicht sogleich antworten.«

»Ich bitte Sie um eine Antwort auf Ehre und Gewissen, Vladimir Ivanyč«, sagte sie, und ihr Gesicht wurde böse. »Wenn ich mich einmal entschlossen habe, Ihnen diese Frage zu stellen, dann nicht deshalb, um allgemeine Phrasen zu hören. Ich frage Sie«, fuhr sie fort und klopfte mit der Handfläche auf den Tisch, als wolle sie den Takt dazu schlagen, »was ich jetzt tun soll. Und nicht nur hier in Nizza, sondern im allgemeinen?«

Ich schwieg und blickte durchs Fenster auf das Meer. Mein Herz schlug heftig.

»Vladimir Ivanyč«, sagte sie leise, stoßweise atmend; es fiel ihr schwer, zu sprechen. »Vladimir Ivanyč, wenn Sie selber nicht an die Sache glauben, wenn Sie nicht mehr daran denken, darauf zurückzukommen, weshalb ... weshalb haben Sie mich dann aus Petersburg weggeschleppt? Weshalb haben Sie Versprechungen gemacht und sinnlose Hoffnungen in mir erweckt? Ihre Überzeugungen haben sich geändert, Sie sind ein anderer Mensch geworden, und niemand wirft Ihnen das vor – Überzeugungen stehen nicht immer in unserer Macht, aber ... aber, Vladimir Ivanyč, um Gottes willen, warum sind Sie nicht aufrichtig?« fuhr sie leise fort und trat an mich heran. »Als ich diese ganzen Monate hindurch laut träumte, phantasierte, mich an meinen Plänen berauschte, mein Leben auf eine neue Grundlage stellte, warum haben Sie mir da nicht die Wahrheit gesagt, sondern geschwiegen oder mich mit Ihren Erzählungen noch angespornt und sich so verhalten, als könnten Sie mir alles völlig nachfühlen? Warum? Wozu war das nötig?«

»Es ist schwer, in diesem Bankrott ein Bekenntnis abzulegen«, erwiderte ich und drehte mich um, ohne sie anzusehen. »Ja, ich glaube nicht mehr, ich bin erschöpft, mutlos geworden ... Es fällt schwer, aufrichtig zu sein, furchtbar schwer, und ich habe geschwiegen. Gott bewahre jeden davor, das durchzumachen, was ich durchgemacht habe.«

Ich glaubte, ich würde gleich anfangen zu weinen, und schwieg.

»Vladimir Ivanyč«, sagte sie und nahm meine Hände. »Sie haben viel durchgemacht und erduldet, das wissen Sie besser als ich; denken Sie ernsthaft nach und sagen Sie mir: Was soll ich tun? Belehren Sie mich. Wenn Sie schon selber nicht die Kraft besitzen, anderen voranzugehen, so zeigen Sie mir wenigstens, wohin ich gehen soll. Willigen Sie ein, ich bin doch ein lebendiger, fühlender, denkender Mensch. In eine schiefe Lage zu geraten ... eine sinnlose Rolle zu spielen ... das fällt mir schwer. Ich werfe Ihnen nichts vor, ich beschuldige Sie nicht, ich frage Sie nur.«

Man brachte den Tee.

»Nun, was ist?« fragte Zinaida Fëdorovna und reichte mir ein Glas. »Was haben Sie mir zu sagen?«

»Licht kommt nicht nur vom Fenster«, antwortete ich. »Und außer mir gibt es auch noch andere Menschen, Zinaida Fëdorovna.«

»Dann zeigen Sie sie mir«, sagte sie lebhaft. »Ich bitte Sie darum.«

»Und ich will noch etwas sagen«, fuhr ich fort. »Einer Idee zu dienen braucht man nicht auf einem beliebigen Gebiet allein. Wenn Sie sich geirrt und den Glauben verloren haben, so können Sie etwas anderes ausfindig machen. Die Welt der Ideen ist weit und unerschöpflich.«

»Die Welt der Ideen!« entgegnete sie und blickte mir spöttisch ins Gesicht. »Dann hören wir lieber auf ... Was soll das hier ...«

Sie war errötet.

»Die Welt der Ideen!« wiederholte sie und schleuderte ihre Serviette beiseite, und ihr Gesicht zeigte Empörung und Abscheu. »Alle diese Ihre Ideen laufen, wie ich sehe, auf einen unausbleiblichen, unvermeidlichen Schritt hinaus: ich soll Ihre Geliebte werden. Das ist es, was not tut. Sich mit Ideen zu befassen und nicht die Geliebte des ehrenhaftesten, ideenreichsten Mannes zu werden – das heißt, keine Ideen zu verstehen. Damit muß man beginnen ... das heißt mit der Geliebten, alles übrige kommt dann von selbst.«

»Sie sind gereizt, Zinaida Fëdorovna«, sagte ich.

»Nein, ich bin aufrichtig!« schrie sie, schwer atmend. »Ich bin aufrichtig.«

»Sie sind aufrichtig, vielleicht, aber Sie irren sich, und es tut mir weh, das von Ihnen zu hören.«

»Ich irre mich!« Sie lachte. »Das könnte ein anderer sagen, aber nicht Sie, mein Herr. Mag ich mich undelikat, grausam zeigen, aber sei's drum: Lieben Sie mich? Sie lieben mich doch?«

Ich zuckte mit den Achseln.

»Ja, zucken Sie nur mit den Achseln!« fuhr sie spöttisch fort. »Als Sie krank waren, hörte ich, wie Sie im Fieber phantasierten, dann ständig diese schwärmerischen Augen, die Seufzer, die wohlgemeinten Gespräche über enge Freundschaft und geistige Verwandtschaft ... Aber, was die Hauptsache ist – warum sind Sie bis jetzt nicht aufrichtig gewesen? Warum haben Sie verheimlicht, was ist, und über das gesprochen, was nicht ist? Sie hätten von Anfang an sagen sollen, welche Ideen Sie eigentlich veranlaßt haben, mich aus Petersburg fortzuschleppen, dann würde ich es wissen. Ich hätte mich dann längst vergiftet, wie ich wollte, und wir würden jetzt nicht diese langweilige Komödie spielen ... Ach, wozu da reden!«

Sie winkte resigniert ab und setzte sich.

»Sie sprechen in einem Ton, als verdächtigten Sie mich unehrenhafter Absichten«, erwiderte ich gekränkt.

»Nun, meinetwegen. Was soll das hier. Ich verdächtige Sie keiner Absichten, weil Sie gar keine Absichten haben. Hätten Sie welche, dann würde ich sie auch erfahren. Außer Ideen und Liebe war bei Ihnen nichts. Heute Ideen und Liebe, und in der Perspektive würde ich dann Ihre Geliebte. So ist doch die Ordnung der Dinge im Leben wie in den Romanen ... Da haben Sie auf ihn geschimpft«, sagte sie und schlug mit der Handfläche auf den Tisch. »Nicht umsonst verachtet er all diese Ideen.«

»Er verachtet nicht die Ideen, sondern er fürchtet sie«, schrie ich. »Er ist ein Feigling und ein Lügner.«

»Nun, meinetwegen! Er ist ein Feigling, ein Lügner und hat mich betrogen, und Sie? Entschuldigen Sie meine Offenherzigkeit: wer sind Sie? Er hat mich betrogen und mich in Petersburg meinem Schicksal überlassen, und Sie haben mich hier betrogen und im Stich gelassen. Er hat aber wenigstens den Betrug nicht mit Ideen verbrämt, aber Sie ...«

»Um Gottes willen, wozu sagen Sie das?« unterbrach ich sie erschrocken; ich rang die Hände und trat schnell zu ihr. »Nein, Zinaida Fëdorovna, nein, das ist Zynismus, man darf nicht so verzweifeln, hören Sie mich an«, fuhr ich fort und klammerte mich an einen Gedanken, der mir mit einemmal unklar durch den Kopf schoß und der, wie ich meinte, uns beide retten könnte. »Hören Sie mich an. Ich habe in meinem Leben viel durchgemacht, so viel, daß sich mir schon bei der Erinnerung daran der Kopf dreht, und nun sieht mein Hirn und mein sich verzehrendes Herz wohl ein, daß die Bestimmung des Menschen entweder in gar nichts oder aber nur in einem besteht – in der aufopferungsvollen Liebe zum Nächsten. Danach sollten wir streben, und darin liegt unsere Bestimmung! Das ist mein Glaube!«

Weiter wollte ich noch von der Barmherzigkeit sprechen, von völliger Vergebung, doch meine Stimme klang plötzlich unaufrichtig, und ich wurde verlegen.

»Ich möchte leben!« sagte ich aufrichtig. »Leben, leben! Ich will Frieden, Ruhe, ich will Wärme, dieses Meer da, Ihre Nähe. Oh, wie gern möchte ich auch Ihnen diese leidenschaftliche Gier nach dem Leben einflößen! Sie haben soeben von der Liebe gesprochen, aber mir würde Ihre Nähe allein schon genügen, Ihre Stimme, der Ausdruck Ihres Gesichts ...«

Sie errötete und sagte hastig, um mich am Sprechen zu hindern: »Sie lieben das Leben, ich aber hasse es. Folglich sind unsere Wege verschieden.«

Sie goß sich Tee ein, rührte ihn aber nicht an, sondern ging ins Schlafzimmer und legte sich hin.

»Ich glaube, wir sollten dieses Gespräch lieber abbrechen«, sagte sie von dort aus zu mir. »Für mich ist schon alles zu Ende, ich brauche nichts mehr ... Wozu da noch reden!«

»Nein, es ist nicht alles zu Ende!«

»Nun, meinetwegen! Ich weiß es! Ich habe es satt ... Es ist genug.«

Ich blieb ein Weilchen stehen, schritt von einer Ecke in die andere und ging hinaus auf den Korridor. Als ich dann spät in der Nacht zu ihrer Tür ging und lauschte, konnte ich deutlich Weinen hören.

Am nächsten Morgen teilte mir der Hoteldiener, der mir die Kleidung brachte, lächelnd mit, die Dame auf Zimmer 13 komme nieder. Ich warf mir schnell etwas über und eilte, vor Schrecken ganz starr, zu Zinaida Fëdorovna. In ihrem Zimmer befanden sich der Arzt, die Hebamme und eine ältere russische Dame aus Charkov, die Darja Michajlovna genannt wurde. Es roch nach Äther. Ich hatte kaum die Schwelle überschritten, da hörte ich aus dem Zimmer, in dem Zinaida Fëdorovna lag, leises, klagendes Stöhnen, und es war, als trage mir der Wind diese Töne aus Rußland herüber, ich mußte an Orlov denken und seine Ironie, an Polja, an die Neva, die Schneeflocken, dann an die Droschke ohne Vorhänge, an die Prophezeiung, die ich dem kalten Morgenhimmel entnommen hatte, und an den verzweifelten Schrei: »Nina, Nina!«

»Sie können zu ihr gehen«, sagte die Dame.

Ich ging zu Zinaida Fëdorovna mit einem Gefühl, als sei ich der Vater des Kindes. Sie lag mit geschlossenen Augen da, hager, bleich, in einem weißen Spitzenhäubchen. Ich entsinne mich, daß ihr Gesicht zweierlei ausdrückte – einmal Gleichgültigkeit, Kälte, Erschöpfung, zum anderen wirkte es kindlich und hilflos durch die weiße Haube. Sie hörte nicht, wie ich eintrat, oder vielleicht hörte sie es, aber beachtete mich nicht. Ich blieb stehen, schaute sie an und wartete.

Da aber verzog sich ihr Gesicht vor Schmerzen, sie schlug die Augen auf und blickte an die Zimmerdecke, als wolle sie begreifen, was mit ihr geschah ... Auf ihrem Gesicht malte sich Abscheu.

»Ekelhaft«, flüsterte sie.

»Zinaida Fëdorovna«, rief ich sie leise.

Sie schaute mich gleichgültig und kraftlos an und schloß die Augen. Ich blieb noch eine Weile stehen und ging dann hinaus.

In der Nacht teilte mir Darja Michajlovna mit, ein Mädchen sei geboren worden, die Wöchnerin befinde sich aber in Gefahr; dann hörte ich im Korridor Laufen und Lärm. Wieder kam Darja Michajlovna zu mir und sagte, händeringend und mit verzweifeltem Gesicht:

»Oh, es ist furchtbar! Der Doktor vermutet, sie hat Gift genommen! Oh, wie schlecht benehmen sich die Russen hier!«

Am nächsten Tag, um die Mittagszeit, verschied Zinaida Fëdorovna.

XVIII

Zwei Jahre waren vergangen. Die Umstände hatten sich geändert, ich war zurück nach Petersburg gereist und konnte hier leben, ohne mich zu verstecken. Ich fürchtete mich nicht mehr davor, empfindsam zu sein und empfindsam zu scheinen, und ging ganz in dem väterlichen oder, richtiger, götzenanbeterischen Gefühl auf, das Sonja, Zinaida Fëdorovnas Tochter, in mir erregte. Ich fütterte sie selbst, badete sie, legte sie schlafen, ließ nächtelang kein Auge von ihr und schrie auf, wenn ich meinte, die Kinderfrau werde sie gleich fallen lassen. Meine Gier nach einem gewöhnlichen Alltagsleben war mit der Zeit immer stärker und aufreizender geworden, aber die weitläufigen Träume machten bei Sonja halt, als hätten sie in ihr endlich das gefunden, was mir not tat. Ich liebte dieses Mädchen wahnsinnig. In ihm sah ich die Fortsetzung meines Lebens, und mir schien es nicht nur, sondern ich spürte, ja glaubte beinahe, daß ich, wenn ich schließlich die Hülle meines langen, knochigen, bärtigen Körpers von mir abwerfen würde, dann in diesen blauen Äuglein, den weißblonden seidigen Härchen und in diesen weichen, rosigen Ärmchen, die so liebevoll mein Gesicht streichelten und mich umhalsten, weiterleben würde.

Sonjas Schicksal bereitete mir Sorge. Ihr Vater war Orlov, in der Geburtsurkunde hieß sie Krasnovskaja, und der einzige Mensch, der von ihrer Existenz wußte und für den sie von Interesse war, das heißt ich, hatte bald sein Lied ausgesungen. Ich mußte ernstlich über sie nachdenken.

Am zweiten Tag nach meiner Ankunft in Petersburg begab ich mich zu Orlov. Ein dicker alter Mann ohne Schnurrbart, aber mit rotem Backenbart, offenbar ein Deutscher, öffnete mir. Polja, die im Salon aufräumte, erkannte mich nicht, dafür aber erkannte mich Orlov sofort.

»Ah, der Herr Aufrührer!« sagte er, mich neugierig musternd, und lachte. »Wie kommen Sie hierher?«

Er hatte sich in keiner Weise verändert – immer noch dasselbe gepflegte, unangenehme Gesicht, dieselbe Ironie. Auf dem Tisch lag, wie in früheren Zeiten, ein neues Buch, zwischen dessen Seiten ein Messer aus Elfenbein steckte. Offensichtlich hatte er bis zu meiner Ankunft gelesen. Er bot mir einen Platz und eine Zigarre an und bemerkte beiläufig und mit einem Feingefühl, das nur ausgezeichnet erzogenen Menschen eigen ist – dabei verbarg er das unangenehme Gefühl, das mein Gesicht und meine dürre Figur bei ihm hervorriefen –, ich hätte mich überhaupt nicht verändert und man könne mich leicht erkennen, obwohl mir ein Bart gewachsen sei. Wir sprachen über das Wetter und über Paris. Um möglichst schnell die schwere unvermeidliche Frage loszuwerden, die ihn und mich quälte, fragte er:

»Zinaida Fëdorovna ist tot?«

»Ja, sie ist tot«, antwortete ich.

»Starb sie bei der Entbindung?«

»Ja, bei der Entbindung. Der Arzt vermutete eine andere Todesursache, aber ... für Sie wie für mich ist es beruhigender zu glauben, sie sei bei der Entbindung gestorben.«

Er seufzte aus Anstand und schwieg. Ein stiller Engel flog vorbei.

»So. Bei mir ist alles beim alten, es gibt keine besonderen Veränderungen«, berichtete er lebhaft, als er bemerkte, daß ich das Arbeitszimmer musterte. »Mein Vater ist, wie Sie wissen, in den Ruhestand getreten und arbeitet gar nicht mehr, ich bin ständig bei ihm. Erinnern Sie sich an Pekarskij? Er ist immer noch derselbe, Gruzin ist voriges Jahr an Diphtherie gestorben ... Nun, und Kukuškin lebt und erinnert sich ziemlich oft an Sie. Übrigens«, fuhr Orlov fort und schlug verlegen die Augen nieder, »als Kukuškin erfuhr, wer Sie sind, erzählte er überall, Sie hätten ihn angeblich angegriffen und ihn töten wollen ... er habe sich gerade noch retten können.«

Ich schwieg.

»Die alten Diener vergessen ihre Herren nicht ... Das ist sehr lieb von Ihnen«, scherzte Orlov. »Aber möchten Sie nicht Wein oder Kaffee? Ich lasse welchen kochen.«

»Nein, danke. Ich bin in einer sehr wichtigen Angelegenheit zu Ihnen gekommen, Georgij Ivanyč.«

»Ich bin kein Liebhaber von wichtigen Angelegenheiten, aber ich freue mich, Ihnen dienen zu können. Was wünschen Sie?«

»Sehen Sie«, begann ich bewegt, »bei mir befindet sich zur Zeit die Tochter der seligen Zinaida Fëdorovna ... Bis jetzt habe ich mich ihrer Erziehung gewidmet, aber wie Sie sehen, werde ich mich wohl bald in Rauch auflösen. Ich möchte gern in dem Gedanken sterben, daß sie untergebracht ist.«

Orlov war leicht errötet, schaute finster drein und warf einen flüchtigen, strengen Blick auf mich. Ihm war nicht so sehr die ›wichtige Angelegenheit‹ unangenehm als vielmehr meine Worte über die Auflösung in Rauch, über den Tod.

»Ja, darüber muß man nachdenken«, sagte er und bedeckte die Augen, als wolle er sie vor der Sonne schützen. »Ich danke Ihnen. Ein Mädchen, sagten Sie?«

»Ja, ein Mädchen. Ein prächtiges Mädchen!«

»So. Das ist natürlich kein Mops, sondern ein Mensch ... Verständlich, man muß ernsthaft überlegen. Ich bin bereit, mich zu beteiligen ... und ich bin Ihnen sehr verpflichtet.«

Er erhob sich, ging ein wenig auf und ab, wobei er sich auf die Fingernägel biß, und blieb vor einem Bild stehen.

»Darüber muß man nachdenken«, sagte er dumpf, mit dem Rücken zu mir. »Ich bin heute bei Pekarskij und werde ihn bitten, zu Krasnovskij zu fahren. Ich denke, Krasnovskij wird sich nicht lange zieren und einwilligen, dieses Mädchen zu sich zu nehmen.«

»Nein, verzeihen Sie, ich weiß nicht, was Krasnovskij damit zu tun hat«, entgegnete ich, wobei ich gleichfalls aufstand und zu einem Bild am anderen Ende des Zimmers trat.

»Aber sie trägt doch seinen Namen, hoffe ich!« sagte Orlov.

»Ja, er ist vielleicht nach dem Gesetz verpflichtet, dieses Kind zu sich zu nehmen, ich weiß es nicht, aber ich bin nicht zu Ihnen gekommen, Georgij Ivanyč, um über Gesetze zu sprechen.«

»Ja, ja, Sie haben recht«, stimmte er lebhaft zu. »Ich rede Unsinn. Aber Sie brauchen sich nicht aufzuregen. Wir werden das alles zur gegenseitigen Zufriedenheit regeln. Wenn nicht das eine, dann etwas anderes, wenn nicht jenes, dann etwas Drittes, aber so oder so, diese delikate Frage wird gelöst.

Pekarskij wird alles in Ordnung bringen. Seien Sie so gut und hinterlassen Sie mir Ihre Adresse, und ich werde Ihnen unverzüglich den Entschluß mitteilen, zu dem wir gekommen sind. Wo wohnen Sie?«

Orlov notierte meine Adresse, seufzte und sagte lächelnd: »Was für eine Kalamität, o Herr, Vater einer kleinen Tochter zu sein! Aber Pekarskij wird alles in Ordnung bringen. Er ist ein kluges Haus. Haben Sie lange in Paris gelebt?«

»Etwa zwei Monate.«

Wir schwiegen. Orlov fürchtete offenbar, ich könnte wieder von dem Mädchen sprechen, und um meine Aufmerksamkeit abzulenken, sagte er:

»Sie haben wahrscheinlich Ihren Brief schon vergessen, aber ich habe ihn aufgehoben. Ihre damalige Stimmung kann ich verstehen, und, offen gestanden, ich achte diesen Brief. Verwünschtes kaltes Blut, Asiat, Pferdegewieher – das ist nett und eigenwillig«, fuhr er ironisch lächelnd fort. »Der Hauptgedanke kommt vielleicht der Wahrheit nahe, obgleich man endlos streiten könnte. Das heißt«, hier stockte er, »nicht über den Gedanken selbst, sondern über Ihre Einstellung zu der Frage, über Ihr Temperament sozusagen. Ja, mein Leben ist anomal, verdorben, es taugt zu nichts, und ein neues Leben zu beginnen, daran hindert mich die Feigheit – da haben Sie völlig recht. Aber daß Sie sich das so zu Herzen nehmen, sich aufregen und in Verzweiflung geraten – das ist unvernünftig, da sind Sie ganz im Unrecht.«

»Ein lebendiger Mensch muß sich aufregen und in Verzweiflung geraten, wenn er sieht, wie er selbst zugrunde geht und wie ringsum andere zugrunde gehen.«

»Wer sagt das! Ich predige durchaus nicht Gleichgültigkeit, sondern ich will nur eine objektive Einstellung zum Leben. Je objektiver, desto geringer ist das Risiko, Fehler zu begehen. Man muß die Wurzeln bloßlegen und bei jeder Erscheinung den Grund aller Gründe suchen. Wir sind schwach geworden, heruntergekommen und schließlich gestrauchelt, unsere Generation besteht ausschließlich aus Neurasthenikern und Greinern, wir wissen auch nur, daß wir über Müdigkeit und Erschöpfung reden, aber schuld daran sind nicht Sie und nicht ich – wir sind zu unbedeutend, als daß das Schicksal unserer ganzen Generation von unserem Willen abhinge. Hier gibt es, das muß man bedenken, wichtige Gründe, allgemeine, die vom biologischen Standpunkt aus ihre solide raison d'être haben. Wir sind Neurastheniker, Nörgler, Abtrünnige, aber vielleicht ist das notwendig und nützlich für die Generationen, die nach uns leben werden. Kein einziges Haar fällt vom Haupt ohne den Willen des himmlischen Vaters – mit anderen Worten, in der Natur und in der menschlichen Umwelt geschieht nichts von selbst. Alles ist begründet und notwendig. Und wenn es so ist, weshalb sollen wir uns da besonders aufregen und verzweifelte Briefe schreiben?«

»Soweit gut und schön«, erwiderte ich nach einigem Nachdenken. »Ich glaube, die künftigen Generationen werden es leichter haben, für sie wird vieles erkennbarer sein, sie können auf unserer Erfahrung aufbauen. Aber man möchte doch leben, unabhängig von künftigen Generationen und nicht nur für sie. Das Leben wird nur einmal gegeben, und man möchte es sinnvoll, vernünftig und schön verbringen. Man möchte eine angesehene, selbständige, vornehme Rolle spielen, man möchte Geschichte machen, damit jene Generationen nicht das Recht haben, über jeden von uns zu sagen: das war eine Null oder noch etwas Schlimmeres ... Ich glaube an die Zweckmäßigkeit und die Notwendigkeit dessen, was ringsumher vor sich geht, aber was habe ich mit dieser Notwendigkeit zu schaffen, wozu muß mein Ich untergehen?«

»Nun, was soll man machen!« sagte Orlov seufzend, während er aufstand und damit zu verstehen geben wollte, das Gespräch sei schon beendet.

Ich griff nach meiner Mütze.

»Nur eine halbe Stunde haben wir gesessen, aber wieviel

Fragen haben wir gelöst, sieh mal an!« meinte Orlov, als er mich ins Vorzimmer begleitete. »Ich werde mich also darum kümmern . . . Heute noch treffe ich Pekarskij. Sie können sich auf mich verlassen.« Er blieb stehen und wartete, bis ich angezogen war, und er war sichtlich befriedigt, daß ich jetzt ging.

»Georgij Ivanyč, geben Sie mir meinen Brief zurück«, sagte ich.

»Jawohl.«

Er ging in sein Arbeitszimmer und kehrte nach wenigen Augenblicken mit dem Brief zurück. Ich dankte und ging.

Am nächsten Tag erhielt ich eine Nachricht von ihm. Er gratulierte mir zu der glücklichen Lösung der Frage. Pekarskij habe eine Bekannte an der Hand, so schrieb er, die eine Pension leite, eine Art Kindergarten, in dem bereits sehr kleine Kinder aufgenommen würden. Auf die Dame könne man sich völlig verlassen, aber bevor man mit ihr ein Abkommen treffe, müsse man eigentlich noch mit Krasnovskij sprechen – das sei aus formalen Gründen erforderlich. Er riet mir, mich unverzüglich zu Pekarskij zu begeben und bei dieser Gelegenheit die Geburtsurkunde mitzunehmen, wenn eine solche vorhanden sei. »Genehmigen Sie die Versicherung der aufrichtigen Hochachtung Ihres ergebenen Dieners . . .«

Ich las diesen Brief, und Sonja saß auf dem Tisch und schaute mich aufmerksam an, ohne mit der Wimper zu zucken, als wüßte sie, daß sich ihr Schicksal entschied.

Anhang

Zu dieser Ausgabe

In Auswahl und Übersetzung ist unsere Ausgabe der Čechovschen Prosa identisch mit der dreibändigen Dünndruck-Ausgabe des Winkler Verlags, München: ›Anton Tschechow, Kurzgeschichten und frühe Erzählungen (1883–1887)‹, ›Erzählungen aus den mittleren Jahren (1887–1892)‹ und ›Späte Erzählungen (1893–1903)‹, München 1968/1969.

Diese bislang vollständigste deutsche Čechov-Edition geht zurück auf die von den DDR-Slavisten Gerhard Dick und Wolf Düwel besorgte Ausgabe: ›Anton Tschechow, Gesammelte Werke in Einzelbänden‹, insgesamt acht Bänden (Prosa, Dramen, Briefe, Notizbücher, ›Insel Sachalin‹), erschienen im Verlag Rütten & Loening, Berlin 1964 f.

Die Übersetzung dieser beiden Ausgaben basiert auf der – was die Textgestaltung betrifft – bis heute aktuellsten russischen Čechov-Edition des Moskauer Staatsverlags für Schöne Literatur (Goslitizdat), 12 Bände, Moskau 1954–1957. Die neue, auf 30 Bände berechnete wissenschaftlich-kritische Čechov-Ausgabe, deren erste Bände 1975 erschienen, konnte bei der Revision der Übersetzungen nicht mehr berücksichtigt werden.

Mit Ausnahme der ›Kleinen Romane‹ (oder ›Novellen‹ – der russische Terminus ›povesti‹ deckt beide Begriffe unvollkommen und besitzt im Deutschen keine rechte Entsprechung) sind die Erzählungen wie in der Ausgabe bei Rütten & Loening chronologisch geordnet, entsprechend den Daten der russischen Erstveröffentlichung.

Die Anmerkungen unserer Ausgabe nennen an erster Stelle jeweils Titel und Titel des russischen Originals sowie Datum und Ort der Erstveröffentlichung; ein Verzeichnis der Abkürzungen der Zeitschriftentitel findet sich in jedem Band gesondert, den Anmerkungen vorangestellt. Es folgen Hinweise auf Korrekturen und Veränderungen, die Čechov bei Nachdrucken der Texte in den Erzählungs-Sammelbänden bis 1899 vorgenommen hat, d. h. bis zum Erscheinen der ersten russischen Gesamtausgabe bei A. F. Marks, Petersburg. Schließlich der Vermerk, welche Erzählung Čechov in welchen Band der ›Gesammelten Werke‹, der einzigen von ihm selbst kontrollierten Gesamtausgabe aufgenommen hat; diese Information erscheint insofern wichtig, als Čechov dabei vom streng chronologischen Ordnungsprinzip abgegangen ist, vielmehr den Charakter der einzelnen Erzählung zum Maßstab machte und dadurch, aus der Distanz von etwa 15 Jahren, eine eigene Einschätzung seiner frühen Arbeiten vorgenommen hat.

Die Anmerkungen greifen bewußt zurück auf ältere, Čechov zeitgenössische Nachschlagewerke; Zitate daraus besitzen ein eigenes Kolorit und vermitteln vom damaligen Wissensstand oft mehr als moderne Lexika dies vermögen. Pëtr Kropotkins Literaturgeschichte des russischen XIX. Jahrhunderts, ›Ideale und Wirklichkeit in der russischen Literatur‹, erstmals 1906 auf deutsch erschienen und eine der besten Informationsquellen über Literatur und Gesellschaft der Čechov-Zeit, liegt inzwischen im Nachdruck als Band 762 der ›edition suhrkamp‹ vor.

Zur Transkription

Die Transkription der russischen Namen folgt der in der Slavistik üblichen, die für die spezifisch russischen Laute diakritische Zeichen benützt. Die wichtigsten, vom deutschen Alphabet abweichenden Laute des Russischen sind:

č — ›tsch‹, wie Čechov

c — immer ›ts‹, wie in ›Zeichen‹

ch — immer hartes ›ch‹, wie in ›ach!‹ (nie wie in ›ich‹)

s — immer stimmloses, scharfes ›s‹, wie in ›essen‹

š — immer stimmloses, scharfes ›sch‹, wie in ›Asche‹

šč — nicht ›schtsch‹, sondern weiches, gedehntes ›sch‹ (š)

v — im Silbenanlaut, vor Vokalen und stimmhaften Konsonanten
  = ›w‹
  im Silbenauslaut und vor stimmlosen Konsonanten = ›ff‹

z — immer stimmhaftes, weiches ›s‹, wie in ›Rose‹

ž — immer stimmhaftes, weiches ›sch‹, wie in frz. ›jour‹

Jedes ›e‹ und ›i‹ palatalisiert den vorausgehenden Konsonanten, das heißt, wie mit einem leichten ›j‹-Vorschlag gesprochen.

Betontes ›e‹ (ë) wird wie ›jo‹ gesprochen und zieht automatisch die Wortbetonung auf sich.

Unbetontes ›o‹ wie ›a‹; betontes ›o‹ immer offen, wie im Wort ›offen‹ (nie wie in ›Ofen‹).

Namen und Anrede im Russischen

Im Russischen setzt sich jeder Name aus drei Teilen zusammen – dem Vornamen (Anton), dem Vatersnamen (Pavlovič oder, bei

Frauen, Pavlovna) und dem Familiennamen (Čechov). Die offizielle Anrede besteht aus Vor- und Vatersnamen (was das im Deutschen übliche ›Herr‹ bzw. ›Frau‹ ersetzt) – ›Anton Pavlovič‹ ist demnach soviel wie deutsch ›Herr Čechov‹. Die intim-vertrauliche Anrede beschränkt sich wie im Deutschen auf den Vornamen bzw. dessen Koseformen.

Im gesprochenen Russisch werden die ›korrekten‹ Formen des Vatersnamens gelegentlich abgeschliffen (für ›Ivan Ivanovič‹ oft auch nur ›Ivan Ivanyč‹), woraus sich zuweilen zweierlei Schreibweisen ergeben. Die ›abgeschliffene‹ Form wird gegenüber Personen gebraucht, die man zwar siezt, mit denen man aber doch auf bestimmte Weise vertraut ist, während die ›korrekte‹ Form des Vatersnamens in hochoffiziellen Situationen gebraucht wird, gegenüber Respektspersonen, Höhergestellten usw.

Maße und Gewichte

Gewichte:

1 *Pud*	=	40 Pfund oder 16,38 kg
1 *Pfund*	=	32 Lot oder 96 Zolotnik oder 410 g
1 *Lot*	=	3 Zolotnik oder 12,80 g
1 *Zolotnik*	=	4,26 g

Längenmaße:

1 *Verst*	=	500 Sažen oder 1067 m
1 *Sažen*	=	3 Aršin = 48 Veršok oder 2,134 m
1 *Aršin*	=	16 Veršok oder 71,1 cm
1 *Veršok*	=	44,45 mm

Flächenmaße:

1 *Desjatine*	=	2400 Quadrat-Sažen oder 1,0925 ha
1 *Quadrat-Verst*	=	104,17 Desjatinen = 1,138 km²

Russische Feiertage, Kirchenfeste, Fasten

Die Zahl der Feiertage lag im zaristischen Rußland wesentlich höher als in westlichen Ländern zur selben Zeit; das ›Große Enzyklopädische Wörterbuch‹, der russische Brockhaus, zählt in Band 48 (1898) in Rußland 98 Feiertage bei 267 Arbeitstagen (zum Vergleich Preußen: 60 bei 305 Arbeitstagen). Unter die Feiertage fielen, zu Čechovs Zeiten und in der zeitgenössischen Sprache des Baedeker, Staatsfeiertage wie das »Namensfest d. Kaiserin«, »Geburtsfest des Kaisers«, »Krönungsfest«, »Namensfest der Kaiserin-Witwe«, »Geburtsfest des Thronfolgers Alexei Nikolajewitsch« u. a.

Kirchenfeste waren neben dem Weihnachtsfest (am 25., 26. und 27. Dezember – die Datenangaben jeweils nach dem alten Kalender), Ostern (Donnerstag, Freitag und Samstag in der Karwoche sowie 1., 2. und 3. Osterfeiertag), Christi Himmelfahrt, Pfingsten (zwei Tage) sowie Freitag und Samstag in der Butterwoche, d. h. der Woche vor Beginn der Großen Osterfasten:

6. Januar	Erscheinung Christi
2. Februar	Christi Darstellung
25. März	Mariä Verkündigung
9. Mai	Fest des hl. Nikolaus des Wundertäters
29. Juni	Fest der Apostel Petrus und Paulus
6. August	Verklärung Christi
15. August	Mariä Himmelfahrt
29. August	Johannis Enthauptung
30. August	Fest des hl. Alexander Nevskij
8. September	Mariä Geburt
14. September	Kreuzeserhöhung
26. September	Fest des Evangelisten Johannes
1. Oktober	Mariä Schutz und Fürbitte
22. Oktober	Fest des wundertätigen Bildes der hl. Muttergottes von Kazan
21. November	Mariä Opfer
6. Dezember	Fest des hl. wundertätigen Nikolaus

Die Fasten (russisch ›post‹) der russisch-orthodoxen Kirche unterteilen sich in ein- und mehrtägige Fasten.

Die mehrtägigen Fasten sind:

1. die *Großen Fasten,* beginnend mit dem Montag nach der Karnevals- oder Butterwoche, 40 Tage vor Ostern;

2. die *Apostel-* oder *Petersfasten* vor Peter und Paul; diese sind vom Datum des Osterfests abhängig, daher von unterschiedlicher Länge;

3. *Uspenskij post* vom 1. bis 15. August zu Ehren der Muttergottes, vor Mariä Himmelfahrt;

4. die *Weihnachts-* oder *Philippifasten* vor Weihnachten, beginnend mit dem 14. November, 40 Tage vor Christi Geburt.

Eintägige Fasten jeweils mittwochs und freitags, mit Ausnahme der Karwoche (da diese Woche als »ein einziger lichter Tag« angesehen wurde), der Pfingstwoche, der zwölf Tage zwischen Weihnachten und Christi Erscheinung; ferner am

14. September zu Kreuzeserhöhung

29. August zu Johannis Enthauptung und am

5. Januar, dem Vorabend von Christi Erscheinung.
(Nach dem ›Großen Enzyklopädischen Wörterbuch‹, St.-Petersburg, Brockhaus/Efron, 1898, Band 48.)

Die russischen Rangklassen

Die Liste der Rangklassen in Rußland geht zurück auf Peter I. In Anlehnung an westliche Vorbilder (Frankreich, Preußen, Dänemark und Schweden) wurden durch Erlaß 1722 vierzehn Rangklassen geschaffen, die praktisch und ohne wesentliche Veränderung bis 1917 in Kraft blieben. Der petrinischen Reform des Staats- und Militärdienstes lag der Gedanke zugrunde, daß auch Nichtadelige durch Leistung (durch Erreichen eines Rangs) in den Adel erhoben werden konnten.

Zu Čechovs Zeiten wurden folgende Ränge an Zivil- bzw. Militärbeamte verliehen:

Klasse	Zivildienst	Militärdienst
1	Kanzler	Generalfeldmarschall
		General-Admiral
2	Wirklicher Geheimrat	General
		Admiral
3	Geheimrat	Generalleutnant
		Vize-Admiral
4	Wirklicher Staatsrat	Generalmajor
	Oberstaatsanwalt	Konter-Admiral
5	Staatsrat	
6	Kollegienrat	Oberst
	Militärrat	Kapitän 1. Ranges
7	Hofrat	Oberstleutnant
		Kapitän 2. Ranges
8	Kollegienassessor	Hauptmann
		Rittmeister
9	Titularrat	Stabshauptmann
		Stabsrittmeister
		Leutnant
10	Kollegiensekretär	Leutnant
		Schiffsfähnrich
11	Schiffssekretär	
12	Gouvernementssekretär	Sekondeleutnant
		Kornett
13	Provinzsekretär	

Senatsregistrator
Synodalregistrator
Kabinettsregistrator

Kollegienregistrator

Der Adelstitel, der auf dem Dienstwege verliehen wurde, war erblich für den, der ein Amt des 9. Rangs erreicht hatte; den Adelstitel beantragen konnte z. B. auch ein Unternehmen, das sein 100-jähriges Jubiläum feierte (vgl. die Novelle ›Drei Jahre‹, vgl. Gaevs Rede im 1. Akt des ›Kirschgarten‹).

Personen der oberen vier Rangklassen gebührte die Anrede ›Euer Exzellenz‹.

Nicht übersetzte Ausdrücke

Bliny – im Singular blin: der Pfannkuchen, der Fladen aus Buchweizen-, Weizen- oder Gerstenmehl (Pavlovskij), vgl. deutsch Plinse, auch Plinze. Russisches Backwerk, in schwimmendem Fett gebacken. Bliny wurden vor allem in der Butterwoche, der russischen Karnevalswoche vor dem 40tägigen Großen Fasten gebacken.

Katorga – vgl. Pavlovskij: »1. (veralt.) die Galeere, das Ruderschiff; 2. die Festungsbau-, Bergbaustrafe, Zwangsarbeit in den Bergwerken«; so auch oft übersetzt, zu Čechovs Zeiten meist in Sibirien, auf Sachalin oder in den Bergwerken am Karischen Meer verbüßt, verbunden mit anschließender Verbannung zur Zwangskolonisierung Sibiriens. *Katorga* aber auch im übertragenen Sinne – schweres, unerträgliches Leben, Hundeleben. Davon abgeleitet: *Katoržnik*, ›Zuchthäusler‹, der die Katorga verbüßt. Über Katorga und russischen Strafvollzug vgl. ausführlich Čechov, ›Die Insel Sachalin‹ (detebe 20270).

Kulak – wörtl. (Pavlovskij): »1. die Faust; ... 5. der Aufkäufer, Kleinhändler, Wiederverkäufer; 6. der Geizhals, Knicker«; davon abgeleitetes Abstraktum: Aufkäuferei, Mäklerei; die Wucherei. Meint abschätzig den reichen, durch Wuchergeschäfte reichgewordenen Bauern, für den es in der russischen Literatur zahlreiche Beispiele gibt – vgl. etwa Vosmibratov in Ostrovskijs Komödie ›Der Wald‹, vgl. zu diesem Begriff auch Čechov über die Rolle Lopachins im ›Kirschgarten‹ (detebe 20083).

Kvas – auch Kwaß, erfrischendes Getränk, zubereitet aus gesäuertem Schwarzbrotteig oder Schwarzbrot und Malz (Pavlovskij).

Ein in Rußland beliebtes Getränk, das die Stelle des Biers vertritt. Bei den Bauern besteht der K. nur aus einem trüben, sauern, noch gärenden Aufguß auf geschrotenes Getreide. Dagegen sind die feineren Sorten K., besonders der Äpfel- und Himbeerkvas, sehr wohlschmeckend (Brockhaus, 14. Aufl., Leipzig 1902).

Njanja – die russische Kinderfrau, die Amme; ist Bezeichnung und Anrede zugleich für die Amme, die neben den Dienstboten gehalten wurde und die – vgl. ›Drei Schwestern‹, ›Onkel Vanja‹ – im Hause verblieb, auch wenn die Kinder längst herangewachsen waren.

Varenje russische Spezialität, Eingemachtes, erscheint in Übersetzungen als ›Konfitüre‹, ›Marmelade‹, als ›das Eingemachte‹ (›Eingemachtes‹) aber auch als ›Saft‹ (so auch Pavlovskij). Wird anstelle von Zucker oft zum Süßen des Tees benützt.

Zakuska – vgl. Pavlovskij: »1. der Imbiß, das Gabelfrühstück; 2. die Zukost, das Zugemüse, Beiessen; 3. das Nachessen, Dessert, der Nachtisch.« In den vorliegenden Übersetzungen oft auch mit ›Imbiß‹ übersetzt, meint das, was man unmittelbar nach dem heruntergestürzten Glas Vodka ißt und was in Rußland unabdingbar zum Vodkatrinken gehört. Was als Zakuska alles genossen werden kann, diskutieren exemplarisch Lebedev, Borkin und Šabelskij im III. Akt des ›Ivanov‹ (detebe 20102).

Zemstvo – russischer terminus technicus aus der Verwaltung, bezeichnet die teilweise Selbstverwaltung des Landes im lokalen Bereich, eine der Errungenschaften aus der Zeit der ›großen‹ Reformen, eingeführt nach Aufhebung der Leibeigenschaft 1861, um die staatliche Verwaltung zu entlasten. Auf drei Jahre gewählte Vertreter der Adeligen, Bürger und Bauern (wobei das Wahlrecht dem Adel die führende Position sicherte) entschieden ab 1864 über die Instandhaltung von Straßen und Brücken, Unterhaltung von Fuhr- und Postdiensten, über den Ausbau des Elementarschulwesens, über Einrichtungen des Gesundheitswesens, z. B. den Bau neuer Krankenhäuser (vgl. ›Krankenzimmer Nr. 6‹; der in den Übersetzungen erscheinende ›Landarzt‹, zemskij vrač, ist der vom Zemstvo angestellte, der Zemstvo-Arzt). Die Zemstvos auf Kreis- und Gouvernementsebene befanden sich in ständiger Rivalität zur staatlichen Verwaltung und wurden 1890 durch Gesetz in ihren Kompetenzen derart eingeschränkt, daß sie praktisch zur Bedeutungslosigkeit verurteilt waren.

Krankenzimmer Nr. 6 (Palata Nr. 6). Russkaja mysl', Nr. 11 (November) 1892. Mit neuer Kapiteleinteilung als Einzelausgabe, 1893 (bis 1899 sieben Auflagen); so auch in der Bibliothek ›Für intellektuelle Leser‹ des Moskauer Verlags Posrednik, 1893, ²1894, ³1899. Mit geringfügigen Veränderungen, Korrekturen einzelner Wörter dann in der Gesamtausgabe letzter Hand, Band VI, 1901.

Gegenüber der definitiven Fassung hatte die erste Redaktion nur 6 Kapitel: I = I–IV, II = V–VIII, III = IX, IV = X–XI, V =.XII–XVIII, VI = XIX.

Geschrieben März–April 1892.

III

Katorga – Zwangsarbeit, verbunden mit Deportation nach Sibirien und anschließender Verbannung; vgl. dazu ausführlich die ›Insel Sachalin‹ (detebe 20270).

IV

Stanislausorden – russischer, ursprünglich polnischer Orden (gestiftet von König Stanislaus II. August zu Ehren des hl. Stanislaus), 1831 den russischen Orden einverleibt und 1839 auf drei Klassen beschränkt. Der Stanislaus (russisch: Stanislav) dritter Klasse war einer der geringsten Orden des zaristischen Rußland.

Schwedischer Polarstern – erfundener Orden.

V

Puškin mußte sich furchtbar quälen – das Duell, in dem Aleksandr Puškin 1837 fiel, fand am 27. Januar statt; Puškin wurde in den Unterleib getroffen und starb nach schwerem Todeskampf erst zwei Tage später.

der arme Heine – Heinrich Heine starb an einem Rückenmarksleiden, das ihn 1845 befallen hatte und seit dem Frühling 1848 ans Bett (seine ›Matratzengruft‹) fesselte, am 17. Februar 1856 in Paris.

VI

sang den Akathistos – in der griechisch-orthodoxen Liturgie eine Hymne auf die hl. Jungfrau Maria, die von Samstag auf den Sonntag Judica im Stehen gesungen wurde; in der russischen Kirche auch auf Christus und die Heiligen ausgedehnt.

Vrač – russ. »Der Arzt«, medizinische Wochenzeitschrift, erschien ab 1880 in Petersburg.

Aul – turkotatar. Wort, »das Dorf«; Pavlovskij: »(fast bei allen asiatischen Völkern Rußlands und bei den meisten Kaukasiern) das Dorf, Gehöft, Gezelt (der Nomaden).«

die Ideen der sechziger Jahre – in Rußland eine Zeit des geistigen Aufbruchs und der Reformen (nach dem Tode des Zaren Nikolaus I. 1855), die sich in der Aufhebung der Leibeigenschaft 1861 und der Justizreform 1864 manifestierten; im weiteren Sinn die Diskussionen, die die Zeitschrift ›Sovremennik‹ (Der Zeitgenosse), das Organ der revolutionären Demokraten, Nekrasov, Černyševskij, Dobroljubov, unter fortschrittlichen Intellektuellen initiierte und die 1866 verboten wurde.

VII

Antisepsis – griech. die Abtötung von Krankheitserregern in der Wunde durch chemische Mittel; der Brockhaus (14. Aufl., Leipzig 1901) zum damaligen Stand: »Mit der Annahme Gay-Lussacs, daß der Zutritt des Sauerstoffs die Fäulnis bewirke, glaubte man in der Abhaltung desselben eine wichtige antiseptische Maßregel zu erblicken. Pasteur wies aber nach, daß nicht der Sauerstoff, sondern lediglich die in der atmosphärischen Luft suspendierten kleinsten Mikroorganismen die eigentlichen Fäulniserreger sind. Diese durch vielfache Experimente gestützte Ansicht ist zuerst durch den englischen Chirurgen Sir Joseph Lister mit großem Erfolge in der Chirurgie praktisch verwertet worden. Nach Lister wurde mittels eines besonderen Zerstäubungsapparats (Spray) während der ganzen Operation ein Carbolsäurenebel erzeugt, der die Fäulniserreger vor ihrer Niederlassung auf die Wunde bereits unschädlich machen sollte. Erst nach dem Anlegen des mit Carbolsäure getränkten Verbandes, welcher nun seinerseits den Zutritt jener Keime verhindert, wurde die Zerstäubung unterbrochen.«

Sir Joseph Lister, 1827–1912, englischer Chirurg, nach ihm benannt der ›Listersche Verband‹.

Pirogov – Nikolaj Ivanovič Pirogov, 1810–1881, russischer Chirurg, Anatom und Pädagoge, seinerzeit führend auf dem Gebiet der experimentellen Chirurgie, Anatomie und Militärchirurgie; nach ihm benannt ist die ›Pirogovsche Fußgelenkamputation‹. Autor eines anatomischen Atlantenwerks, 1851 f.

Pasteur – Louis Pasteur, 1822–1895, französischer Chemiker und Biologe, erfand durch die Erkenntnis, daß Keime durch Hitze abgetötet werden können, die Grundlagen der Sterilisation (das Pasteurisieren). Vgl. auch oben, Antisepsis.

Koch – Robert Koch, deutscher Arzt und Bakteriologe, 1843 bis

1910, schuf die wichtigsten methodischen Grundlagen der bakteriologischen Forschung; Entdecker des Tuberkelbazillus, 1882, erhielt 1905 für seine Tätigkeit auf dem Gebiet der Tuberkulosebekämpfung den Nobelpreis für Medizin.

Elbrus – höchster Berg des Kaukasus, 5633 m hoch.

VIII

Schröpfköpfe – veralt. medizin. Gerät zum Schröpfen, d. h. zum lokalen Flüssigkeits- bzw. Blutentzug; »gewöhnlich kleine Glocken aus Glas. Man hielt dieselben über eine Flamme, um darin durch die Hitze die Luft zu verdünnen, und stülpte sie dann rasch auf die Haut, wo sie sich beim Erkalten durch den Druck der äußeren Atmosphäre fest ansaugten, die Haut in die Höhe zogen und Flüssigkeiten aus derselben zum Heraustreten brachten« (Brockhaus, Leipzig 1903).

IX

Dostoevskij – Fëdor Michajlovič, 1821–1881; in seiner Jugend unter dem Einfluß Belinskijs Mitglied des sozialistischen Kreises um Petraševskij, 1849 zu vier Jahren Zwangsarbeit in Sibirien verurteilt (›Aufzeichnungen aus einem Totenhaus‹), wandte sich Dostoevskij in den 70er Jahren in der Überzeugung, daß allein das russische Volk die christliche Wahrheit hüte, während sie den Intellektuellen durch die Anlehnung an die Entwicklung Westeuropas verlorengegangen sei, den Slavophilen zu und trat für die panslavistische Ideologie und einen idealen patriarchalischen Zarismus ein.

Voltaire – eigentl. François-Marie Arouet, 1694–1778; vertritt eine gemäßigte, mechanistische Weltauffassung, die in bezug auf den Menschen zur Leugnung der Willensfreiheit führt; soweit V. religiöse Fragen berührt, ist er Deist und leitet den Gottesglauben aus der Notwendigkeit ab, einen Ursprung der moralischen Ordnung zu wissen.

Diogenes – von Sinope, 404–323 v. u. Z., griechischer Philosoph und bekanntester Vertreter des Kynismus, der Lehre der Bedürfnislosigkeit; zog als Wanderlehrer umher und versuchte seine Lehre mit äußerster Konsequenz zu leben. Diogenes ist durch zahlreiche Anekdoten bekannt für seinen schlagfertigen Witz.

X

Mark Aurel – Marcus Aurelius Antonius, römischer Kaiser und Philosoph des Stoizismus, 161–180 n. u. Z.

Schmerz ist die lebendige Vorstellung... – Grundsatz der Lehre der Stoiker; diese Philosophenschule wurde von Zeno d. J.

308 v. u. Z. in Athen gegründet. Als Grundtugenden des Stoizismus gelten Gerechtigkeit, Tapferkeit und Beherrschung, die im Ideal des ›Weisen‹ zusammengefaßt sind; der Weise ist der wirklich ›freie‹ Mensch, den nichts in der Welt mehr erschüttert.

Furcht eines Hamlet vor dem Tod – Anspielung auf den berühmten Monolog ›Sein oder nicht sein‹ Hamlets im III. Akt, 1. Szene.

Sinekure – latein. (sine cura: ›ohne Sorge‹) Pfründe ohne Amtsgeschäfte, überhaupt Bezeichnung für ein müheloses, aber gut besoldetes, einträgliches Amt.

XII

Bromkalium – Brompräparat, Arzneimittel, das beruhigend und krampfstillend wirkt.

XIII

Pinsker Sümpfe – auch Pripet-Sümpfe im Kreis Pinsk, aber weit über den Kreis hinausreichend, im südwestlichen Teil des Gouvernements Minsk. Bei Gleisbauarbeiten wurden Teile des Sumpflandes trockengelegt.

Kapelle der Iberischen Muttergottes – in Moskau, unmittelbar am Kreml, mit dem berühmtesten Heiligenbild Moskaus, der Ikone der wundertätigen Iberischen Muttergottes; »die die Kaiser jedesmal bei der Ankunft in Moskau vor dem Betreten des Kreml aufsuchen. Die Kapelle ist dicht umdrängt, auch nachts; man hüte sich vor Taschendieben« (Baedeker, ›Rußland‹, 7. Aufl., Leipzig 1912).

die große Glocke – auch ›Zarenglocke‹ (Car'-kolokol), die größte Glocke der Welt, 7,9 m hoch und 201 924 kg schwer. »Auf Befehl der Kaiserin Anna wurde die Glocke, wie die Inschrift nachweist, 1735 von dem Moskauer Glockengießer Matorin aus älterem Material gegossen, blieb an dem Gußort liegen und wurde 1737 durch eine Feuersbrunst, wobei ein Stück absprang, beschädigt. Sie lag fast 100 Jahre in der Erde, bis sie 1836 von dem Architekten Monferrand gehoben und an ihre jetzige Stelle gebracht wurde«, auf einen Granitsockel auf dem Zarenplatz im Kreml. (Baedeker, ›Rußland‹)

die Erlöserkirche – erhob sich »weithin sichtbar am l. Ufer der Moskva, auf einem großen Platz« zwischen der Volchovka und dem linken Moskvaufer, an der Stelle des heutigen ›Freiluftschwimmbads Moskau‹; 1837–83 zum Andenken an das Jahr 1812 erbaut. »Die Kirche (102 m hoch; 6750 qm Flächeninhalt; Baukosten über 15 Millionen R.) hat die Form eines

griechischen Kreuzes und wird von fünf vergoldeten Kuppeln
überragt, von denen die Hauptkuppel 30 m im Durchmesser
hat; die Außenwände sind mit Marmor bekleidet. Die zwölf
Portale (je drei an jeder Fassade), zu denen breite Granit-
treppen hinaufführen, sind kunstreich in Bronze gegossen. Das
Dach wird von einer vergoldeten Bronzebalustrade umzogen.
Die 48 in Marmor ausgeführten Hochreliefs an den Fassaden
sind von Loganovskij, Ramazanov und Baron Klodt. – Das
Innere, durch 60 Fenster hell erleuchtet, ist in Gold und Marmor auf das reichste ausgestattet und macht einen durchaus
harmonischen Eindruck. Bei feierlichem Gottesdienst brennen
an 3700 Kerzen; berühmter Kirchengesang.« (Baedeker)
Rumjancev-Museum – bedeutende russische Kunstsammlung, be-
nannt nach ihrem Stifter, dem russischen Staatsmann und
Mäzen Graf Nikolaj Petrovič Rumjancev, 1753–1826; war
untergebracht in einem Barockpalais Ecke Volchovka und
Znamenka, der heutigen Frunze-Straße; das Gebäude beher-
bergt heute einen Teil der Leninbibliothek.
Testov – Speiserestaurant am ehemaligen Theaterplatz (heute
Sverdlova ploščad'), Ecke Voskresenskaja.

XIV

Warschau – kam 1815 an Rußland und war, bis 1918, »Hauptstadt des Generalgouvernements Warschau oder Polen«, »Sitz
des Generalgouverneurs von Warschau, des Zivilgouverneurs,
eines Erzbischofs der griechisch-katholischen und der römisch-
katholischen Kirche, des Kommandierenden des Militärbezirks
Warschau und der Generalkommandos des VI. und XV. Armee-
korps, ferner einer russischen Universität und eines russischen
Polytechnikums«; die Straßenschilder waren »in polnischer
Sprache (lateinische Schriftzeichen) und in russischer Sprache«
(Baedeker, ›Rußland‹, 1912).

XVI

Konsilium – latein. Rat, Beratung; unter Ärzten gemeinschaft-
liche Beratung mehrerer Ärzte über Diagnose und Therapie
eines Patienten.

XVII

Apotheose – griech.-latein. Verklärung; Vergötterung. Als Terminus technicus der Theatersprache: der Verherrlichung die-
nendes, feierliches Schlußbild auf der Bühne, oft zur Erhebung
von Personen und Helden in überirdische Höhe (aus dem
Barocktheater).

Erzählung eines Unbekannten (Rasskaz neizvestnogo čeloveka;
wörtlich: Erzählung eines unbekannten Menschen). Russkaja mysl',
Nr. 2 (Februar) und Nr. 3 (März) 1893. Mit zahlreichen, z. T. er-
heblichen Kürzungen und Korrekturen in SS VI, 1901.

Begonnen hatte Čechov diese Novelle, wie aus einem Brief an
L. Gurevič vom 22. Mai 1893 hervorgeht, bereits »in den Jahren
1887/88, ohne die Absicht, sie irgendwo zu drucken, und sie dann
liegen gelassen«; August 1891 hatte sich die Redaktion des ›Severnyj vestnik‹ mit der Bitte um einen Beitrag an Čechov gewandt,
der daraufhin dem Redakteur M. Albov diese ›kleine Novelle‹ als
fast fertig anbot, noch unter dem Titel ›Erzählung eines meiner
Patienten‹, sie jedoch im Oktober wieder zurückzog mit dem Hin-
weis darauf, daß die Zensur sie doch nicht durchgehen lassen
würde. Abgeschlossen wurde die Novelle im Herbst 1892.

Was den Titel anging, war Čechov sich selbst nicht schlüssig, am
9. Februar 1893 machte er dem Redakteur der ›Russkaja mysl'‹,
V. Lavrov, folgende Vorschläge: »›Erzählung eines meiner Patienten‹ geht auf gar keinen Fall: riecht nach Krankenhaus. ›Der
Diener‹ (Lakai) taugt ebensowenig: entspricht nicht dem Inhalt
und ist grob. Was wollen wir uns also einfallen lassen? 1) In
Petersburg. – 2) Erzählung eines meiner Bekannten. Der erste ist
langweilig, der zweite irgendwie lang. Vielleicht einfach ›Erzäh-
lung eines Bekannten‹. Aber weiter: – 3) In den achtziger Jahren. –
Das ist prätenziös. – 4) Ohne Titel. – 5) Novelle ohne Titel. – 6)
Erzählung eines Unbekannten. – Der letzte, scheint mir, ginge.
Wollen Sie? Wenn Sie wollen, in Ordnung.«

1

Aus Gründen, die man jetzt nicht ausführlich darlegen kann –
Čechov legt sie dar in seinen Briefen an M. Albov, Redakteur
der Zeitschrift ›Severnyj vestnik‹ (Bote des Nordens): »Aber
mich bestürmen Zweifel sehr ernsten Charakters: ob die Zensur sie (die Erzählung) durchgehen läßt? Der Sever. Vestn.
unterliegt doch der Zensur, und meine Erzählung könnte, obgleich sie keine schädlichen Lehren verkündet, so doch in der
Zusammensetzung ihrer Figuren den Zensoren mißfallen. Erzählt wird sie von der Person eines ehemaligen Sozialisten,
und als Held Nr. 1 figuriert in ihr der Sohn des Kollegen
Minister für innere Angelegenheiten. Mein Sozialist wie auch
der Sohn des Kollegen Minister sind stille Knaben und befassen sich in der Erzählung nicht mit Politik, aber ich fürchte
dennoch, oder halte es zumindest für verfrüht, dem Publikum

diese Erzählung anzukündigen« (Brief vom 30. September 1891).

Feind meiner Sache – die ebenfalls nicht beim Namen genannt werden durfte: des Sozialismus. Angesichts der drakonischen Strafen für sozialistische Agitation, der zahlreichen politischen Prozesse, der Verkündigung des Belagerungszustandes durch Alexander II. und zahlreicher Todesurteile – Kropotkin gibt in seinen ›Memoiren eines russischen Revolutionärs‹ (Teil II, 15. Kapitel) ein eindrückliches Bild der Situation – hatten sich die Formen des revolutionären Kampfes verschärft. »Selbstverteidigung lautete nun das Losungswort der Revolutionäre; Selbstverteidigung gegen die Spione, die sich unter der Maske der Freundschaft in die Kreise einschlichen und deren Mitglieder schonungslos denunzierten, lediglich, weil sie nur bei einer genügenden Zahl von Denunziationen Bezahlung erhielten; Selbstverteidigung gegen die Peiniger der Gefangenen; Selbstverteidigung gegen die allmächtigen Häupter der Staatspolizei. Drei hochstehende Beamte und zwei oder drei untergeordnete Spione fielen dieser neuen Phase des Kampfes zum Opfer.« (Kropotkin, ›Memoiren‹).

Verlag Posrednik – russ. ›posrednik‹: der Mittler, Vermittler, Mittelsmann; 1884 auf Initiative des Grafen Lev N. Tolstoj gegründeter Buchverlag aufklärerischer Richtung, zur Verbreitung guter Literatur in populären Ausgaben. Tolstoj selbst nahm an dem Verlag regen Anteil, schrieb Vorworte etc. Verlegt wurden u. a. Leskov, Garšin, Gorkij, Korolenko, auch Čechov. Der Verlag bestand bis 1935.

Znamenskaja – Straße im Zentrum Petersburgs, im Stadtteil Litejnaja, Querstraße zum Nevskij Prospekt.

II

Turnüre – Bestandteil von Damenkleidung, wulstartiges Polster zum Aufbauschen des Rockes.

III

Pekarskij – russ. ›pekar'‹: der Bäcker.

wenn sie Gogol oder Ščedrin lesen – Nikolaj Gogol, 1809–1852; Ščedrin oder Michail Evgrafovič Saltykov-Ščedrin, 1826–1889, bekannter und beliebter russischer Satiriker, der an Gogol anknüpfte; Mitarbeiter der Zeitschriften der revolutionären Demokraten (Sovremennik, Otečestvennye zapiski); einer der Freunde und Förderer Čechovs. Seine wichtigsten Werke: ›Geschichte einer Stadt‹ (1869/70), ›Die Herren Golovlev‹ (1875–80), seine satir. ›Märchen‹ (1869/86).

Kukuškin – russ. ›kukuška‹: der Kuckuck.

Nevskij Prospekt – Prachtstraße in Petersburg, im Zentrum ge-
legen, längste Straße der Stadt, mit eleganten Geschäften,
Restaurants, Hotels.

Gruzin – russ. ›gruz‹: die Last, Ladung, Fracht; ›gruznyj‹:
schwer, schwerfällig; ›gruzin‹: der Georgier, Gruzinier.

Aphorismus von Prutkov – unter dem fiktiven Namen ›Kozma
Petrovič Prutkov‹ publizierten die Dichter Aleksej K. Tolstoj (1817–1875), Aleksej Michajlovič Žemčužnikov (1821–
1908) und dessen Bruder Vladimir (1830–1884) in den Jahren
1859–1863 satirisch-parodistische Verse, Fabeln, Epigramme,
Aphorismen, Komödien, hauptsächlich in der Zeitschrift
›Sovremennik‹, wo 1863 auch ein Nekrolog auf den »selbst-
zufriedenen, stumpfen, gutmütigen und edlen« Dichter erschien, den komischen Typen eines schreibenden Beamten.

ein Plaid – »der lange, deckenartige Überwurf der Bergschotten,
aus einem einzigen Stück groben, je nach den Clans auf verschiedene Art gewürfelten oder bunt karierten Tuchs be-
stehend; wird bei gutem Wetter, zusammengeschlagen, auf
einer Schulter getragen. Der P. hat in neuerer Zeit auch
außerhalb Schottlands vielfach Eingang gefunden, besonders
zum Gebrauch auf Reisen« (Meyers Konversations-Lexikon,
3. Aufl., Leipzig 1877).

Was bringt er mir, der künft'ge Morgen – Zitat aus der Arie
Lenskijs (»Wohin, wohin seid ihr entschwunden«) aus der
Oper ›Evgenij Onegin‹ von Pëtr Čajkovskij, nach dem gleich-
namigen Roman von Aleksandr Puškin; im Puškinschen Ro-
man Kapitel VI/21. Es ist die Nacht vor dem Duell mit
Onegin; in der Übersetzung von Theodor Commichau und
Konrad Schmidt lautet die Stelle: »Wohin, wohin bist du
entschwunden, / Du, meiner Jugend güldner Mai? / Was
bringt er mir, der nächste Morgen? / Sein Antlitz, tief in
Nacht verborgen, / Ist unerfaßbar meinem Blick.«

in die Vorstadt fahren – in Petersburg z. B. Krestovskij Ostrov; »versäume der Fremde nicht, falls er die Kosten eines
teuren Soupers und das Zusammentreffen mit möglicherweise
lockerer Gesellschaft nicht scheut, die russischen und die
Zigeuner-Sängerchöre anzuhören, die ihre sehr originellen
Vorträge meist in den eleganten außerstädtischen Restaurants
zum besten geben, die im Winter das Ziel der nächtlichen
Troiken (Schlitten)-Fahrten der Jeunesse dorée sind« (Baedeker, ›Rußland‹, 7. Aufl., Leipzig 1912).

IV

ein prächtiger Trumeau – franz. ›Fensterpfeiler‹, ihn bedecken-
der Spiegel; Wandspiegel.

V

Contant, Donon – elegante Speiserestaurants, Luxuslokale im
Zentrum Petersburgs; »Die großen Petersburger Restaurants
sind meist in den Händen von Franzosen oder Deutschen oder
neuerdings von Kellnergenossenschaften und entbehren ganz
der nationalen Eigentümlichkeiten, die die Moskauer sog.
Traktirs auszeichnen. Mittags und abends vielfach Salon-
orchester.« (Baedeker)

die Petersburger Seite – im Gegensatz zum eigentlichen Zentrum
Petersburgs, das mit den bisher genannten Lokalitäten links
der Neva liegt; rechts, vorgelagert die Peter-Pauls-Festung
und eingefaßt von den Armen der Malaja Neva und der
Bolšaja Nevka, liegt die Petersburger Seite (oder Peterburg-
skij Ostrov), nur über Brücken erreichbar, vgl. unten, Kapitel XIV.

mit kirchenslavischen Textstellen prunken – Idiom, das auf die
Slavenapostel Kirill und Metod (IX. Jahrhundert) zurückgeht
und das sich, mit Modifikationen, bis heute als die offizielle
Sprache der russisch-orthodoxen Kirche erhalten hat; sprach-
geschichtlich für die slavischen Sprachen von etwa dem Stellen-
wert, wie ihn das Vulgärlatein für die Erforschung der roma-
nischen Sprachen besitzt.

Hier träumt Margarethe – Anspielung auf den ›Faust‹ bzw. auf
die Oper ›Margarethe‹ (›Faust et Marguerite‹) des französischen Komponisten Charles Gounod (1859).

Robber – in den Kartenspielen Whist und Bridge sowie der in
Rußland Whint genannten Spielart ein durch zwei Gewinn-
partien abgeschlossenes Spiel; über Whint vgl. gleichnamige
Erzählung, Band I.

das siebente Gebot – entspricht in der lutherischen Kirche dem
sechsten Gebot, »Du sollst nicht ehebrechen«.

Turgenev lehrt, daß jedes hochstehende Mädchen . . . – Anspie-
lung auf die Frauengestalten in den Romanen Ivan Turgenevs
(1818–1883), z. B. Nataša in ›Rudin‹ (1856), Liza gegenüber
Lavreckij im ›Adelsnest‹ (1859), Elena im ›Vorabend‹ (1860).
»Schon in Nataša hat Turgenev ein Porträt des russischen
Mädchens gegeben, das in der Stille des Dorflebens aufge-
wachsen ist, aber in ihrem Herzen, ihrem Geist und ihrem
Willen die Keime dessen hat, was Menschenherzen zu höherem

Tun erhebt. Rudins begeisterte Worte, sein Appell an das, was groß und lebenswert ist, entflammt sie. Sie ist bereit, ihm zu folgen und an dem großen Werke zu helfen, für das er so eifrig und erfolglos eintrat; aber es zeigt sich, daß er ihr nicht ebenbürtig ist. Turgenev sah also schon im Jahre 1855 den Frauentypus kommen, der später eine so bedeutende Rolle im Aufleben des jungen Rußlands spielte.« (Kropotkin, ›Ideale und Wirklichkeit in der russischen Literatur‹, dt. Leipzig 1906.)

licentia poetica – latein. ›dichterische Freiheit‹.

Vieni pensando a me segretamente – italien. Etwa: ›Komm und halt mich heimlich im Herzen.‹

Turgenevscher Held, gezwungen, Bulgarien zu befreien... – Anspielung auf den bulgarischen Patrioten Insarov aus dem Roman ›Vorabend‹ (1860); »der völlig in einer Idee aufgeht – der Befreiung seines Landes; ein Mann von Eisen, der jede melancholische oder philosophische Träumerei von sich abgeschüttelt hat und geradewegs seinem Lebensziel nachgeht« (Kropotkin) und in den sich die weibliche Hauptfigur, Elena, verliebt. Die Befreiung Bulgariens, zumindest von der Herrschaft der Türken, war eines der Resultate des Russisch-Türkischen Kriegs 1877/78.

sich wie Othello aufführen – Othello, der Mohr von Venedig, Titelgestalt der Tragödie von Shakespeare, der Desdemona, seine Frau, aus Eifersucht erwürgt.

VI

Ščedrin – oder Saltykov-Ščedrin, vgl. oben, Kapitel III.

VII

ohne langes Haar nicht einer Idee dienen – ironische Anspielung auf die Haartracht oppositioneller russischer Schriftsteller; »einer Idee dienen«: der des Fortschritts, der Freiheit und einer bürgerlich-demokratischen Verfassung.

VIII

Sergievskaja – Straße im Zentrum Petersburgs, zwischen dem Sommergarten und dem Taurischen Garten, vermutlich nur ein paar Straßenzüge von Orlovs Wohnung entfernt.

X

die Anomalie der Ehe – Anspielung auf die 1889 erschienene, viel diskutierte und heftig umstrittene ›Kreutzersonate‹ von Lev Tolstoj; vgl. auch ›Anna Karenina‹ und Čechovs ›Duell‹ (detebe 20267).

Skrofulose – Krankheit des Kindes- und Jugendalters, mit Anlage zu hartnäckigen entzündlichen Leiden der Haut (Ausschläge, besonders der Kopfhaut), Schleimhäute, Knochen und Gelenke, besonders der Lymphdrüsen, die anschwellen (»Skrofeln«) und vereitern. Symptome: blasses, meist gedunsenes Gesicht, geschwollene Lippen und Nase, aufgetriebener Leib.

Čajkovskij – Pëtr Čajkovskij, 1840–1893, russischer Komponist und Klassiker der russischen Musik; Opern und Ballettmusik (›Eugen Onegin‹, ›Pique Dame‹, ›Mazeppa‹), ›Nußknackersuite‹, ›Schwanensee‹, symphonische Dichtungen, Klavier- und Violinkonzerte, Klaviersonaten, Lieder.

Saint-Saëns – Camille Saint-Saëns, 1835–1921, französischer Komponist, einer der führenden französischen Instrumentalkomponisten seiner Zeit; auch Kantaten, Motetten, Opern (›Henri VIII‹, ›Samson et Dalila‹) – Einen Reflex der Samson-Sage vgl. in Kap. XII, ›dem biblischen Kraftmenschen gleich . . .‹.

Ich hinterlasse Ihnen . . . – zum Brief Vladimir Ivanovičs vgl. den Schlußmonolog Ivanovs (›Ivanov‹), vgl. ›Das Duell‹; dieser Brief ist eine weitere, sublimere Auseinandersetzung Čechovs mit dem Phänomen des russischen ›überflüssigen Menschen‹ und der sogenannten ›Oblomovščina‹.

dem biblischen Kraftmenschen gleich – gemeint ist Simson, auch Samson, der Nationalheld der alten Israeliten; in Gaza, im Altertum die südlichste und mächtigste Hauptstadt der Philister, fand Simson, der die Stadttore Gazas ausgehoben haben soll, im Tempel des Philistergottes Dagon den Tod. – Vgl. dazu ›Ivanov‹, vor allem Akt III und IV, ›Der Kirschgarten‹ und die Monologe des Studenten Trofimov im II. Akt (detebe 20102 und detebe 20083).

ein lebendiger, freier, kühner Gedanke – das russische Wort für ›Gedanke‹ (mysl') hat auch die Bedeutung von ›Denken‹ (als substantiviertem Verbum), vgl. den Zeitschriftentitel ›Russkaja mysl'‹: Russisches Denken. Zu lesen also auch: ›ein lebendiges . . . Denken‹.

In einer Novelle von Dostoevskij – gemeint ist die Szene aus dem Roman ›Die Erniedrigten und Beleidigten‹ (1861), Teil I, Kapitel 13, wo der alte Ichmenev das Medaillon mit dem Bild seiner Tochter Nataša zertrampelt, aus Wut darüber, daß sie sich vom Sohn seines ungleichen Rivalen, des Fürsten Valkovskij, hat entführen lassen.

Petersburger Seite, auf der Newa – vgl. oben, Anmerkung Kapitel v.

xiv

das Melodram Pariser Bettler – im russischen Original sind es. Bettler im Plural (niščie); möglicherweise handelt es sich um das Melodram ›Le chiffonnier de Paris‹ (1847) des französischen Schriftstellers und Dramatikers Felix Pyat, 1810–1889, eines Klassikers dieser Gattung. ›Le chiffonnier de Paris‹, das erfolgreichste Stück Pyats, stellt in Gegensatz zur verdorbenen Welt der Bourgeois einen armen Pariser Lumpensammler, einen tapfereren, lebenslustigen, frohen Greis. Felix Pyat, Demokrat und Republikaner, mußte wegen Unterzeichnung eines revolutionären Manifests 1848 Frankreich verlassen und lebte bis 1869 im Exil in England, Mitglied der Pariser Commune 1871, nach deren Niederschlagung zum Tode verurteilt.

bijoux – franz. ›Schmuck, Schmuckstücke‹.

Père Goriot – 1834/35 erschienener Roman von Honoré de Balzac, 1799–1850; Balzac war auch in Rußland sehr populär, eine russische Balzac-Ausgabe in 20 Bänden erschien 1896–1899, über Balzac schrieben u. a. Belinskij, Černyševskij, Saltykov-Ščedrin, Gorkij. Die Stelle im ›Père Goriot‹, auf die angespielt wird, lautet: »Und er warf auf diesen brausenden Bienenstock einen Blick, der im voraus den Honig daraus zu saugen schien, und sagte die erhabenen Worte: ›Jetzt wir zwei!‹« (A nous deux maintenant, die Worte, die der 20jährige Balzac bei seiner Ankunft in der Hauptstadt auf dem Friedhof von Montmartre ausgerufen haben soll.)

xv

Hotel Bauer – in Venedig, im russischen Original deutsch; das Hotel, in dem Čechov auf seiner Westeuroparreise im Frühjahr 1891, zusammen mit Suvorin, abgestiegen war; wie überhaupt die folgenden Stationen der Erzählung mit denen der Reise Čechovs (einschließlich der genannten Sehenswürdigkeiten) nahezu identisch sind; Čechov besuchte mit Suvorin Venedig, Bologna, Florenz, Rom, Neapel, Nizza, Monte Carlo, Paris – vgl. dazu Čechovs Briefe von dieser Reise (Mitte März bis Ende April 1891), sowie Notizbuch Nr. 1 (1891–1904) die ersten Seiten.

Canova – Antonio Canova, 1757–1822, italienischer Bildhauer, einer der Hauptvertreter der klassizistischen Plastik; in Venedig wurde ihm 1827 in der Kirche de' Frari das Denkmal errichtet, das er selbst für Tizian entworfen hatte.

Falieri – Marino, Doge von Venedig, 1278–1355, wurde, nachdem seine Erhebung mit den Bürgern der Stadt gegen den Senat verraten worden war, auf der großen Treppe des Dogenpalastes hingerichtet: geteert und gefedert.

ein überflüssiger Mensch – feststehender Begriff aus der russischen Literatur- und Geistesgeschichte, meint Angehörige der privilegierten russischen Stände, die für ihre Talente und Fähigkeiten keine Verwendung fanden und zur politischen und sozialen Untätigkeit verurteilt waren oder sich selbst dazu verurteilten; vgl. dazu ausführlich die Anmerkungen zu Kapitel III der Novelle ›Das Duell‹ (detebe 20267).

XVII

Ja, die Sache war bei Poltava – erste Zeile eines bekannten, zum Volkslied gewordenen Liedes von Ivan E. Molčanov (1809 bis 1881), eines Bauern und Chorsängers aus Jaroslavl, der später seinen eigenen Chor begründete, der sich großer Popularität erfreute.

Madame est partie – franz. »Madame ist ausgegangen« bzw. »Madame ist weggefahren«.

XVIII

Ein stiller Engel flog vorbei – sprichwörtlich, Redensart bei stokkendem Gespräch, Gesprächspausen; vgl. im Deutschen: »Es flog ein Engel durchs Zimmer – So sagt man, wenn in der Unterhaltung plötzlich eine Pause eingetreten ist. Wahrscheinlich ist mit dem Engel der Todesengel gemeint« (Wander, Dt. Sprichwörter-Lexikon, Leipzig 1867).

Neurastheniker – griech. an Nervenschwäche Leidender, nervenschwacher Mensch.

raison d'être – franz. ›Daseinsgrund‹, Rechtfertigung für das Dasein, Existenzgrund.

*Bitte beachten Sie
auch die folgenden Seiten*

Anton Čechov
im Diogenes Verlag

Anton Čechov wurde 1860 in Taganrog (Südrussland) geboren, wuchs in ärmlichen Verhältnissen auf und studierte dank eines Stipendiums in Moskau Medizin. Den Arztberuf übte Čechov nur kurze Zeit aus. Der Erfolg seiner Theaterstücke und Erzählungen machte ihn finanziell unabhängig. Seine Lungentuberkulose jedoch erzwang immer häufigere Aufenthalte in südlichem Klima, so dass Čechov auf die Krim übersiedelte. Er starb 1904 in Badenweiler.

»Wir verdanken Peter Urban einen deutschen Čechov, wie er schöner nicht sein könnte: sprachlich makellos, akribisch annotiert und von einer Vollständigkeit, die weder vom Pléiade- noch vom Oxford-Čechov erreicht wird.«
Manfred Papst / NZZ am Sonntag, Zürich

»Für mich bleibt Čechov unerreicht: Er schrieb Komödien der Verzweiflung über das Leiden und die Sehnsüchte der Menschen. Und weil man davon gleichzeitig amüsiert ist und zerrissen wird, wirkt seine Kunst so eindringlich.« *Woody Allen*

In hochwertiger Leinenausstattung, übersetzt und herausgegeben von Peter Urban:

Er und sie
Frühe Erzählungen 1880–1885

Ende gut
Frühe Erzählungen 1886–1887

**Späte Erzählungen
in 2 Bänden**
Rothschilds Geige
Erzählungen 1893–1896

*Die Dame mit
dem Hündchen*
Erzählungen 1897–1903

**Gesammelte Stücke
in 1 Band**

**Briefe (1877–1904)
in 5 Bänden**

Čechov-Chronik
Daten zu Leben und Werk
Zusammengestellt von Peter Urban

Viktorija Tokarjewa
im Diogenes Verlag

Mara

Erzählung. Aus dem Russischen
von Angelika Schneider

Die ehrgeizige Mara hat nur zwei Ziele: Macht und Geld. Weil sie beides mangels Ausbildung auf direktem Wege nicht erreichen kann, geht sie den Umweg über Männer. Madame Pompadour ist ihr unerreichtes Vorbild. Doch dann verliebt sie sich in einen jungen Musiker, der ihre Liebe aber nur ausnutzt. Von da an geht sie über Leichen... Tokarjewa entwirft ein psychologisch feinfühlig gezeichnetes tragikomisches Bild einer modernen russischen ›femme fatale‹.

»Jeder Satz stimmt in diesem Buch. Mara ist wie eine russische Puppe: Fein ausstaffiert, scheinbar übersichtlich, in Wirklichkeit voller Überraschungen und unerwartetem Innenleben.« *Barbara Dobrick / Norddeutscher Rundfunk, Hamburg*

»Mit *Mara*, einer mit sanfter Ironie und Herzblut zugleich geschriebenen Erzählung, ist Viktorija Tokarjewa ein meisterliches Frauenporträt gelungen.« *Wolfgang Dattler / Harper's Bazaar, München*

»Viktorija Tokarjewa erzählt ihre Liebesgeschichten mit einem solchen Witz und einer solchen Lebendigkeit, dass ich ganz entzückt davon bin.« *Elke Heidenreich*

Happy-End

Erzählung. Deutsch von
Angelika Schneider

Aus purem Trotz heiratet Elja viel zu früh den sie naiv vergötternden Tolik und zieht mit ihm zu seinen Eltern in ein russisches Provinznest. Als sie an der Langeweile des Kleinstadtlebens zu ersticken droht, verlieb sich Elja in den Schauspieler Igor, der so wunderschön Lermontow rezitiert. Sie zieht mit ihm nach Moskau. Aber Igor ist Alkoholiker und hat seit Jahren keine guten Rollen mehr gespielt...

»Ein kostbares kleines Buch. Rasch, nüchtern, fast lakonisch erzählt.«
Elke Heidenreich / Die Zeit, Hamburg

Glücksvogel

Roman. Deutsch von
Angelika Schneider

Nichts ist zu schwierig für die clevere, skrupellose Nadka, sie schafft einfach alles – aber einer schafft sie: Andrej, ihre große Liebe, ist verheiratet und will es auch bleiben. Doch so schnell gibt Nadka nicht auf.

»Liest sich flott und süffig. Viktorija Tokarjewa schildert den liederlichen Lebensweg ihrer kessen Heldin in knappen Sätzen mit großer Leichtigkeit und beiläufigem Witz.«
Badische Neueste Nachrichten, Karlsruhe

»Ein Buch über Kühnheit, Skrupellosigkeit und Liebe.«
Katharina Haering / Oberhessische Presse, Marburg

Liebesterror

und andere Erzählungen
Deutsch von Angelika Schneider

Mutterliebe ist etwas Schönes, doch wenn sich die Mutter in das Liebesleben ihrer erwachsenen Tochter mischt, wird es problematisch. Spätestens wenn die Mutter nach einem heimlichen Treffen mit der Exfrau ihres künftigen Schwiegersohnes sagt: »Genau wie ich befürchtet habe: Er ist ein Schwätzer und Weiberheld«, wird es sogar kritisch. Und wenn Mama es dann auch noch schafft, bei dem frisch verheirateten Paar einzuziehen, bahnt sich Liebesterror an, denn natürlich will Mutter ja immer nur das Beste für ihr Kind.

»Die realistischen Bilder sind prall von Einfällen, genauen Details und ironisch verkündeten Lebensweisheiten.« *Maria Frisé / Frankfurter Allgemeine Zeitung*

»Die Tokarjewa kennt das Leben. Und sie schreibt darüber. Unausweichlich. Mit Kraft, Genauigkeit, Schmerz und Witz.« *Alice Schwarzer / Emma*

Der Baum auf dem Dach
Roman. Deutsch
von Angelika Schneider

Es gibt Dinge, die man nicht gerne teilt. Den eigenen Mann zum Beispiel. So sanft Vera auch ist, sie sieht nicht tatenlos zu. Doch in diesem Spiel sind sich Siege und Niederlagen oft zum Verwechseln ähnlich.

»Viktorija Tokarjewa beschreibt nicht nur die russischen Verhältnisse der Nachkriegszeit, sie blickt auch tief in die menschliche Seele.«
Tiroler Tageszeitung, Innsbruck

»Viktorija Tokarjewa versteht es meisterhaft, die russische Seele für uns Westeuropäer zu öffnen. Ein russisches Liebes- und Alltagsdrama, undramatisch und mit Nonchalance erzählt.«
Giovanni Riolo / Freiburger Nachrichten

Alle meine Feinde
und andere Erzählungen. Deutsch
von Angelika Schneider

Die resolute Malerin, die mit ihrer kleinen Enkelin Sascha auf der Datscha lebt, hat drei Feinde: Anka, die Haushälterin, die zwar für die Enkelin kocht, der Malerin aber nie etwas zu essen übrig lässt, wenn sie erschöpft aus dem Atelier kommt; Tanka, die zweite

Frau ihres Vaters, die den Kontakt zwischen Vater und Tochter, wo es nur geht, hintertreibt; und Wanka, ihren Nachbarn, der eigenmächtig den Gartenzaun versetzt hat. Zu ihren Ungunsten natürlich.

Diese drei Menschen würden ihr das Leben zur Hölle machen, wären da nicht noch die Kunst, der Hund und die Enkelin, die sie lieben kann. Aber als alle ihre Feinde einer nach dem anderen von der Bildfläche verschwinden, entdeckt die Malerin, dass ihr ohne sie etwas Wesentliches fehlt.

Alle meine Feinde und vier weitere Erzählungen voll heiterer Lebensweisheit von der »großen alten Dame der jungen russischen Literatur« *(Tages-Anzeiger, Zürich).*

»Viktorija Tokarjewa schält ihre Charaktere langsam aus den Erzählungen heraus. Mit einer Sprache, die sanft und stark zugleich ist, genau wie die Frauen ihrer Geschichten.«
Westdeutsche Allgemeine Zeitung, Essen

Leise Musik hinter der Wand

Roman. Deutsch
von Angelika Schneider

Wer sagt denn, dass es eine echte Liebe nur einmal im Leben geben kann? Irgendjemand hatte das gesagt. Aber er hatte sich geirrt.

Adas Liebes- und Lebensweg spiegelt die historischen Umbrüche einer ganzen Epoche. Ob Agent beim KGB oder Dissident, Ada liebt in einem Mann immer nur den Menschen. Pointiert, warmherzig und voller Witz erzählt uns Viktorija Tokarjewa die Geschichte einer Frau, die nie aufhört, an das Glück zu glauben.

»Ein außergewöhnliches Frauenporträt, in einem köstlichen Roman verarbeitet, der in der farbigen Welt russischer Lebenskünstler spielt. Voller Heiterkeit und dennoch unerwartetem Tiefgang.«
Freiburger Nachrichten

Eine von vielen

Roman. Deutsch
von Angelika Schneider

»Sängerinnen gibt es wie Sand am Meer. Du bist nur eine von vielen.« Obwohl kein Musikproduzent daran glaubt, dass Angela es in Moskau schaffen könnte, bringt sie es weit. Denn Karriere macht man mit Hilfe von Beziehungen. Und da Angela eine hübsche junge Frau ist, fällt es ihr nicht schwer, Kontakte zu knüpfen. Zum Beispiel zum schwerreichen und verheirateten Nikolaj. Zäh und unbeirrbar verfolgt Angela ihren Traum – doch als ihr alle Möglichkeiten offenstehen, merkt sie, dass das Glück ganz anders aussieht, als sie es sich vorgestellt hat.

»Viktorija Tokarjewas Erzählungen sind durchdrungen von trockenem Witz und warmem Humor, distanziert und engagiert zugleich.«
Wolfgang Koydl / Süddeutsche Zeitung, München

Auch Miststücke können einem leidtun

Erzählungen. Deutsch von
Angelika Schneider

Ist er ein Lump, der Drehbuchautor Stasik, der mit der jungen Lara einen Sohn zeugt und doch von seiner Frau Lida nicht lassen kann? Ist er ein Narr, der 70-jährige Viktor Petrowitsch, der sich noch einmal Hals über Kopf verliebt? Und ist sie ein Miststück, die Ärztin, die einer besorgten Mutter sagt, ihre kleine Tochter habe einen Gehirntumor, obwohl sie genau weiß, dass das nicht stimmt? Der Mensch ist ein Rätsel, die Liebe nicht minder – das ist seit je das Thema der großen russischen Erzählerin Viktorija Tokarjewa. Auch Lumpen, Narren und Miststücken lässt sie poetische Gerechtigkeit widerfahren – genauso wie den übrigen unglücklich Liebenden, den nachsichtig Schweigenden und den unverzagten Kämpferinnen, von denen diese Erzählungen handeln.

»Schön erzählte Geschichten aus einem Land, in dem das Leben noch nie einfach war.«
Antje Liebsch / Brigitte Woman, Hamburg

Meine Männer
Deutsch von Angelika Schneider

Eine selbstbewusste Liebeserklärung an die Männer ihres Lebens. Viktorija Tokarjewa erinnert sich an die Männer, die ihren Werdegang als Schriftstellerin geprägt haben: Da ist der rotzfreche Schüler Sobakin, der ihr als junger Lehrerin dermaßen auf die Nerven ging, dass sie ihren Beruf an den Nagel hängte und zu schreiben begann. Da sind die Schriftstellerkollegen, die ihr Talent erkannten und ihr die ersten Chancen gaben. Da ist der Drehbuchautor, mit dem sie das Glück des gemeinsamen kreativen Rausches erlebte und das Unglück einer unmöglichen Liebe. Da ist Michail Gorbatschow, der Russland umkrempelte und öffnete und Viktorija Tokarjewa und ihrer Literatur die Möglichkeit gab zu reisen. Und nicht zuletzt Daniel Keel, der Verleger des Diogenes Verlags, der ihren Büchern eine deutschsprachige Heimat gab. Der humorvolle und kein bisschen altersmilde Lebensrückblick einer großen Künstlerin und einer starken Frau.
Und als Zugabe der Essay *Mein Tschechow* über Viktorija Tokarjewas großes literarisches Vorbild.

»Die große Kunst der Viktorija Tokarjewa besteht im äußerst sparsamen Gebrauch der erzählerischen Mittel. Sie ist eine Meisterin.«
Matthias Rüb / Frankfurter Allgemeine Zeitung